GEORGE LAZĂR

GEORGE LAZĂR

ÎNGERUL PĂZITOR

Timișoara, 2018

Descrierea CIP a Bibliotecii Naţionale a României
LAZĂR, GEORGE
  Îngerul păzitor / George Lazăr. - Timişoara : Stylished, 2018
  ISBN 978-606-9017-02-9

821.135.1

Editura STYLISHED
Timişoara, Judeţul Timiş
Calea Martirilor 1989, nr. 51/27
Tel.: (+40)727.07.49.48
www.stylishedbooks.ro

ÎNGERUL PĂZITOR

Fiilor mei Toma, Luca și George

Capitolul 1

Plicul negru îi era destinat, nu încăpea nicio îndoială. Ian Bolden, numele lui, era scris corect, cu litere aurii. Sub el, ceva mai mărunt, se putea citi: 11.09.1992 – 24.06.2033, iar pe al treilea rând, adresa: 204 Boulevard La Fayette, 815031 Paris, France.

Ian era socotit de toți cunoscuții săi un om norocos. Chiar din prima clipă a venirii sale pe lume moștenise zece milioane de dolari, din partea mamei care murise născându-l. De fapt, se sacrificase pentru ca el să supraviețuiască; luase decizia de una singură, spre disperarea soțului ei, după ce medicii le spuseseră că nu pot salva decât o singură viață. Banii, păstrați într-un fond special pe care îl accesase la majorat, se înmulțiseră considerabil. La ei se mai adăuga și averea rămasă de la tatăl său, care fusese mult mai în vârstă decât mama și murise de bătrânețe. Cu bătrânul Bolden păstrase doar o legătură formală, văzându-l foarte rar și doar pentru chestiuni de afaceri. Acesta nu încercase niciodată să ascundă că ar fi preferat ca soția sa să fi luat o decizie diferită.

Dispunând de o sută cincizeci de milioane de dolari, plasați inițial în acțiuni Green Clean, fondul de investiții al unei companii care continua să crească, era convins că se află la adăpost de orice primejdie imaginabilă, cu atât mai mult cu cât nu dusese niciodată lipsă de nimic. Mai era Norton, fiul său nelegitim, însă problema fusese de mult rezolvată de avocații familiei. De altfel, acesta nici nu știa că tatăl său natural era altul decât bărbatul pe care îl văzu-se alături de mama sa, când avea doar câțiva ani, de care își amintea vag.

Acțiunile sale crescuseră și mai mult după ce reușise, în urmă cu șase luni, să concesioneze de la Administrația Elevatorului Spațial capacitatea de ridicare pe o orbită geosincronă aflată la 36.000 de kilometri de Pământ a câte trei sute de tone de deșeuri zilnic, devenind astfel principalul ei contractor civil și unul dintre cei importanți, după armată și diferitele instituții guvernamentale, desigur.

Se încruntă și, inițial, aruncă plicul în cel mai înalt dintre cele două teancuri în care își sorta corespondența, cel al pliantelor publicitare, pe care nici măcar nu se obosea să le desfacă înainte de a le arunca. Se răzgândi o clipă mai târziu, îl extrase și îl așeză în teancul mult mai mic al plicurilor cu facturi și corespondență de afaceri.

Realiză în subconștient că era ceva ciudat cu plicul negru și abandonă sortarea corespondenței pentru a-l cerceta pe îndelete. Se încruntă citind adresa; foarte puțină lume știa de apartamentul său din Paris, pe care îl cumpărase în urmă cu doi ani pe cât de discret fusese posibil, amânând la nesfârșit momentul în care trebuia declarat la fisc, în baza unui pretext aflat la limita legii, a locuinței de serviciu, o șmecherie aflată de la un agent imobiliar din State. Apartamentul îl cumpărase pentru a se întâlni în voie cu Danielle. În acest moment nu mai era nevoie de discreție, întrucât divorțul de Felice se termina-se. Se felicită încă o dată pentru că avusese înțelepciunea de a asculta de sfatul avocatului său, J. Ron Mansfield, care insistase, în urmă cu cinci ani, când îl anunţase că vrea să se căsătorească, să semneze un contract prenupţial. Altfel, după divorţ, ar fi rămas cu mai nimic.

Pe plic nu era trecut niciun fel de expeditor. Lipseau ştampilele poştei şi codul de bare atribuit la trierea automată a scrisorilor la oficiul poştal, semn evident că plicul fusese lăsat de cineva în cutia lui de corespondenţă, aflată în holul de intrare al imobilului.

Vru din nou să îl arunce însă îl izbi posibila semnificaţie a celor două grupuri de cifre. Primele erau data lui de naştere. Judecând în felul acesta, al doilea grup de cifre indica oare data morţii sale? 24 iunie. Adică vineri, peste trei zile.

— O glumă proastă, mormăi înciudat.

Rupse totuşi plicul la un capăt, în loc să-l arunce. Din el căzu o carte de vizită lucioasă, complet neagră, pe care era scris cu auriu: Îngerul Păzitor. Literele sclipiră în lumina lămpii de pe birou, dar în afară de cele două cuvinte nu mai găsi nimic scris pe micul dreptunghi de carton plastifiat; partea din spate era complet neagră. Păstră plicul, în loc să îl arunce la gunoi. Îl puse reflex, împreună cu dreptunghiul negru, într-un buzunar, fără să se decidă dacă era o farsă sau o ameninţare şi cu atât mai puţin să bănuiască cine i-o făcuse.

Aruncă o privire scurtă la Rolexul de aur aflat la încheietura mâinii stângi şi uită pe loc de plicul negru şi de conţinutul său. Era deja în mare întârziere. Urma să se întâlnească cu Danielle, la *Procope*, în Saint-Germain des Prés, unde ea rezervase din timp o masă pentru o cină tradiţională franceză. Dacă ar fi fost după el, ar fi mers la *Ritz* sau la *Crillon*, pentru că îi plăceau opulenţa şi luxul etalat de aceste repere culinare pariziene. Însă nu voia să o supere pe Dani-elle, care dorea să sărbătorească ceva – nu era foarte sigur ce anume, parcă o avansare în cadrul redacţiei revistei pentru care lucra.

Zâmbi în timp ce îşi strângea cravata în jurul gu-lerului moale al cămăşii sport pe care o îmbrăcase, amintindu-şi cum o cunoscuse pe Danielle în urmă cu aproape trei ani. Cu ochii minţii, revăzu momentul.

Femeia venise la o recepţie la *Metropolitan*, în New York, trimisă de revista ei pentru a asista la in-augurarea unei noi expoziţii, ceva legat de creştinism şi polemicile la modă despre originea divină sau pă-mânteană a lui Iisus. La recepţie urma să vină multă lume; probabil nu s-ar fi întâlnit cu femeia înaltă, cu părul tuns scurt, vopsit blond, cu ochii mari, îmbră-cată cu mult bun gust într-un deux-pieces roşu-în-chis cu alb, aflat cu cel puţin un sezon înaintea desig-nerilor americani, dacă nu i-ar fi cerut şoferului său să îl lase la câteva sute de metri de muzeu, în Central Park. Voia să se plimbe puţin pe Fifth Avenue pentru a-şi limpezi gândurile.

Pe atunci tratativele cu administratorii Elevato-rului Spaţial mergeau foarte greu. Se afla încă depar-te de a obţine preţul de două sute de mii de dolari pentru fiecare tonă ridicată pe orbită şi chiar mai departe de clipa în care ca aceştia aveau să accepte cantitatea pe care o propusese el.

Relaţia cu soţia sa, Felice, nu mergea deloc gro-zav; nu avea niciun chef să mai facă vreun efort pen-tru împăcare; încercase de câteva ori, cu un succes relativ, apoi lucrurile degeneraseră iar. Era aproape convins că ea avea un amant sau chiar mai mulţi. Constatase, oarecum uşurat, că nu îi păsa. Prefera să se poată bucura de răcoarea serii de septembrie, în locul unei noi reprize de dispute cu consoarta, în casa scumpă din Chelsea pe care o cumpărase imediat după căsătorie.

Intrarea în muzeu era obturată de mulțime. Traficul pe Fifth Avenue era blocat, la fel și pe 82th Street. Mulțimea demonstra, agitând pancarte și cerând închiderea imediată a expoziției care punea la îndoială originea divină a Mântuitorului. Un cordon de oameni de ordine menținea deschisă o alee unduitoare spre Fifth Avenue, de la carosabil până la intrarea în muzeu, în vreme ce polițiști revărsați din mașini de patrulare, împreună cu trupele speciale venite cu dube negre, cu toții echipați cu scuturi de plexiglas, bastoane de cauciuc și căști de protecție, încercau deblocarea traficului, în zgomotul asurzitor a zeci de claxoane apăsate de șoferi furioși.

Se strecurase cu greu până la poteca fragil menținută de forțele de ordine și-și prezentase invitația. I-o verificaseră sumar și-l lăsaseră să treacă; adevăratul control începea abia la intrarea în muzeu, când urma să treacă prin scanere, detectoare de metal și explozibili, precum și analizoare comportamentale mânuite de experți invizibili. Riscul unor atentate era foarte ridicat.

Începuse deja să regrete decizia, luată în ultima clipă, de a veni la deschiderea expoziției, când mulțimea văluri brusc; cărarea se frânse când mai avea de făcut doar câțiva metri până la treptele muzeului. Fusese prins într-un melanj uman, împreună cu alți invitați, dar și cu oameni de ordine, între care se amestecaseră deja demonstranți, împinși de cei aflați în spate. Se dezechilibrase, fiind cât pe ce să cadă. Puse un genunchi pe asfalt, iar inima îi bubui cu putere; vreme de o clipă fu convins că urma să fie doborât şi strivit de mulţimea dezlănţuită.

Simţise cum o mână fermă i se strecoară sub braţ şi îl ajută să se ridice. Mâna lui Danielle rămăsese agăţată de braţul lui şi parcurseseră împreună cei câţiva paşi rămaşi până la scări, sprijinindu-se reciproc. Au intrat împreună în Metropolitan şi, după ce au ajuns în holul larg al muzeului, au făcut cunoştinţă.

Îi făcea plăcere să-şi amintească acest episod care marcase începutul unei relaţii de care nu se mai crezuse capabil. Danielle plecase după câteva zile. În săptămânile ce-au urmat conversaseră aproape zilnic, via internet, povestindu-şi vrute şi nevrute, asemeni unor adolescenţi, până când, într-un elan pe care nu îl regretase nicio clipă, cumpărase apartamentul în care se afla acum. Aici locuia împreună cu iubita lui în timpul cât se afla în Europa. Danielle nu acceptase să se mute de-a binelea în apartamentul din La Fayette, pretinzând că s-ar plictisi cumplit în momentele în care nu ar fi împreună, însă el bănuia că era de fapt un mod prin care ea îşi afirma independenţa.

Soneria interfonului îi întrerupse şirul gândurilor.

— A sosit taxiul care l-aţi comandat pentru ora 19, *monsieur* Bolden, se făcu auzită vocea portarului, distorsionată de aparatul cam vechi şi obosit, lipsit de legătură video.

— Cobor imediat, rosti el în franceza-i şovăielnică, dar corectă, marcată de accentul american de care Danielle făcea haz uneori.

— *Très bien*, monsieur, se auzi din interfon înainte de păcănitul final care semnala încheierea convorbirii.

Trecu din dormitorul spațios în camera de zi. Îmbrăcă în grabă un sacou sport, fără pretenții, așa cum îi ceruse Danielle, luă din cuier un pardesiu ușor și ieși. Încuie ușa și chemă liftul străvechi; acesta se defectase din nou, așa că se năpusti pe scări și coborî cele două etaje. Răspunse absent la salutul portarului, văzu taxiul prin ușa de sticlă protejată de ornamente complicate din fier forjat, apoi își aminti și se întoarse brusc.

— Ascultă, n-ai văzut astăzi pe cineva care a adus un plic pentru mine? Un plic negru? Nu poștașul, altcineva.

Sprâncenele portarului se ridicară mirate. Bolden se pregăti să-i arate plicul pe care îl avea în buzunar însă afară taximetristul claxonă nerăbdător.

— *Non, monsieur*. Dar îl voi întreba pe Paul, el a fost în schimbul de dimineață și a primit corespondența.

Urcă în mașină și ajunse după jumătate de oră de mers prin traficul aglomerat al Parisului. Plăti și lăsă un bacșiș generos taximetristului care păru să uite că îl așteptase un sfert de oră. Ba chiar îi deschise ceremonios ușa după ce oprise în fața restaurantului, ignorând claxoanele celorlalți automobiliști și semnul care interzicea oprirea. Își găsi iubita la bar, așteptându-l. Era într-o dispoziție bună. Păru chiar că nu aude scuzele pe care el le îndrugă fâstâcit. Își apropie obrazul de al lui, după obiceiul european, mimând sărutul cu buzele în aer.

— Bună, dragul meu! Accentul francez al femeii era absolut fermecător: Ai avut o zi reușită?

Nu mai aşteptă răspunsul, ci făcu semn unui chelner care îi conduse la masa lor şi o ajută să ia loc. Din priviri, chelnerul îşi chemă un coleg care se înfiinţă cu meniul de bucate şi lista de vinuri.

— Îţi recomand *coq au vin*, e specialitatea casei, rosti Danielle fără să mai consulte meniul. Se potriveşte de minune cu un Châteauneuf-du-Pape alb, de anul trecut.

Continuă în franceză conversaţia cu chelnerul, stabilind împreună aperitivul şi desertul, dezbătând dacă era cazul să servească un *kir digestif*, cu seriozitatea cu care doi savanţi pun la cale descoperirea fuziunii nucleare. Ian îi urmări, savurând scena asemeni unui spectator, cu admiraţie, deşi nu era pentru prima oară când îşi vedea iubita comandând şi pentru el într-un restaurant.

— Nu prea seamănă cu ce eşti învăţat la New York, Ian, îi zâmbi ea în timp ce chelnerul se îndepărta, după ce se înclinase uşor, respectuos.

Îi pronunţase numele cu accent francez, ceea ce suna cu mult mai melodios şi plăcut decât ar fi fost dispus să recunoască. Zâmbi la rându-i şi ridică din umeri.

— Într-adevăr, nu prea.

Evident, existau restaurante franceze şi la New York, conduse de francezi, cu chelneri, meniu şi bucătari francezi. Din păcate, se adaptaseră rapid Americii şi obiceiurilor americane.

Îşi înăbuşi un căscat. Întrucât încă ţinea la discreţie, sosise chiar în acea după-amiază, cu jetul personal, iar cele şase ore care reprezentau decalajul de fus orar se făceau puternic simţite, în pofida cafelelor băute cu nemiluita. De fapt ar fi trebuit să plece a doua zi în zori, pentru a ajunge la Paris spre seară. Nu mai rezistase şi, după ce se frământase în pat până după miezul nopţii fără a izbuti să adoarmă, îl sună pe pilotul jetului şi-i ceru să îi pregătească avionul. Îi telefonase lui Danielle, care răspunsese cu greu, abia la al şaptelea sau al optulea apel. Fetei nu îi plăcea să se trezească de dimineaţă însă chipul ei, cu trăsături-le umflate de somn şi părul ciufulit, se lumină când îi dădu vestea că urma să ajungă ceva mai repede.

Nu îşi făcea prea mari iluzii referitor la noaptea care avea să urmeze, dar intenţiona să rămână mă-car o săptămână în Paris, poate chiar mai mult dacă afacerile îi vor permite. Scutură uşor din cap şi clipi des. Pierduse şirul conversaţiei, chiar dacă îi ascul-ta vocea ca pe o muzică. Chelnerul apăru însoţit de două ajutoare şi aşternu masa. Felul principal, cocoş cu vin, fu adus într-o oală de alamă uşor înnegrită pe alocuri, aşezată pe un platou fierbinte, din care fieca-re şi-a luat cât a dorit. Părea că Danielle avea ceva de spus după fiecare îmbucătură, prilej pentru Borden să afle o mulţime de amănunte despre prietenele ei, ale căror nume le încurca sau pur şi simplu nu le aso-cia cu persoanele la care Danielle făcea referire.

Apoi femeia reveni la un ton serios şi îi spu-se că fusese nevoită să-şi amâne vizita la Londra, unde ar fi trebuit să intervieveze pe cineva din fa-milia regală. Metropola devenise nesigură de când IRA, renăscută după ce vreme de două decenii fu-sese mai mult o prezenţă simbolică, se asociase cu grupări extremiste islamice şi pornise o serie de atentate, deocamdată lipsite de victime. Scotland Yard-ul fusese prins cu garda jos. Neatent la cele po-vestite de Danielle, Bolden tresări auzind de riscul de atentate şi nu putu să îi întoarcă decât o privire îngrijorată, amintindu-şi că auzise vag ceva despre nişte terorişti, dar nu dăduse importanţă ştirii.

Se servi din toate felurile de mâncare, foarte bine pregătite de altfel, mai mult din politeţe; nu îi era foame. După două sau trei înghiţituri de vin îşi drese glasul, pregătindu-se să schimbe subiectul înainte de a adormi pe scaun. Ar fi vrut să îi povestească despre Elevatorul Spaţial şi transporturile pe care le făcea pe orbita joasă, unde se afla terminalul; era subiectul său preferat însă Bolden realiză în ultima clipă că obiectul transportului nu era chiar un subiect de povestit la masă, chiar dacă era gunoi industrial. Gunoiul tot gunoi rămâne. Căută în buzunar după o batistă ca să-şi şteargă fruntea transpirată şi simţi foşnind plicul negru. Hotărî să profite de el pentru a schimba direcţia conversaţiei, aşa încât improviză.

— Azi am aflat data morţii mele.

Danielle tăcu brusc. Duse reflex mâna cu palma desfăcută la gură, apoi o îndepărtă şi se relaxă. Îi zâmbi larg. Un chelner apăru discret după ce îi făcură semn să ia farfuriile. Înainte, le turnă atent în pahare, umplându-le pe jumătate cu vin.

— Ce fel de glumă mai e şi asta? Nu te ştiam macabru.

Îi povesti despre plicul negru şi datele scrise pe el, mulţumit că îi captase atenţia.

— Ai auzit vreodată de Îngerul Păzitor? o întrebă, arătându-i plicul şi cartea de vizită.

Femeia luă cartea de vizită şi o întoarse pe toate părţile. Se uită la ea în lumină şi încercă chiar să o îndoaie, dar materialul din care era făcut micul dreptunghi reveni imediat la forma iniţială. Cercetă apoi plicul şi zăbovi îndelung asupra celor două date trecute sub numele destinatarului. În cele din urmă îl privi încruntată şi-i spuse cât se poate de serios:

— Ian, tu trebuie să mergi cu asta la poliţie.

Capitolul 2

Avea de umplut câteva ore bune până după amia-ză, când urma să se întâlnească din nou cu Danielle, care avea de lucru la revista ei. Își luase de dimineață rămas bun, lăsând în urmă un miros fin de parfum și umbra unui sărut fugar. Neavând nimic mai bun de făcut, Bolden pornise să cutreiere prin Paris.

Salonul de chiromanție se afla pe o străduță din Cartierul Latin. Nu își mai amintea dacă îi spusese șoferului taciturn al taxiului în care urcase să îl lase acolo. Pur și simplu ajunsese în preajma unui ghici-tor. Era, ca orice om, puțin superstițios, cu toate că nu îi plăcea să recunoască asta. Salonul i-l arătase mai demult Danielle, ca pe o ciudățenie, în una dintre plimbările lor lungi, romantice, de la început. Singur nu ar fi remarcat firma, pe jumătate ștearsă, aflată deasupra unei uși din lemn masiv ce dădea direct în stradă. Salonul era înghesuit între o cafenea și un *boutique* cu suveniruri. Fata îi mărturisise că știa de existența lui de când venise aici împreună cu câteva colege, pe vremea liceului, să își afle viitorul. Nu își mai amintea ce i se spusese și nici dacă ghicitorul era bărbat sau femeie însă reținuse că plecaseră foarte amuzate și că făcuseră haz ani buni de acea vizită.

Bolden se conformă celor scrise în franceză și engleză pe o tăbliță emailată și trase mânerul din alamă al soneriei demodate de deasupra inscripției. Din dreapta ușii se auzi un dangăt de clopot. Un ză-vor magnetic interior se mișcă bâzâind scurt, iar ușa se deschise. O împinse și intră într-un hol întunecos, luminat vag de trei aplice în formă de lumânări, prinse de pereții acoperiți cu tablouri vechi cu rame sofisticate. Ușa începu să se închidă, împinsă de brațul unui mecanism. Se lovi ușor de toc, iar zăvorul magnetic culisă cu un pocnet. Dintr-odată se făcu liniște, ca și cum zgomotele animate ale străzii s-ar fi aflat la mare depărtare și nu despărțite de câțiva centimetri de lemn. În aer se simțea un miros vag de tămâie și de lucruri vechi.

— Intrați, intră, auzi o voce de bărbat. Hai, veniți!

Înaintă șovăind către o ușă interioară larg deschisă, ce decupa un dreptunghi de lumină roșiatică la celălalt capăt al holului. Intră, ciocănind ușor lemnul ușii. Privi ușor surprins în încăpere: două ferestre care dădeau într-o curte interioară lăsau să intre lumina de afară, filtrată prin draperiile decolorate. În partea opusă ușii, întreg peretele era acoperit de o bibliotecă ticsită de cărți – multe păreau foarte vechi – așezate în șiruri, fără să se țină seama de mărime, ca și cum ar fi fost mereu consultate. În fața bibliotecii trona un birou cu picioare arcuite, de care văzuse la unul dintre muzeele la care îl dusese Danielle, fără îndoială un Ludovic cine știe al câtelea. În fotoliul lucrat în același stil cu biroul era așezat un bărbat cu piele tuciurie, în vârstă, cu barbișon și păr alb, îmbrăcat într-un costum elegant. Îl privea pe după ochelarii fără rame care îi atârnau pe nas. Părea că nimerise mai degrabă în cabinetul unui avocat decât la un ghicitor. Pe o latură a unei prisme triunghiulare, pusă la vedere pe birou, scria dr. Yole Jeniko.

— Luați loc, vă rog, domnule. Bine ați venit. Sunt sigur că vă pot fi de folos.

Bătrânul îi întinse o mână zbârcită şi caldă pe care o strânse, realizând că i se adresase încă de la început în engleză.

— De unde aţi ştiut?

— Oh, voi americanii, aveţi ceva... specific. Un aer aparte. În definitiv aţi venit la un ghicitor, nu-i aşa?

Bătrânul îi făcu semn să se aşeze pe o canapea stil, excelent restaurată, care nu se dovedi foarte comodă.

— Credeam că... Nu prea seamănă a salon de spiritism, comentă Bolden, aşezându-se picior peste picior, privind curios de jur împrejur.

— Ce v-aţi aşteptat să găsiţi? Şopârle împăiate şi borcane cu şerpi? Un glob magic de cristal? Nu, domnule, arta ghicirii s-a adaptat şi s-a modernizat. Nu mai folosim tăbliţe Ouija. Mă tem că la dumneavoastră, peste ocean, aţi rămas cu vechile şabloane, iar Hollywoodul are o contribuţie majoră la această neînţelegere.

Bolden se foi pe canapea, într-o încercare inutilă de a găsi o poziţie mai bună. Îşi drese glasul, încurcat. Într-un fel straniu, întreaga atmosferă, decorul şi mai ales bătrânul îl impresionaseră. Părea indian după culoarea ceva mai închisă a pielii, însă avea trăsături caucaziene.

— De fapt am venit pentru asta – scoase cartea de vizită primită cu o zi în urmă şi i-o întinse. Aveţi, dumneavoastră sau altcineva din branşă, legătură cu asta?

Bătrânul îşi săltă puţin ochelarii şi cercetă dreptunghiul negru. Literele aurii sclipiră când le răsuci în lumină pentru a le putea desluşi mai uşor.

— Îngerul Păzitor, citi el rar. Mda...

Îi înapoie dreptunghiul, iar Bolden se întinse să îl ia.

— Ați auzit de el?

— Cine nu a auzit? Fiecare dintre noi are unul. Toți copiii învață la un moment dat poezii și cântecele cu îngerul lor păzitor. În creștinism credința a apărut prin secolul cinci, dacă nu mă înșel. În afară de rolul de bodyguard, Îngerul Păzitor îi prezintă lui Dumnezeu rugăciunile celui vegheat. Dar cred că nu asta doriți să aflați. E vorba de ceva important, dacă ați ajuns pentru atâta lucru în modestul meu cabinet. Sunteți un om bogat și dispuneți fără îndoială de multe resurse.

— Asta de unde o mai știți? întrebă nedumerit Bolden.

— Domnule, de fapt nu e niciun mister. Există o cameră video minusculă, afară, în dreptul ușii. Gulerul cămășii dumneavoastră are încă eticheta interioară. Când v-ați aplecat să citiți tăblița de lângă sonerie, am văzut mărimea: americană. În Europa folosim altfel de măsuri. Hainele dumneavoastră și pantofii sunt de mărci foarte scumpe. Evident, dispuneți de bani. Nu ați întrebat care este tariful meu, ceea ce înseamnă că nu vă interesează, deci vă permiteți. V-am lămurit? Sper că nu v-am dezamăgit cu deducțiile mele, mai mult de detectiv decât de ghicitor. Acum spuneți-mi: ce doriți, de fapt?

Bolden simți dorința de a se ridica și a părăsi imediat locul. Chiar o făcu, dar în loc să plece scoase plicul negru și îl puse pe biroul gazdei sale, după care reveni să se așeze pe canapeaua incomodă.

— În acest plic a sosit cartea de vizită. Veți înțelege imediat de ce sunt intrigat dacă vă veți uita la ceea ce scrie la destinatar. Aş vrea să îmi spuneţi dacă, datorită simbolului mistico-religios reprezentat de Îngerul Păzitor, puteţi avea idee cine mi-ar fi putut trimite aşa ceva şi, mai ales, de ce? Aş vrea să ştiu dacă este o ameninţare de care trebuie să ţin seama, sau doar o simplă farsă?

Jeniko cercetă plicul cu mult mai multă atenţie decât făcuse cu dreptunghiul negru. Zăbovi îndelung asupra datelor scrise sub numele clientului său. Într-un târziu îl puse grijuliu înapoi pe birou, ca şi când plicul ar fi fost un obiect fragil.

— Domnul Bolden, citi bătrânul ţinând plicul la distanţă de ochi. Sunteţi acel Bolden, din America? Cel cu gunoiul cosmic?

În general se ferea de mass-media care, printre altele, părea că se îndrăgostise de porecla de Gunoierul Spaţial pe care i-o găsiseră cei de la *People*. Însă, ca principal client al Elevatorului Spaţial, avea prea puţine şanse să treacă neobservat. Atât cât era posibil, evita contactul cu jurnaliştii, iar din acest motiv nu devenise foarte cunoscut, aşa cum erau vedetele de cinema. Nu îşi imaginase însă că nedorita sa celebritate trecuse oceanul.

— Da, desigur, continuă ghicitorul, văzând că nu primeşte niciun răspuns. Ar fi trebuit să vă recunosc. Îmi cer scuze, nu prea mai sunt la curent cu *Who's Who*.

— Nu e cazul să vă faceţi probleme, îl linişti Bolden, stingherit.

— După cum probabil ştiţi foarte bine, reluă bătrânul, Îngerii Păzitori sunt o organizaţie din America, de la dumneavoastră de acasă, care patrulează neînarmaţi prin metrou sau prin locurile rău famate

încercând să împiedice violenţa. Mai ştiu un înger pă-
zitor, care este de fapt un proiect informatic al M.I.T.,
ceva cu o organizaţie de copii. Însă cred că vreţi să
aflaţi şi despre...

Se ridică şi căută o carte anume în biblioteca din
spatele său. O luă, o răsfoi grăbit până ajunse la o
anumită pagină de unde citi ceva, urmărind cu de-
getul, se reaşeză la birou şi, fără să-şi ridice ochii din
paginile cărţii, spuse:

— De-a lungul istoriei au existat mai multe orga-
nizaţii care s-au numit aşa, mai mult sau mai puţin
secrete. În Evul Mediu aproape fiecare rege a avut
îngeri păzitori, în fapt trupe de elită, de mare încre-
dere. Masonii au avut sau mai au şi ei, în cel puţin
una dintre ramuri, îngeri păzitori, numai că dau o cu
totul altă conotaţie acestui simbol: ei sunt gardienii
adevăratei credinţe, sarcină de care s-au achitat une-
ori într-un mod destul de dur. Dar, ca să vă răspund,
vă asigur însă că nimeni din branşa noastră – şi, cre-
deţi-mă, îi cunosc pe toţi – nu v-a trimis acest plic.
Nu, domnule, îmi pare rău, nu cred că vă pot fi de
folos. Nu ştiu cine v-ar fi putut trimite aşa ceva, deşi
pot să bănuiesc motivul.

— Motivul? Nu vi se pare că sună a ameninţare?

Bătrânul se gândi câteva clipe.

— Ba da, dacă vă referiţi la faptul că scrie pe plic
data la care se presupune că veţi muri, adică mâine.
Sunteţi un om foarte bogat, domnule Bolden. Mulţi
ar dori să vă şantajeze pentru bani. Ar putea fi şi aşa
ceva, caz în care ar trebui să anunţaţi imediat poliţia.
Numai că eu nu cred asta. După cum vedeţi, nu există
nimic care să semene cu o cerere financiară. Mai de-
grabă mi se pare un mod de a vă spune că există cine-

va care are grija dumneavoastră. Intuiția îmi mai spune că veți mai auzi de acest Înger Păzitor, chiar destul de repede. Se poate să fie vorba de predeterminism.

— Predeterminism? se încruntă Bolden.

— Este o concepție filozofică destul de răspândită. Existența noastră este condusă de divinitate. Viața se desfășoară între două limite: nașterea și moartea. Poate că există posibilitatea să muriți la data scrisă pe plic, iar acest Înger Păzitor al dumneavoastră va interveni cumva. De fapt, a și intervenit, trimițându-vă acest mesaj. Ar trebui să fiți foarte atent ce veți face mâine. Vă paște o primejdie și ați fost prevenit. Eu așa văd lucrurile, încheie bătrânul pe un ton grav.

— Cred că ajunge, spuse Bolden și se ridică să plece. Îmi pare rău, însă nu cred așa ceva. Rămân la părerea că mi-a făcut cineva o glumă proastă.

Scoase portofelul de unde extrase o bancnotă de cinci sute de euro, se ridică și o așeză pe birou.

Bătrânul se ridică și el și trecu în fața biroului.

— Oh, mulțumesc, este foarte generos din partea dumneavoastră. Numai că, dacă tot ați venit, de ce nu mă lăsați să îmi fac treaba și să vă citesc liniile palmare? Vă rog, luați loc! îi spuse, apăsându-l ușor pe umeri.

Bolden se lăsă din reflex pe canapeaua de pe care abia se ridicase. Bătrânul se așeză și el alături, îi prinse mâna stângă și îi întoarse palma în sus.

— Nu e nevoie, încercă Bolden să protesteze, însă bătrânul sâsâi ușor, ca și cum ar fi vrut să liniștească un copil mic.

— De ce credeți că nu e nimeni în anticameră? Întotdeauna lucrez cu programare. Însă am simțit că azi voi avea un client mai special. V-am așteptat, deși nu am știut că dumneavoastră veți fi acela. Lă-

sați-mă să mă uit în palma dumneavoastră. S-ar pu-
tea să aflăm în acest fel răspuns la ceea ce doriți atât
de mult să știți.

Bolden încercă vag să-și retragă palma însă Jeni-
ko i-o reținu, strângându-i-o ușor. Îi vorbi întruna în
timp ce îi cerceta liniile palmare cu multă atenție.

— Doctoratul mi l-am dat în istorie. Rolul pseu-
doștiințelor în evoluția lumii feudale, așa s-a chemat
teza. Numai că, pe măsură ce m-am documentat, am
început să văd o mulțime de indicii care m-au con-
vins că aceste pseudoștiințe nu sunt chiar aiureli, așa
cum ni le închipuim noi. Prea puțină lume are idee
cât de mult au influențat pseudoștiințele deciziile
majore ale celor care au făcut istoria. Până la urmă,
se pare că războaiele erau declanșate și oprite de ghi-
citori și vraci. Așa a fost mereu, vreme de mii de ani,
nu doar în epoca feudală. Chiar și mai recent, Hitler,
după cum probabil știți, avea propriul astrolog la sfa-
tul căruia lua decizii. Probabil și tensiunile de astăzi,
din Balcani, sunt întreținute de ceva asemănător. Ați
auzit, probabil, despre reizbucnirea violențelor între
țările desprinse din fosta Iugoslavie?

Bolden ridică din umeri. Nu auzise de niciun fel
de tensiuni etnice. De fapt, nici nu era foarte sigur
unde se aflase fosta Iugoslavie. Bătrânul continuă
netulburat:

— Chiromanția, cu diferitele ei denumiri, a fost
consemnată în India de cinci milenii. În China e mai
recentă, dacă se poate spune așa, are doar trei mii de
ani. Aveți o palmă foarte interesantă, domnule Bolden.

— Știți, chiar nu cred în chestii de-astea... După
cum v-am spus, am venit la dumneavoastră pentru
altceva.

— Ştiu, ştiu, mi-aţi spus. Nu sunteţi primul sceptic care mi-a trecut pragul. Iar în această epocă, în care totul se rezumă la calculatoare şi programe informatice, cu siguranţă nu sunteţi nici ultimul. Cu toate acestea, vă rog să îmi acordaţi puţină încredere. Iată, linia inimii mă tem că arată că în curând veţi suferi o pierdere. Sentimentele vă vor fi grav afectate. În schimb, vă dau o veste bună: din felul cum e trasată linia capului reiese că vă veţi îmbogăţi şi mai mult. Mult mai mult. În schimb, linia vieţii e extrem de ciudată. Priviţi, aceasta este, înconjoară ca un arc, de departe, degetul mare. Nu am mai văzut aşa ceva. Este întreruptă în mai multe locuri.

Jeniko tăcu pentru câteva clipe, privind gânditor palma lui Bolden. O ciocăni uşurel cu degetul arătător şi reluă:

— Aici s-ar putea să se afle răspunsul dumneavoastră, domnule Bolden. Cred că aici intervine îngerul care vă păzeşte. Pot să vă mai spun că are un fel de legătură cu afacerea dumneavoastră însă nu prea îmi dau seama cum.

Bolden îşi retrase palma, puţin cam violent.

— Sugeraţi că plicul vine din partea unui concurent comercial? Am doar o afacere de transport, ca atâtea altele. Elevatorul spaţial are suficientă capacitate pentru a căra oricât, pentru oricine. Nu...

Realiză că, împotriva voinţei lui, intrase în jocul bătrânului şi chiar căuta asociaţii care să se potrivească celor spuse de acesta. Era trucul clasic, folosit de orice ghicitor.

— Cred că de data asta chiar ajunge, spuse răspicat.

Însă nu găsi niciun fel de asocieri, cu toate că le

căută instinctiv, în vorbele lui Jeniko. Era bogat, iar averea i se mărea oricum; relaţia sa cu Danielle era cum nu se poate mai bună. Nu avea nici cea mai mică intenţie ca măcar să încerce altceva, iar fata părea hotărâtă să rămână cu el. Era un ghicitor ciudat.

Se ridică de pe canapea. Bătrânul îl conduse cu paşi mărunţi până la uşa exterioară. Apăsă un buton camuflat discret şi zăvorul electromagnetic clănţăni, eliberând uşa pe care i-o deschise. Bolden se pregăti să spună ceva însă renunţă, mulţumirile i se păreau nepotrivite. Cercetă jenat strada, în stânga şi în dreapta, pentru a nu fi surprins de cineva cunoscut, cu toate că era extrem de puţin probabil ca acest lucru să se petreacă în Cartierul Latin din Paris. Străduţa era plină cu obişnuiţii turişti, cei mai mulţi asiatici, care fotografiau şi filmau aproape continuu. Nu păru să îl bage nimeni în seamă.

— Nu vă fie teamă, domnule Bolden. La momentul potrivit veţi lua decizia cea mai bună. Puteţi fi sigur de asta, îi spuse bătrânul, înainte de a închide fără zgomot uşa în urma sa. Da, puteţi fi sigur...

Bolden rămase câteva momente nemişcat, încercând să pătrundă spusele ghicitorului. Renunţă, dădu din mână a lehamite şi porni fără să mai întoarcă privirea şi fără să remarce că nu se mai auzise clănţănitul zăvorului electromagnetic; nu sesiză nici ochiul chiromantului, ce-l privea curios prin fanta lăsată de uşa rămasă puţin deschisă.

Capitolul 3

Din postura de spectator de film aflat în faţa unui ecran, Ian Bolden participase la zeci, poate sute de jafuri comise asupra unor bănci. De la cele grosolane, săvârşite de pistolari în Vestul Sălbatic, până la lucrături sofisticate, elaborate de regizori meticuloşi, în care hoţii se strecurau prin canalizări, utilizând înaltă tehnologie, făcând risipă de inteligenţă pentru a-şi atinge scopul. Nu şi-ar fi imaginat vreodată că ar putea fi chiar el participant la un astfel de jaf comis cu sânge rece, în cel mai clasic mod, de persoane mascate, trăgând din arme automate şi răcnind îngrozitor.

Se afla în cabinetul cu un perete de sticlă care se deschidea către sala cea mare a sucursalei pariziene a Ameribank, pentru a aranja un transfer de fonduri ceva mai consistent; avea de gând să-şi cumpere o altă proprietate, un domeniu liniştit, cu câteva hectare de viţă de vie şi o pistă privată. Hotărâse ca în viitorul apropiat să rămână o vreme în Franţa împreună cu Danielle, atât cât îi permiteau afacerile.

Anunţat de secretară, directorul băncii îl aşteptase personal la uşă pentru a-l conduce în biroul său, întrebându-l formal, aşa cum era de aşteptat, despre mersul afacerii cu transportul deşeurilor industriale în spaţiu. Bolden se pregătea să-i dea răspunsul clasic, că e mai ieftin de folosit spaţiul ca groapă de gunoi decât bătrânul Pământ, când năvăliră spărgătorii.

— Nu mişcă nimeni, se auzi slab prin peretele fonoabsorbant de sticlă, mai întâi în franceză, apoi în engleză.

Directorul băncii, un bărbat subţire, încă tânăr, îşi ridică nedumerit capul pe trei sferturi chel din monitorul pe care urmărea derularea tranzacţiei, când uşa biroului fu dată violent de perete şi doi indivizi cu feţele acoperite cu măşti de schi năvălire înăuntru.

— Nici să nu te gândeşti, zbieră unul din ei, deşi mâna directorului nu se clintise pentru a apăsa butonul de panică, aflat sub birou. Deschide seiful! Imediat.

În timp ce vorbea, bărbatul mascat trecu în spatele biroului şi îl înşfăcă de gulerul sacoului pe director, forţându-l să se ridice, după care îl împinse violent către celălalt atacator care îl prinse şi-i propti ţeava armei sale în ceafă.

— Vino! Tu, arătă cu arma spre Bolden, care ridicase reflex mâinile la nivelul umerilor, pentru a dovedi că nu reprezintă niciun fel de pericol.

Se ridică din fotoliu şi porni alături de director, cu cei doi mascaţi în spatele lor. Trecură prin sala băncii, unde clienţii şi cei câţiva angajaţi fuseseră puşi să se lungească pe podea, cu braţele întinse şi ochii închişi. Văzu alţi doi mascaţi. Îşi strigau între ei ordine într-o limbă guturală, care lui Bolden îi păru rusă. Unul păzea intrarea, iar altul trecea pe la prizonieri, le lega mâinile cu şnur de plastic alb, zimţat, după care le punea câte o fâşie de bandă adezivă pe ochi şi pe gură. Când apăru şi micul lor grup, gangsterul tocmai terminase şi se urcase pe un birou, pentru a supraveghea mai bine zona.

Trecură în spatele ghişeelor unde un alt spărgător golea sistematic într-o geantă mare şi neagră de pânză dulapurile cu bani ale casierilor. Acesta le aruncă o privire scurtă de după masca de schi pe care o purta pe cap, fără să spună nimic şi fără să se oprească din activitate.

— Uite ce e, am bani... încercă Bolden să negocieze, însă primi o lovitură nu prea puternică în ceafă, cu patul armei. Lovitura îl ameţi, făcându-l să se clatine nesigur pe picioare.

Aproape imediat urmă o alta, de data asta în dreptul coastelor. Ajunseră lângă camera seifului. Îi despărţea doar o uşă din sticlă groasă, rezistentă la gloanţe, după cum scria pe o tăbliţă atârnată la nivelul ochilor. În spatele uşii se zărea seiful, surprinzător de mic faţă de dimensiunea camerei. Alături de seif se afla un birou, ocupat aproape în întregime cu un monitor al cărui ecran plat era împărţit în nouă zone, fiecare redând semnale video provenind de la tot atâtea camere de supraveghere.

Cu mâinile tremurând, directorul băncii scoase dintr-un buzunar un card de acces pe care îl trecu de câteva ori prin dreptul unui cititor. Uşa se deschise cu un păcănit şi intrară cu toţii înăuntru.

Directorul se îndreptă către seif, urmărit îndeaproape de unul dintre agresori. Compuse, vizibil stânjenit de ţeava armei pe care acesta i-o lipise la baza gâtului, un cifru, răsuci mânerul în formă de cruce şi deschise seiful.

Într-un gest pe care nu şi-l putu explica, Bolden făcu discret un pas spre stânga, profitând de faptul că atenţia spărgătorilor era îndreptată către teancurile de bani conţinute de seif.

Ajunse foarte aproape de biroul cu monitorul de supraveghere, sub care văzuse montat, în partea stângă, un buton de panică. Coborî brusc mâna stângă şi îl apăsă. Nu se întâmplă nimic. Nu sună nicio alarmă şi nici nu se închise vreo uşă blindată. În schimb, mişcarea nu trecu neobservată; cel mai apropiat bandit îl văzu şi se răsuci, lovindu-l cu patul armei în stomac. Bolden se încovrigă, regretând deja gestul său inutil de eroism. Nu îi păsa deloc de banii din seif; averea sa depăşea cu mult acea sumă. Nu îi păsa prea mult nici de personalul băncii sau de clienţii întinşi pe jos în sala principală. Ba chiar îi invidia; ei nu făcuseră gesturi prosteşti şi urma să scape nevătămaţi. Ţinea foarte mult să scape teafăr. Ar fi fost mult mai simplu dacă mascaţii ar fi acceptat să negocieze cu el personal. Ar fi fost dispus să le plătească mult mai mult decât cele câteva teancuri amărâte de bancnote pe care se pregăteau să le şterpelească. Cel care îl surprinsese le strigă ceva camarazilor săi, ridicând două degete de la o mână. Cu toate că nu pricepea nimic din limba pe care o vorbeau spărgătorii, Bolden ar fi putut să jure că spusese ceva de genul:

— Idiotul ăsta a dat alarma! Mai avem două minute!

Lucrurile se precipitară. Spărgătorul care adunase banii de la dulapurile casierilor veni în camera seifului, despăturind din mers o altă geantă de pânză. O desfăcu larg şi o puse la baza seifului. Trase teancurile cu bancnote frumos aranjate de pe rafturi, făcându-le să cadă direct în geantă. Goli seiful în mai puţin de un minut, trase fermoarul genţii şi se năpusti afară.

Bolden primi o lovitură în ceafă, una zdravănă de această dată. Se prăbuşi şi totul se întunecă în jur.

Leşinul ţinuse probabil câteva minute. Deschise ochii şi îl văzu pe directorul băncii întins pe podeaua metalică din camera seifului. Din tâmplă i se scurgea un firicel de sânge. Nu îşi dădu seama dacă mai trăieşte sau nu, însă amănuntul i se păru lipsit de importanţă. Încercă să se ridice şi izbuti cu mare greutate să o facă. Durerea de cap era foarte intensă, depăşind-o pe cea provocată de şuturile încasate în abdomen.

De afară se auzea concertul sirenelor poliţiei. Gangsterul de la intrare veni şi le spuse celorlalţi ceva, precipitat. Între hoţi avu loc un schimb de replici în aceeaşi limbă care amintea de rusă. Unul dintre ei se adresă în engleză, cu accent, captivilor.

— Suntem prinşi aici. Vom cere o maşină. Vă vom folosi drept ostatici. Dacă cooperaţi, veţi trăi.

Un telefon sună pe un birou. Cel care îl lovise pe Bolden făcu semn unui angajat al băncii, aflat printre oamenii întinşi pe jos, să răspundă.

— Vor să ştie cine e şeful. Cred că vor să negocieze.

Din câţiva paşi, individul care dădea ordine ajunse lângă cel care răspunsese la telefon şi luă receptorul.

— O maşină. Acum. Altfel încep să ucid ostatici.

Ascultă răspunsul şi, nemulţumit de cele auzite, răcni:

— Am zis acum!

Trânti receptorul şi rosti în engleză, cu glas puternic, fără să se adreseze cuiva anume:

— Cred că glumim. Nu ne iau în serios. Vom executa pe cineva ca să îi lămurim. Vrem nenorocita aia de maşină. Dacă nu ne-o dau, vă împuşcăm, câte unul la cinci minute. Începem cu el – arătă spre Bolden. În definitiv, el a provocat tot bâlciul ăsta atunci când s-a hotărât să facă pe eroul.

Doi mascaţi îl înşfăcară pe Bolden şi îl târâră spre intrarea în bancă. Deschiseră uşa. Şeful mascaţilor apropie pistolul de tâmpla lui Bolden, ţinându-l cu o mână de guler. În mod ciudat, Bolden îşi contemplă fără emoţie sfârşitul. Se simţea detaşat, ca şi cum toate acestea i s-ar fi întâmplat altcuiva. Chiar şi durerile provocate de lovituri aproape dispăruseră. Îi veni în gând plicul negru, primit în ziua când ajunsese la Paris şi revăzu data scrisă pe el. În drum, unul dintre ceasurile cu calendar ale băncii aflate deasupra ghişeelor îi confirmă ceea ce deja ştia: data de pe plic.

Ziua morţii lui.

Expeditorul necunoscut o prevăzuse în avans cu trei zile şi îl informase despre asta. O clipă se întrebă dacă toată povestea nu este decât o înscenare, dacă nu cumva nimerise în mijlocul turnării unuia dintre acele filme cu bandiţi şi poliţişti, şi din clipă în clipă urma să apară regizorul pentru a marca sfârşitul scenei. Sau poate chiar expeditorul plicului era cel care organizase jaful deşi, într-o asemenea eventualitate, rămânea inexplicabil de ce se mai obosise să îl anunţe şi pe el.

La fel de inexplicabil rămânea şi faptul că el, din proprie voinţă, apăsase atât de necugetat butonul de panică; altfel, hoţii ar fi plecat până acum cu prada lor cu tot, iar el ar fi fost liber. Mai târziu, analizându-şi gestul necugetat, avea să presupună că lovitura primită în ceafă îl împiedicase să judece limpede; sau poate fusese dorinţa de a se răzbuna pe cei ce îl umiliseră şi dădeau ordine doar pentru că aveau câteva nenorocite de arme şi păreau dispuşi să le folosească?

Poliţiştii izolaseră zona din jurul băncii cu un gard format din panouri cu bare sudate vopsite în

dungi roșii și albe. O mulțime de curioși se înghesu-
iau deja după panouri. Dintr-un autocar oprit de cor-
donul poliției se revărsaseră turiștii care, laolaltă cu
reporterii și cameramanii sosiți în grabă, fotografiau
cu camerele telefoanelor mobile sau aparatele digi-
tale compacte. Însă Bolden nu-i mai vedea; mintea
i se golise de parcă i-ar fi plecat toate gândurile. Își
simți picioarele înmuindu-se și căzu în genunchi, cu
mâna agresorului încă ținându-l de gulerul sacoului.

În acel moment răsună împușcătura. Mai târziu, în
urma cercetărilor poliției, nu s-a putut stabili de unde
a venit și cine a tras. Capul banditului care se pregă-
tea să îl împuște zvâcni scurt pe spate, cu fruntea per-
forată. Trupul se clătină și căzu moale peste Bolden,
care nu pricepea nimic din ce se petrecea în jurul său.

După un moment de stupoare banditii din bancă
deschiseră haotic focul, împușcând de-a valma osta-
ticii întinși pe podea. Trupele de intervenție arunca-
ră grenade fumigene înainte de a năvăli, iar interi-
orul băncii se umplu imediat de un fum alb, gros și
înțepător, care îi făcu pe banditi și pe supraviețuitori
să tușească și să lăcrimeze amarnic.

Urmară câteva minute în care atacatorii schim-
bară focuri de armă cu polițiștii, dar Bolden nu mai
ezită. Dădu deoparte cadavrul banditului și fugi pe
trotuar până la gardul improvizat din panouri. Sări
dincolo, profitând de faptul că atenția polițiștilor era
îndreptată spre bancă și dispăru în hărmălaia făcută
de mulțimea de spectatori.

Încă mai simțea apăsarea țevii pistolului în cea-
fă. Îl dureau cumplit capul și abdomenul în locurile
unde fusese lovit însă nimic nu se compara cu sa-
tisfacția rămânerii în viață. Încercă să oprească un

taxi. Reuşi cu greu, după ce primele două îl ocoliră cu scrâşnet de roţi, când şoferii lor îi văzură hainele în dezordine şi sângele ce-i şiroia pe faţă din pielea despicată a frunţii, urmare a unei lovituri pe care nu-şi mai amintea când o primise.

Mai târziu, după ce înghiţise un pumn de calmante şi îşi pansase rănile, din fericire superficiale, făcu un duş în apartamentul său din arondismentul 8. Urmări la televizor deznodământul spargerii de la bancă.

Poliţia şi reporterii încă nu aflaseră că se numărase printre protagoniştii principali ai acelei zile, însă era perfect conştient că devenise doar o chestiune de timp. Se hotărî pe loc: telefonă pilotului său şi îi ceru să plece cât mai repede din Franţa. Urma să o sune din avion pe Danielle, pretextând că intervenise o urgenţă. Nu dorea să o sperie şi, mai ales, nu avea niciun chef să îi povestească ceva ce nici el încă nu reuşise să înţeleagă. Următoarea lor întâlnire urma să aibă loc pe pământ american. O va invita să îl viziteze. Acolo se simţea în siguranţă. Aici se aflase la un pas de moarte, exact aşa cum îl prevenise mesajul de pe plic.

Dar scăpase.

Fuseseră doborâţi toţi cei patru bandiţi, iar şoferul care îi aştepta fusese prins şi interogat. Se aflaseră deja primele informaţii. Trei dintre indivizi făceau parte dintr-o organizaţie paramilitară cecenă, care angajase şi doi mercenari ruşi. Banii furaţi urmau să se transforme în arme care ar fi trebuit să ajungă la trupele de gherilă ce hărţuiau Armata Roşie într-un conflict cronicizat din Caucaz, unul dintre războaiele locale care se reîncălzeau din când în când, după un ciclu imposibil de prevăzut, dar păstrat sub control de ruşi.

Spărgătorii uciseseră la întâmplare unsprezece oameni din personalul băncii şi dintre clienţi. Alţi şapte fuseseră internaţi la spital, în stare gravă. Bolden era singurul care scăpase aproape nevătămat. Nu se ştia cine trăsese acel prim foc de armă care îi salvase viaţa, dar declanşase masacrul. Poliţiştii jurau că nu ei o făcuseră. Mass media aflase că fusese un glonţ cu fragmentare, care se sfărâmase la impact în bucăţi ce nu puteau fi de niciun folos în determinarea traiectoriei.

Canalele de ştiri reluară de mai multe ori scena din uşă, când Bolden fusese scos pentru a fi executat. Cum privea în jos, faţa nu i se văzuse nicio clipă, însă asta nu avea să îi împiedice pe poliţişti să îl găsească. Numai că el avea să fie departe când o vor face.

Nu intenţiona să revină prea curând în Europa. Renunţase deja la ideea de a-şi cumpăra un domeniu în Franţa. Îşi propuse să-şi sune din avion avocaţii pentru a-i însărcina să se ocupe de poliţişti. Pentru moment, spera doar ca aceştia să întârzie măcar până când avionul său avea să se afle în aer.

Efectul adrenalinei începuse să îi treacă. Se gândi cu satisfacţie la plicul negru şi la data de pe el. Vru să-l rupă, dar era mult prea obosit pentru asta. Misteriosul expeditor se înşelase.

Supravieţuise.

Capitolul 4

Bărbatul distins şi atletic, cu părul cărunt tuns scurt, bărbierit impecabil, se ivi ca din senin în faţa lui Bolden la ieşirea din liftul care îl adusese în parcarea subterană a blocului în care locuia, în mijlocul Manhattan-ului. Într-o mână ţinea o servietă maro din piele fină, iar cealaltă mână îi era ascunsă în buzunar.

— Noi v-am trimis plicul negru, domnule Bolden. Noi suntem Îngerul Păzitor.

Bolden privi suspicios în toate părţile. „Noi?" Era oare o capcană? Bolden se înfurie: nu păstrase în buzunar pistolul pe care îl cumpărase imediat ce se întorsese în America, ci îl lăsase în torpedoul maşinii sport pe care obişnuia să o conducă. Minutele cât fusese prizonierul celor ce puseseră la cale jaful de la sediul parizian al Ameribank îl marcaseră profund.

Nu erau singuri în parcare, mai zări şi alţi oameni care îşi lăsau maşinile sau se pregăteau de plecare. Camerele de supraveghere aruncau sclipiri roşii din colţurile în care fuseseră amplasate. Nu departe se afla o cabină transparentă în care era un bărbat în uniformă, din personalul de securitate. Bătăile inimii i se mai potoliră. Categoric, nu se afla într-o situaţie propice pentru a fi atacat.

Ca şi când i-ar fi citit gândurile, bărbatul continuă:

— Noi v-am salvat viaţa la Paris, când a fost cât pe ce să fiţi ucis de acea bandă de spărgători. Cu toate acestea, a trebuit să improvizăm, ceea ce nu ne place deloc. Nu am înţeles de ce aţi apăsat alarma însă nu e prima oară când intervenim pentru a rezolva chestiuni pe care nu le pricepem.

— Cine eşti şi ce vrei? întrebă Bolden, sec.

Bărbatul păru puţin nedumerit pentru o clipă. Zâmbi larg şi scoase mâna din buzunar. Pentru o clipă, văzându-i gestul, Bolden se crispă iar, dar se relaxă imediat: bărbatul nu scoase vreo armă, ci îi întinse paşnic mâna.

— Nu trebuie să vă fie teamă, domnule Bolden. Noi suntem băieţii buni. Vă păzim spatele de foarte mulţi ani. Sunt colonelul Folder. Reprezint Îngerul Păzitor. Noi v-am salvat viaţa şi la Paris.

Bolden întinse un deget către cel ce se prezentase drept colonelul Folder.

— Vrei să spui că...

— Cel care a ucis gangsterul care ţinea pistolul la ceafa dumneavoastră a fost unul dintre ai noştri, continuă acesta. E totul înregistrat, nu trebuie să mă credeţi pe cuvânt. Plicul negru a fost doar un mod de a vă atrage atenţia. V-am mai salvat viaţa o dată, pe când eraţi copil. Nu cred că vă mai amintiţi, însă şi acel episod a fost înregistrat şi îl puteţi revedea.

Colonelul vorbea în propoziţii scurte, milităreşte, ca şi cum ar fi dat un raport.

Bolden ştia, fireşte, despre momentul de cumpănă prin care trecuse când avea cinci ani, chiar dacă nu-şi mai amintea detaliile. Incidentul îi fusese povestit de atâtea ori, încât aproape că îl putea retrăi, în imaginaţie.

Se întâmplase la o petrecere dată de mama lui vitregă. Tatăl său se recăsătorise la doi ani după ce venise el pe lume. Dădeau frecvent petreceri. Le plăcea să bea şi să chefuiască, înconjuraţi de prieteni lipsiţi de grija zilei de mâine, asemeni lor. Se îmbătaseră, ca toată lumea. La fel şi bona mexicană, care ar fi trebuit să aibă grijă de el: adormise buştean după câteva păhărele băute pe furiş în bucătărie.

Profitase şi, ca orice copil mânat de curiozitate, pornise în explorare fără să îl bage careva în seamă. Trecuse nestingherit pe lângă cupluri care făceau sex sau care dormeau deja, bărbaţi şi femei răpuşi de alcool prin cele mai neobişnuite unghere. Cineva cânta la chitară, alţii discutau cu voci tremurate, marcate de ameţeala alcoolului. Nimic din toate astea nu îl mai impresiona, se obişnuise cu petrecerile, făceau parte din firesc, la fel ca şi fumul dulceag de marijuana care plutea peste tot, amestecat cu cel de tutun. Ieşise din casă pe uşile lăsate larg deschise.

Alunecase pe ceva sau poate se împiedicase de vreun petrecăreţ îmbibat de droguri şi alcool care se tolănise acolo unde îl prinsese ameţeala, se lovise la cap şi se rostogolise în piscină. Ştia să înoate, tatăl său îi plătise un instructor răbdător, care venise din două în două zile o vară întreagă pentru a-i da lecţii. Dar micul Ian se lovise destul de tare şi îşi pierduse cunoştinţa înainte de a atinge apa călduţă a bazinului, în care chefliii aruncaseră cutii de bere şi pachete mototolite de ţigări.

Un bărbat îmbrăcat într-un costum negru, mulat pe corp, apăruse de nicăieri, plonjase după el, îl scosese şi îl aşezase cu grijă pe mal. Îi dăduse primul ajutor, făcându-i respiraţie artificială până când îşi venise în fire, tuşind şi scuipând apa înghiţită. Între timp se adunaseră mai mulţi petrecăreţi. Apăruse în grabă şi tatăl său, făcându-şi loc din coate printre ceilalţi, fără menajamente. Îl îmbrăţişase şi îl strânsese tare la piept. Însă, în agitaţia care se produsese, salvatorul se făcuse nevăzut şi nu mai fusese de găsit, în ciuda eforturilor depuse de tatăl său, dornic să îşi arate recunoştinţa.

— De unde ştii? Doar nu ai fost acolo... spuse, neîncrezător.

— Oh, râse scurt colonelul, ştiu şi multe altele. Spre exemplu, atunci aţi produs şi prima victimă colaterală. Tot timpul sunt şi din astea. Cu atât mai multe cu cât creşte nivelul de intervenţie. E unul dintre factorii proporţionali. Dacă doriţi, puteţi afla mai multe.

— Ai fost acolo! rosti el uimit, însă colonelul se mulţumi să zâmbească misterios, fără să aprobe sau să nege. Victimă colaterală? Bona...

Mai reţinuse un episod petrecut atunci, pe care îl credea provenit din legenda ce se dezvoltase în jurul întâmplării. Se spunea că tatăl său, beat şi nebun de furie, o împuşcase pe inconştienta bonă mexicană după care aranjase ca totul să pară a fi o sinucidere a femeii, care s-ar fi simţit vinovată. Ştia mai multe variante ale păţaniei cu bona, dar cea mai plauzibilă i se păruse aceea în care tatăl său o concediase pentru neglijenţă, iar femeia se întorsese în ţara ei.

Bolden înghiţi de câteva ori în sec. Se uită la bărbatul din faţa lui ca la un nebun. Nu crezuse că mai există cineva care să cunoască acel moment din viaţa sa şi cu atât mai puţin să îl fi înregistrat.

— Aşadar aţi ştiut ce urma să mi se întâmple? Aţi ştiut că urma să mă înec?

— Da, şi vă înţeleg mirarea, răspunse senin acesta. Ceea ce vă voi spune sună neobişnuit. Vă asigur însă că e cât se poate de real şi vă putem oferi toate argumentele ca să vă convingeţi singur. Există un Aparat. Cu el determinăm posibilitatea ca moartea dumneavoastră să se petreacă într-un oarecare inter-

val de timp de două, maximum trei zile. S-a inventat
şi asta. La fel ca automobilul. Sau calculatorul. Sun-
tem o organizaţie specializată. Cu asta ne ocupăm.
Păcălim pentru o vreme moartea pentru cei care îşi
permit să ne plătească. Atât.

— Dar eu nu am plătit pe nimeni! exclamă Bolden.
Colonelul îl privi serios. Păru a chibzui o clipă.

— Aşa este. Nu aţi plătit încă pe nimeni. Dar este
foarte probabil că o veţi face. Ne adresăm unei clien-
tele extrem de selecte, pe care o alegem numai din
rândul celor care îşi permit să ne plătească. Uneori,
aşa cum e cazul dumneavoastră, a trebuit s-o luăm
din vreme. De fapt, foarte din vreme, chiar de când
eraţi copil. Urma să moşteniţi o avere importantă şi
nu vă puteam lăsa să muriţi, nu-i aşa? Mai mult, aţi
avut priceperea să vă înmulţiţi banii. Afacerea dum-
neavoastră cu gunoaie spaţiale merge excelent. Va
merge şi mai bine, vă asigur. Permiteţi-mi să vă felicit
pentru idee, dar şi pentru faptul că aţi obţinut conce-
siunea transportului cu Elevatorul Spaţial. E o mare
realizare, să urcaţi în fiecare zi sute de tone de gunoi
în cosmos. Să păstraţi planeta curată...

— De fapt, deocamdată nu sunt decât douăzeci
şi ceva de tone, murmură reflex Bolden. Va mai dura
până când cei de la Elevator ajung la capacitatea con-
tractată. Nu văd însă ce legătură ar putea avea afa-
cerea mea cu organizaţia pe care spuneţi că o repre-
zentaţi. Şi ce-i prostia asta cu salvarea vieţii? Chiar
nu înţeleg. Încercaţi să mă şantajaţi? De fapt, cred că
am pierdut suficient timp. Trebuie să plec, spuse şi
apăsă telecomanda bolidului său care ridică lin una
dintre uşile-fluture.

— Legătura sunteţi dumneavoastră, spuse ceva

mai tare colonelul, din spatele lui. Compania dumneavoastră, Green Clean, vă va asigura fondurile necesare pentru a supraviețui, domnule Bolden. Nu vă șantajează nimeni. A venit însă momentul să decideți dacă doriți sau nu să vă protejăm. Să supraviețuiți. Până acum am desfășurat o supraveghere superficială. A fost un noroc că v-am detectat ca potențial client, prima oară, acum trei decenii. Însă acela a fost doar primul nivel, domnule. La Paris a fost al doilea. De acum va merge tot mai repede.

— Nivel? se miră Bolden, fără să se întoarcă, dar și fără să intre în mașina sa. Ca la jocurile video?

— Nu mai știu cine le-a spus așa, domnule, dar e foarte sugestiv. Un nivel se încheie cu o întâmplare în care, de regulă, subiectul trebuie să moară. Dacă are un contract cu noi, scapă, ceea ce înseamnă că ne-am făcut bine treaba. Dacă nu are contract cu noi și totuși scapă, înseamnă că e extrem de norocos. Însă chestia asta cu norocul nu ține de prea multe ori. Și în niciun caz nu funcționează la niveluri avansate.

Bolden se întoarse brusc, făcu doi pași, își apropie până la câțiva centimetri fața de cea a colonelului și rosti răspicat:

— Așadar, cineva încearcă să mă omoare?

Deloc impresionat, colonelul nu se clinti. Răspunse calm:

— Nu e așa simplu. Sunt însă lucruri pe care ați dori să le aflați și să le vedeți. Aș putea să încerc să vă explic, dar este foarte posibil să nu mă credeți. Așa încât vă propun să mă însoțiți și să evaluați singur ceea ce o să vă arăt. Vă garantez că nu veți păți absolut nimic, cel puțin nu atâta vreme cât ne ocupăm noi de dumneavoastră. După ce veți vedea ceea ce vreau să vă arăt, vă voi aduce înapoi aici sau vă voi conduce acolo unde veţi dori dumneavoastră, indiferent ce decizie veţi lua.

Folder arătă spre o limuzină luxoasă parcată în apropiere. Şoferul acesteia îi văzu semnul, porni motorul şi aprinse farurile. Ca mânat de-un instinct mai puternic decât propria voinţă, Bolden îl însoţi pe ciudatul personaj şi urcă în maşină.

***

Călătoreau deja de un sfert de oră. Colonelul nu dăduse niciun fel de instrucţiuni şoferului, de care îi despărţea un geam gros, fumuriu. Automobilul gonea cu viteză spre vest. În fotoliile confortabile de piele aproape nu se simţea mişcarea. În interior plutea aroma plăcută a unui odorizant de bună calitate. Bolden încă se mai întreba ce anume îl determinase să urce în maşină, neputându-se hotărî dacă să regrete sau nu. Colonelul decise să reia discuţia începută în parcarea subterană.

— Nu suntem singurii care încearcă să păcălească moartea. Această preocupare a existat dintotdeauna, probabil de când există omenirea. Doar metodele diferă. Ne place să credem că ale noastre sunt cu totul diferite de celelalte. Şi, desigur, mult mai eficiente.

Bolden scutură nedumerit din cap.

— De când există omenirea? Ce vrei să spui cu asta?

— Aţi vizitat piramidele egiptene de câteva ori, v-am păzit şi acolo. Probabil aţi reţinut că mai toţi marii faraoni au simţit nevoia să-şi facă propria piramidă. Nu a contat câte resurse şi ce eforturi au presupus proiectele lor. Au vrut neapărat să păcălească moartea, convinşi că îi aştepta viaţa veşnică. Într-un fel, chiar au reuşit să lase o urmă, câtă vreme ne mai amintim şi azi de ei, după patru mii de ani. Mai toate religiile promit viaţă veşnică. Raiul lui Dumnezeu, Paradisul lui Allah, Nirvana lui Buddha, cu toate variaţiunile pe aceeaşi temă. Viaţa veşnică asigurată. Dar ştiţi prea bine ce înseamnă religiile... Promisiunea vieţii veşnice le-a adus averi uriaşe. Care continuă încă să crească.

Bolden reţinuse doar prima parte.

— Deci ştiţi că am fost în Egipt? M-aţi urmărit?

— Evident că v-am urmărit. Altminteri cum am fi putut să vă salvăm viaţa? Nu vă sfătuiesc să mai călătoriţi prea devreme pe acolo. Situaţia politică e cam încordată în Orientul Mijlociu. Sunt sigur că arabii pun iar ceva la cale împotriva Israelului. V-am spus deja că vă urmăresc de patruzeci de ani, reluă răbdător Folder. Atunci mi-aţi fost repartizat. Vă cunosc mai bine decât vă puteţi închipui. Mai aveţi puţină răbdare şi o să vedeţi câte dovezi doriţi. Şi, mai ales, o să înţelegeţi de ce am făcut asta.

Colonelul aruncă o privire geamului fumuriu. Ieşiseră din suburbiile New York-ului şi se înscriseseră pe Interstate 80, către vest.

— Oricum, nu cu acest gen de promisiuni de viaţă veşnică ne ocupăm noi. Nu propunem o religie.

Bolden tăcu. Privi afară, pe geamul fumuriu. Peisajul exterior defila cu viteză.

— Există şi metode laice de obţinere a vieţii veşnice, continuă Folder. Iată, de exemplu pictorii: Rembrandt, Picasso, Leonardo... numiţi-i dumneavoastră, vă pricepeţi mai bine, doar aţi moştenit pinacoteca familiei. Cei care şi-au permis, regii şi reginele, prinţii şi prinţesele, nobilii şi mai târziu negustorii cu bani, au fost imortalizați în tablouri. Figurile lor au rămas și le putem admira în muzee. Astăzi, oricine are un aparat foto face același lucru, poate chiar mai bine.

— Poate ar trebui să-mi spuneți ce e cu Aparatul ăla, rosti apăsat Bolden.

Colonelul zâmbi larg.

— Toate la timpul lor. Într-acolo mergem, e mai bine să vă lămuriți singur, v-am spus deja. O să aflați absolut tot ce doriți. Permiteți-mi să vă povestesc o întâmplare.

Privi către Bolden însă acesta ridică indiferent din umeri.

— Când eram adolescent, profesorul de istorie a aranjat să vizităm Metropolitanul, ne-a făcut capul mare cu minunățiile pe care o să le vedem înăuntru. Locuiam în Louisville, un orășel prăfuit din Carolina de Sud. Am mers cu Greyhound toată noaptea până la New York. Cum am ajuns prea devreme, am așteptat pe trepte să se deschidă muzeul. Și acum îmi amintesc de templul ăla din Egipt, i-au făcut o aripă specială cu un mic lac în jurul său. Au spus că e un dar de la poporul egiptean, căci templul oricum urma să fie înghițit de apele barajului de la Assuan. Cine știe însă câți bani le-or fi dat egiptenilor... Însă nu templul și nici minunile de acolo nu le-am reținut în excursia aia. Ci pozele făcute înainte ca templul să fi fost strămutat în America. Erau expuse lângă templu, ca să ne facem o idee despre cum arăta înainte de a fi fost restaurat de muzeu.

Colonelul se opri din povestit pentru a apăsa un buton aflat pe cotiera ce le despărțea locurile. Îi ridică partea de deasupra. Înăuntru se găsea un mic bar. Extrase o sticlă cu apă și două pahare pe care le umplu pe jumătate. Îi întinse unul dintre ele lui Bolden, care îl luă și băui. Colonelul băui la rândul lui.

— Ei bine, pietrele alea străvechi erau pline cu inscripții zgâriate sau vopsite. Erau din toate epocile, înțelegeți? Unele nu mai puteau fi descifrate, dar altele, cele lăsate de soldații lui Napoleon, se puteau citi clar. Zeci de generații și-au lăsat amprentele pe acele pietre. Conștient sau nu, au făcut și ei o încercare de a traversa vremea. E în firea omului. Unii cred că lucrează instinctul de conservare, alții că e o formă de manifestare a personalității.

Bolden își făcu de lucru cu paharul gol. Hotărî să intre în joc.

— Drăguță poveste! Numai că toate astea nu au nimic de-a face cu salvarea vieții, fie că vorbim de o piramidă sau de-o inscripție scrijelită pe undeva. O să-mi vorbiți și de medicină, nu-i așa? Despre cum reușesc oamenii să trăiască mai mult datorită descoperirilor medicinei și tratamentelor moderne. Genomul uman, genele care provoacă îmbătrânirea. Da, știu. Sper că nu vreți să mă duceți la o clinică.

— Oh, nu, în niciun caz. Deși... Aveți dreptate, până la un punct. Medicina ajută. Se tratează boli considerate incurabile altădată. Însă nu există nicio clinică sau vreun spital care să pretindă că oferă viață veșnică. De fapt, nu, nu-i chiar așa. Piața e liberă, cererea e imensă, prin urmare au apărut surogatele. Există Criogen, Eterngen și alții, care, pentru bani frumoși, conservă trupurile în azot lichid – sau numai capetele, pentru cei care vor să iasă mai ieftin -, în ideea că în viitor, când se va descoperi remediul bolii sau tratamentul bătrâneții, trupurile vor fi dezghețate și resuscitate. Mulți savanți sunt de acord că

e o înşelătorie şi că odată îngheţate, membranele ce-
lulelor se distrug şi nu mai pot fi refăcute. Poţi însă
să-i opreşti pe amatorii de nemurire? Dacă în viitor
se va descoperi modul în care se pot reface celulele
îngheţate? Între timp, au descoperit cum să păstreze
întregi celulele alea, injectând un cocktail de chimi-
cale foarte otrăvitor. Poate că viitorul va aduce şi des-
coperirea antidotului...

Bolden vru să intervină, apoi se răzgândi. În
schimb, colonelul continuă netulburat:

— Probabil că întrebarea care le-a fost adresată
cel mai des ghicitorilor din toate timpurile este aceea
despre moarte. Precum ştiţi, Pythia e cea mai cele-
bră. De la ea încoace, n-a existat secol fără măcar un
ghicitor celebru, atestat istoric. S-au folosit pe rând
de măruntaie de oaie, oase de şarpe, zaruri, cărţi
de tarot, tăbliţa ouija, rune – nu neapărat în aceas-
tă ordine -, s-a apelat la spiritism, la magie albă sau
neagră, apoi la persoane cu capacităţi paranormale
care, la fel ca Uri Geller, despre care se spune că în-
doia o lingură doar uitându-se la ea, pretindeau că
pot arunca o privire în viitor. Cred că pe aici ne-am
încadra noi. De fapt, chiar asta facem. Numai că noi
nu mergem pe ghicite. Există un fundament ştiinţi-
fic pentru Aparat, chiar dacă nu este complet şi nici
măcar ceea ce am descoperit nu a fost pe deplin înţe-
les. Dar, şi asta-i cel mai important, funcţionează. Ne
permite să sondăm viitorul pentru dumneavoastră.
Pentru cei ca dumneavoastră.

— Da, ştiu, pentru cei care îşi permit. Mi-ai mai
spus asta. Aşa îi abordaţi pe toţi viitorii clienţi? Cu
plicuri negre?

— Oh, nu, râse colonelul. Fiecare client este dife-

rit, la fel și modul de abordare. Cei de la biroul de con-
tacte stabilesc, analizând pe termen lung comporta-
mentul subiectului, care e cea mai bună metodă de
abordare: plicul negru, în cazul dumneavoastră. Au
știut că asta o să vă intrige. Și că o să deveniți curios.
Au apreciat corect și faptul că veți consulta un ghicitor.

— M-ați analizat? Adică ați pus niște psihiatri
să-mi analizeze comportamentul? se revoltă Bolden.
Dar pe ghicitor nu l-am consultat, ci l-am întrebat
dacă nu cumva scrisoarea aia, despre care ați spus că
au ticluit-o psihiatrii voștri, e trimisă de el sau vreun
confrate al lui.

— Psihologi, nu psihiatri! îl corectă colonelul. Nu
e același lucru. Credeam că m-am făcut bine înțeles.
Vă urmărim de multă vreme. Firește că v-am analizat
în toate felurile posibile, în interesul dumneavoastră,
ca să vă putem proteja mai bine. Asta nu înseamnă
că, deși îi avem pe cei mai buni, tot ce a fost plănuit
se va petrece întocmai. Sunt oricând posibile erori.

— Și această întâlnire face parte din analiză? Te-
au trimis anume ca să mă convingi?

— Evident. S-a ajuns la concluzia că sunt cel mai
potrivit pentru a vă convinge că e necesar să semnați
un contract cu noi. De altfel, așa cum v-am spus, eu
mă ocup de dumneavoastră chiar de la început. De
când aveați patru ani. Cu câteva luni înainte de inci-
dentul în urma căruia era să muriți. L-am detectat și
am intervenit la timp. Cred însă că ar fi bine să conti-
nuăm această conversație după ce veți vedea ceea ce
intenționez să vă arăt.

Bolden nu mai replică. Privi afară, fără ca de fapt
să vadă peisajul. De câteva ori dădu să spună câte
ceva însă se abținu.

Capitolul 5

Ajunseră la destinație după două ore și ceva de călătorie. Cu o oră în urmă, colonelul își deschisese servieta, își așezase pe nas o pereche de ochelari, și trecuse la lectura unor hârtii, dând de înțeles că nu dorea să fie deranjat. Din când în când făcea adnotări cu un pix din aur.

Bolden se cufundase în gândurile lui. Era nevero-simil ceea ce îi spusese colonelul: exista un aparat care putea să prevadă moartea și astfel îi salvaseră viața în două rânduri! Iar colonelul părea să știe des-pre el lucruri pe care numai dacă l-ar fi urmărit în-tr-adevăr pas cu pas, zi după zi, ar fi putut să le afle.

Își aminti de Danielle, care venise la el în Ame-rica în urmă cu o zi. Își trimisese avionul după ea. Îi explicase că fusese la un pas de moarte în incidentul de la bancă. Avocatul său făcuse minuni, împiedicând poliția franceză să-l citeze la tribunal și, mai ales, să dezvăluie oficial presei numele său. Avocatul făcuse presiuni la nivel înalt. Franța avea nevoie dispera-tă să scape de sutele de tone de deșeuri radioactive produse de cele cincizeci și nouă de centrale nuclea-re care îi asigurau energia electrică pentru consumul intern și pentru export, în condițiile în care normele de poluare ale Uniunii Europene se înăspreau conti-nuu. Cumva, ceva tot răsuflase și doi jurnaliști foar-te insistenți se ținuseră de capul lui câteva zile. Dar cum poliția arestase un criminal în serie, interesul acestora pentru pățania de la Paris a fost înlocuit cu noul eveniment.

Hotărâse împreună cu Danielle să plece incognito în Caraibe, pentru câteva săptămâni de vacanţă. Spera să uite cele întâmplate şi, mai ales, să aştepte ca presa să se plictisească, pornind în căutarea altor subiecte. Intenţiona să nu folosească mult prea cunoscutul avion personal, care şi aşa se afla într-o revizie programată, şi să urce amândoi într-o cursă de linie.

Limuzina încetini şi opri în faţa unui post de control, întrerupându-i gândurile.

— E o fostă bază militară, explică colonelul. De când cu reducerile de efective de la Apărare, o mulţime dintre acestea au devenit disponibile. Am cumpărat şi noi câteva. Aceasta corespunde bine scopurilor noastre: e bine izolată, să nu dea naştere la întrebări sau să atragă nepoftiţi. Şi, mai ales, e gata dotată. La utilităţi mă refer, căci armele şi le-au luat demult. Există şi câteva niveluri subterane.

În vreme ce şoferul parcurgea procedura de securitate împreună cu paznicii de la intrare, Folder îşi strânse hârtiile şi le aşeză la loc în servietă împreună cu pixul din aur. Îşi luă ochelarii de pe nas şi-i puse într-un etui de piele.

— Unii preferă computerele, dar eu m-am obişnuit cu hârtia, îi explică, închizând servieta. Va trebui să coborâm, domnule Bolden.

Limuzina oprise într-un hangar imens a cărui poartă se închisese în urma ei. Coborâră în semiîntunericul străpuns doar de câteva lămpi cu vapori de mercur amplasate asemeni unor puncte albe, incandescente, la colţurile clădirii, aproape de acoperişul semicilindric. Ochii lui Bolden încă nu se obişnuiseră cu lumina redusă, însă Folder îl luă de braţ şi-l conduse către un dreptunghi întunecat, de mărimea

unei mese de biliard, care începu să coboare la câte-
va secunde după ce pășiră pe suprafața lui.

Platforma se opri după douăzeci de metri la ni-
velul pardoselii unui coridor cu pereții din sticlă fu-
murie, polarizată, mărginit de două uși, de asemenea
fumurii. Folder porni hotărât spre dreapta, făcu doi
sau trei pași, se opri și se întoarse către Bolden, invi-
tându-l să-l urmeze. Trecură de trei uși identice, din
sticlă fumurie; de fiecare dată Folder scoase dintr-un
buzunar ascuns al costumului său de modă veche,
buzunar în care, de obicei, se păstra ceasul, un mic
card de securitate legat cu un lănțișor de aur, îl intro-
duse în fanta zăvorului electronic, apoi puse degetul
mare pe senzorul unui cititor de amprente.

Pe Bolden începuse să-l plictisească tot acest ri-
tual încărcat de mister. Se pregătea să îi spună acest
lucru când, în sfârșit, Folder se opri.

— Aici e sectorul celor care se ocupă de dumnea-
voastră, domnule.

Compuse un cod pe o tastatură senzorială dese-
nată pe unul dintre pereți, iar acesta deveni aproape
transparent. Se văzu o sală mare în care lucrau mai
mulți oameni, așezați la pupitre întesate de luminițe
clipitoare și ecrane, dispuse pe patru rânduri, ase-
mănătoare cu cele folosite în centrele de lansare a
navelor spațiale. Alte pupitre, nefolosite, fuseseră
acoperite cu folii albe, de protecție. Transparența pe-
retelui era limitată, iar fețele celor dinăuntru nu se
vedeau clar, la fel ca și aparatura la care lucrau.

— Deocamdată sunt doisprezece în acest schimb,
în afară de echipele de pe teren, spuse Folder. Când
dormiți, evident, sunt mai puțini. Dacă veți accepta
contractul cu noi, numărul lor va crește mult.

Bolden privi neîncrezător sala şi oamenii care lucrau netulburaţi la pupitrele lor.

— Cred că glumeşti. Vrei să spui că toţi aceşti oameni se ocupă de... Parcă spuneai că există un soi de aparat.

— Există Aparatul însă trebuie în permanenţă sincronizat, alimentat cu date, care trebuie corelate. Ceea ce vedeţi reprezintă doar vârful aisbergului, analiştii, dar mai sunt şi echipele de teren, care vă urmăresc permanent. Ţinem în alertă, 24 de ore, 7 zile pe săptămână. Mai este şi o unitate medicală care poate ajunge la dumneavoastră în cel mult două minute. Aici e doar postul de comandă. De fapt, actualul post de comandă. Uneori suntem nevoiţi să improvizăm, mai ales când vă deplasaţi fără să anunţaţi în prealabil. Avem o variantă portabilă, într-un camion. V-am spus, nu e simplu să vă ţinem în viaţă. Şi nu-i deloc ieftin.

Bolden scutură din cap. Enumeră pe degete.

— Să vedem. Unu: insişti că vrea cineva să mă omoare. Doi: voi apăreţi la momentul potrivit şi-mi salvaţi viaţa, anunţaţi de un soi de maşinărie, aparat, dispozitiv sau ce-o fi. Trei: pentru asta vreţi bani, probabil mulţi. Dar dacă nu voi semna? Ce-o să faceţi cu oamenii aceştia, le daţi alte cazuri? Şi ce o să vreţi de la mine?

Colonelul nu păru deloc surprins de întrebări.

— De la dumneavoastră? Nimic. Vom dispărea din viaţa dumneavoastră ca şi când nu am fi existat. Cât veţi mai trăi, n-o să mai auziţi de noi. Cât despre ei? Unii vor fi realocaţi, iar spaţiul va fi disponibilizat pentru altcineva. Nu e aşa de simplu când vine vorba de realocare. Câţiva sunt aici chiar de la început, aşa ca mine, de când am hotărât să investim în cazul dumneavoastră. Am fost cei care v-au salvat viaţa în două rânduri până în prezent. Vă cunoaştem aşa cum nici nu vă închipuiţi. Cu astfel de oameni în echipă putem acţiona mult mai eficient. Nici eu şi nici ei nu o să mai putem fi folosiţi vreodată, cel puţin nu pe funcţiile actuale. Sunt, ca şi mine, formaţi să se ocupe exclusiv de dumneavoastră. Salariile şi celelalte cheltuieli de până acum se vor transforma în pierderea Îngerului Păzitor.

Nimeni din încăpere nu părea să-i bage în seamă. Bolden îi urmări impresionat cum lucrează şi cum merg de colo-colo, schimbând informaţii pe care el nu le putea auzi. I se părea incredibil ca atâta lume să se ocupe numai de el. Nu era totuna cu a-i urmări pe servitori la treabă. Cu aceştia se obişnuise de mic, învăţase să-i trateze ca pe simple obiecte, de la care cereai şi primeai. Dacă era adevărat ceea ce spunea colonelul, aceşti oameni făceau ceva diferit. Lucrau ca să îl menţină pe el în viaţă, la adăpost de pericolul misterios despre care se îndoia că există. Îi plăcu ideea. Existenţa acestei echipe îi dădea un sentiment de confort şi siguranţă pe care nu îl mai încercase.

— Ştiu că suntem aici?

— Evident. Ştiu absolut tot. Am să vă arăt.

Compuse iar un cod pe tastatura senzorială şi, în interior, începu să clipească o lumină roşie. Toţi cei dinăuntru îşi lăsară lucrul, îşi puseră mănuşi şi îşi traseră pe cap măşti militare de protecţie chimică. Când terminară echiparea, unul dintre ei apăsă o tastă aflată pe pupitrul său şi în peretele de sticlă se deschise o uşă. Folder păşi înăuntru şi-i făcu semn lui Bolden să-l însoţească.

— De ce s-au mascat, sunt toxic sau miros urât? se interesă batjocoritor Bolden.

— Oh, nu, râse colonelul, nici una, nici alta. Pur şi simplu nu trebuie să le vedeţi feţele. E pentru propria dumneavoastră siguranţă. E mai bine să nu-i ştiţi. Dacă vreodată va fi nevoie ca ei să intervină, s-a dovedit că o fac mult mai eficient dacă nu sunt recunoscuţi. Dacă aţi vedea pe unul dintre ei prin preajmă, există riscul ca simpla lui prezenţă să vă creeze un fals sentiment de siguranţă. Nici noi şi nici dumneavoastră nu vrem să fiţi prins cu garda jos. Mănuşile sunt o cutumă rămasă de la începuturile organizaţiei noastre. Vrem să eliminăm riscul să vă molipsiţi de vreo boală chiar de la cei care ar trebui să vă protejeze. Până în prezent nu s-a întâmplat, dar nu se ştie niciodată.

Abia acum Bolden realiză faptul că Folder nu dăduse mâna cu el, cu toate că, atunci când se întâlniseră, el întinsese, reflex, palma. Se apropiară de unul dintre pupitre. Pe ecranul principal al acestuia apăreau mai multe diagrame. Un şir nesfârşit de litere şi cifre se derulau agale pe o bandă în partea de jos a ecranului.

— E unul dintre pupitrele medicale. Monitorizează mai multe dintre funcţiile fiziologice ale dumneavoastră, de la distanţă sau actualizându-se, atât cât este posibil, din diferite surse. Chiar dacă o să vi se pară greţos, venim în urmă după ce folosiţi toaleta, în locuri publice, dar intrăm şi la diferitele dumneavoastră reşedinţe, pentru a lua probe. Uneori avem noroc, mai găsim câte o picătură scăpată pe alături sau pe toaletă, fire de păr, fragmente minuscule de piele. Folosim tot ce găsim pentru a vă monitoriza permanent sănătatea. Evident, dacă o să semnați contractul, va fi mult mai simplu.

Bolden încercă să identifice în memorie persoanele care intraseră după el ultima oară când folosise o toaletă publică, dar nu reuși să își amintească nici măcar când se întâmplase acest lucru.

— Analizăm ceea ce mâncați, ce beți și chiar aerul pe care îl respirați, continuă netulburat colonelul. Asta e treaba echipelor de pe teren. Tot ei determină cât de tare vă enervați, cu cine intrați în contact, ba chiar, mă tem că trebuie să o spun, și cu cine vă culcați.

Operatorii de la pupitre se retrăgeau de fiecare dată când Bolden și colonelul se apropiau.

— ...Și cu cine mă culc, murmură Bolden impresionat.

Însă colonelul înțelese altceva.

— Nu, nu trebuie să vă faceți niciun fel de grijă. Discreția este fundamentală. Indiferent dacă semnați sau nu contractul de protecție cu noi, intimitatea dumneavoastră este în deplină siguranță. Vrem să vă protejăm viața, domnule, nu să vă șantajăm. Cu șantajul ați fi scăpat mai ieftin, dacă îmi este permisă o glumă.

Ajuns în fața unui pupitru, colonelul luă locul operatorului fără să se așeze pe scaunul ergonomic. Apăsă aparent la întâmplare câteva butoane. Pe ecran se derulă o înregistrare video în care lua masa la un restaurant cu Danielle.

— În arhivă este înregistrată toată viața dumneavoastră. Dacă veți semna contractul cu noi, ne așteptăm la deplina dumneavoastră cooperare. În afară de banii pe care o să ni-i plătiți, va trebui să renunțați la unele lucruri. Iar altele, după cum v-am arătat, le veți face de față cu noi. De fapt, pe toate.

Bolden privi ecranul pe care chipul lui Danielle încremenise cu un zâmbet larg. Nu reuși să-și amintească împrejurarea în care fuseseră filmați, oricât se strădui.

— Așa procedați cu toți? Îi aduceți aici și-i lămuriți să vă dea banii?

Se apropiară de un alt pupitru.

— Domnule Bolden, un lucru este sigur, dorim să semnați cu noi. Însă nu vă vom forța mâna în niciun fel, cu toate că vă supraveghem de patruzeci de ani. Ca să vă răspund la întrebare, da, îi aducem aici pe toți potențialii noștri clienți.

— E scump? se interesă senin Bolden.

— Foarte scump, răspunse imediat colonelul. Există mai multe niveluri care solicită strategii de protecție diferite, tot mai complexe. Noi le-am împărțit în șapte categorii. Ca în Biblie, râse Folder, cu cele șapte păcate... de moarte. Nu mai știu cine a avut ideea să le spună așa. Dumneavoastră vă aflați la al doilea nivel. Altfel spus, v-am salvat viața de două ori până în prezent. Pe măsură ce nivelul crește, se măresc exponențial și cheltuielile.

Colonelul apăsă din nou câteva taste. Secvența din copilărie, când fusese cât pe ce să se înece în piscină, fiind scos în ultima clipă de un necunoscut care nu putuse fi găsit ulterior, se derulă pe ecranul central. Un bărbat sărise după el, țâșnind dintre invitații care, amețiți de băutură și de muzica dată la maximum, nu remarcaseră copilul care alunecase pe ceva, căzuse, se lovise tare la cap și se rostogolise leșinat în piscină. Se simți straniu urmărind detașat un episod petrecut în urmă cu patruzeci de ani în care personajul principal era el. Înregistrarea surprinsese fața colonelului, surprinzător de tânără.

— E și cel care a filmat aici? întrebă.

Colonelul aprobă tăcu din cap și apăsă altă combinație de taste.

— Probabil îi plătiți bine, constată Bolden.

— În afară de bani, le oferim ceva cu totul special pentru a-i motiva, îi răspunse de după umăr colonelul, modificând imaginea de pe ecranul consolei.

Ecranul se umplu cu linia frântă a unui grafic. Pe axa orizontală erau trecuți anii pe o scală ce mergea până la cincizeci, iar cea verticală era gradată în procente. În general, linia frântă nu varia mai mult de cinci sau zece procente; sărise de câteva ori de douăzeci și doar de două ori de cincizeci, prima dată la cinci ani.

— Probabil ați înțeles despre ce-i vorba. Acesta e dispozitivul care măsoară probabilitatea ca dumneavoastră să rămâneți în viață. Aparatul. De fapt, e mai mult decât atât. Ține de fizica cuantică. O să încerc să vă explic în mod profan, așa cum am priceput eu.

— Dacă ai de gând să îmi înșiri chestii tehnice, ei bine, m-ai pierdut, îl preveni Bolden.

— Nu, firește că nu. Aparatul folosește mai multe măsurători. Ați auzit de câmpul cerebral neuroprotector? Nu are legătură cu neuroprotectorii, ca vinpocetina sau memantina, astea sunt niște chimicale folosite în farmacologie. Câmpul neuroprotector e măsurabil. Îl generează hipotalamusul sau cel puțin acolo poate fi măsurat. Are o componentă magnetică și una electrică. Savanții presupun că ar mai fi și altele, pe care nu știm să le evidențiem deocamdată. Fiecare om are un asemenea câmp. S-a constatat că, înainte de a se lovi sau accidenta, activitatea câmpului creşte. Cu cât e mai grav, cu atât creşterea e mai mare. De fapt, aşa a şi fost descoperit. Când o persoană urmează să moară, câmpul neuroprotector atinge maximul; de fapt asta se întâmplă cu ceva vreme înainte, câteva ore de regulă, ca şi cum creierul ar simţi ce urmează şi ar încerca să intervină, pregătind organismul.

— Hipotalamusul e în cap, atâta lucru ştiu şi eu. Pe mine cum m-aţi măsurat, că nu ştiu să...

Bolden tăcu brusc şi îşi duse mâna la cap, în locul în care se lovise când căzuse de pe bicicletă, la unsprezece ani. Îi puseseră câteva copci atunci. Folder aprobă, dând uşor din cap.

— Nu e numai atât. Câmpul neuroprotector e doar una dintre componentele folosite de Aparat. Utilizăm şi calculul probabilistic. Depinde de persoanele şi obiectele cu care intraţi în contact. Sunt ca un fel de markere. Măresc sau scad gradul de risc. Dacă, spre exemplu, vă întâlniţi cu un tip violent, aveţi mari şanse să participaţi la o încăierare, şi deci să fiţi rănit. Sau cu o femeie foarte activă sexual, de la care puteţi să vă îmbolnăviţi... Cred că m-am făcut înţeles. Măsurătoarea e cu mult mai complexă. Însă principala componentă a Aparatului rămâne secretă. Aceasta pătrunde efectiv în viitor. Am auzit vorbindu-se de tahioni, particule care călătoresc mai repede decât lumina. Nu vedem viitorul, să fim bine înţeleşi. Îl palpăm cam aşa cum un orb, ajutându-se de bastonul lui, percepe realitatea. Iată, primele două anomalii ale graficului marchează evenimente care, atunci când s-au produs, v-au pus viaţa în primejdie. Se conturează altul. Al treilea.

— Urmează să mai trec printr-o primejdie mortală? Când? întrebă încordat Bolden.

— Cândva, în viitor, îi răspunse colonelul arătându-i graficul. Încă nu ştim când, dar vom afla, pe măsură ce se apropie data. Intervalul obişnuit de prognoză este de trei zile înainte de a se petrece evenimentul. Uneori însă nu avem atâta timp, ci mai puţin. Chiar mult mai puţin. De asta trebuie să ne aflăm mereu în preajma dumneavoastră. Nu am reuşit să determinăm până acum şi componenta spaţială. Adică nu putem afla unde anume se va întâmpla. Aşa că păstrăm personal numeros, ca să putem interveni repede şi eficient. De regulă, încercăm şi reuşim să anticipăm cam tot ce se poate întâmpla. În definitiv, într-un spaţiu finit, unde există o mulţime finită de fiinţe şi obiecte, se pot petrece doar un număr finit de evenimente. Există o relaţie matematică. Dacă o să doriţi şi alte explicaţii despre suportul ştiinţific, cred că pot să aranjez.

Bolden scutură, nedumerit, din cap.

— Vrei să spui că supravieţuirea mea depinde de fata cu care mă culc sau de amicul cu care ies la o partidă de tenis? Ei sunt markerii?

— De fapt contactul dumneavoastră cu aceştia contează. Markerii trebuie aleşi corect. Cu cât interferaţi cu mai mulţi dintre ei, cu atât mai precisă poate fi estimarea, coroborată bineînţeles cu componenta dată de Aparat. E ceva cumulativ. Un marker generează un factor de probabilitate, doi markeri, unul mai precis şi mai uşor măsurabil. Însă nu e doar atât, ar fi mult prea simplu! Mai facem şi analiza stilului de viaţă. Dacă fumaţi, aveţi şanse crescute să faceţi cancer la plămâni. Dacă sunteţi vitezoman, cresc șansele să o sfârșiți într-un accident auto. Și tot așa. Însă astea sunt doar estimări care dau o probabilitate de care Aparatul ține seama. Sau cel puțin așa credem. După unii, Aparatul face singur toată treaba, cu sau fără markeri, cu sau fără alte informații.

Bolden dădu plictisit din mână.

— Îmi servești gogoși. Chestii din astea, cu măsuratul undelor cerebrale – dacă chiar or fi astfel de unde neuro... mă rog, sau că poți să determini dacă urmează să pățesc ceva doar pentru că știi cu cine mă întâlnesc sau cum îmi conduc mașina... Nu, mulțumesc, nu cred o iotă.

Colonelul păru puțin încurcat.

— Cum v-am spus, măsurătoarea făcută de Aparat este cu mult mai complexă. Orice existență trasează un vector în viitor. De fapt, mai mulți. Interveniți în viața celorlalți, chiar dacă nu sunteți conștient de asta. Interveniți asupra mediului, luând decizii, spre exemplu să ridicați o clădire acolo unde nu există nimic. Unii oameni au acești vectori mai bine conturați decât alții. Cei care influențează major mediul și existențele alor oameni. Vectorii lor sunt mult mai puternici. Aparatul identifică și corelează și aceste date, împreună cu cele pe care le primește de la markeri și pe cele de la câmpul cerebral neuroprotector și află când urmează să muriți. Nu e ceva foarte precis. Putem detecta, așa cum v-am spus, doar un singur câmp de evenimente, când dispar simultan toate dârele din viitor.

— Adică poți să afli mai ușor când urmează să mor eu pentru că, având o mulțime de angajați și de oameni care depind de mine, las acea urmă în viitor, pentru că le influențez viețile. Sună aiurea. Vorbești despre viitor ca şi când s-ar fi întâmplat, comentă Bolden nu prea sigur pe sine. Iar tu şi organizaţia ta faci tot posibilul ca acel viitor, chiar limitat doar la acest unic eveniment, anume moartea, să nu se petreacă. Păi dacă nu se petrece, ce aţi mai ghicit? Mă rog, prevăzut, cum îţi place să spui.

— Ştiu, sună paradoxal. *Este* un paradox. Nu poţi să vorbeşti la trecut despre viitor. Dar logica, sau mai precis interpretarea carteziană a evenimentelor, nu funcţionează în cazul de faţă.

Bolden îşi prinse bărbia cu mâna şi se concentră intens. Ochii îi sclipiră când crezu că a găsit cum să îl încuie pe colonel.

— Hai să presupunem că aflaţi despre un eveniment care urmează să se petreacă în viitor, şi îl împiedicaţi. Înseamnă că el nu s-a mai produs. Deci Aparatul vostru nu mai avea cum să-l detecteze pentru că, vezi bine, nu s-a întâmplat niciodată. Asta cum o mai explici? întrebă maliţios Bolden.

— Tocmai aţi enunţat unul dintre paradoxurile temporale. Cel mai cunoscut este cel în care, dacă o persoană s-ar întoarce în timp şi şi-ar omorî tatăl, atunci nu s-ar mai naşte şi deci nu ar mai fi cine să se întoarcă să ucidă părintele care, supravieţuind, ar avea un fiu... Aici însă, în cazul Aparatului, savanţii au o explicaţie simplă. El detectează doar varianta cea mai probabil să se petreacă, a unui eveniment extrem: moartea. Aparatul se focalizează pe această variantă şi se ţine de ea până trece momentul critic. Aş vrea să vă fie clar, Aparatul încetează să facă doar o simplă estimare, aşa cum v-am explicat, de fapt aruncă o privire în viitor. Un viitor pe care, cu tehnologia de care dispunem, nu putem să îl vedem altfel decât foarte neclar. Numai din lipsa unui alt termen îi spunem probabilitate. Dacă reuşim să împiedicăm producerea evenimentului care, fără intervenţia noastră, s-ar fi petrecut, înseamnă că intervenim asupra viitorului. Aţi intuit corect, la persoane aşa ca dumneavoastră e mult mai uşor să facem astfel de predicţii.

— Înţeleg. Dacă tot m-ai adus aici, să presupunem pentru o clipă că te cred, deşi nu este aşa. Îi spuneţi probabilitate pentru că, altminteri, ar fi certitudine. Nu ar mai fi loc de intervenţii. Însă am o nelămurire care mă frământă chiar de când ai început să-mi spui toate astea. Dacă tot ţii atâta lume ca să mă scape cu viaţă din vreun moment critic, de ce crezi neapărat că trebuie să urmeze un altul? În definitiv, de câte ori i se poate întâmpla unui om să se afle în pericol de moarte? De ce este nevoie să-i ţineţi pe toţi aceşti oameni? Nu cumva încărcaţi inutil nota de plată?

Colonelul zâmbi destins.

— Vă rog să mă credeţi că nimic nu ne-ar plăcea mai mult decât să scăpăm de toate astea – arătă cu un gest larg spre operatori şi pupitre – care costă o groază şi înseamnă un coşmar logistic. Doar păstrarea securităţii şi secretului operaţiunilor noastre, în interesul celor pe care îi protejăm, înghite din plin resurse. Ceea ce facem nu este o ştiinţă precisă. Putem să detectăm un incident cu câteva zile înainte ca el să se producă. Numai că, până când nu s-a produs, nu-i putem şti amploarea şi nici consecinţele asupra celor din jur. Din acest motiv stăm cu ochii în patru. Suntem permanent în alertă pentru clienţii noştri. Spre exemplu, este posibil să vă tăiaţi la deget atunci când deschideţi o doză de bere. Iniţial, detectăm şi anticipăm din vreme o creştere cu câteva procente a probabilităţii însă o catalogăm drept una puţin importantă. Dar dacă din această cauză faceţi tetanos, care poate să apară şi după trei săptămâni, timp în care continuaţi să trasaţi urme în viitorul apropiat? E mult mai mult decât poate estima Aparatul. Devine şi foarte dificil să intervenim atunci, aşa că preferăm s-o facem din vreme. Adică, indiferent cât costă, vă păzim permanent, ca nu care cumva să vă tăiaţi la deget. Sau ceva asemănător. Înţelegeţi ce vreau să spun?

Colonelul ciocăni cu degetul ecranul, în dreptul graficului unde, asemeni unui spin, o linie o lua în sus, sărind de şaptezeci.

— Vedeţi? În scurtă vreme, peste două sau trei zile, este semnalat un eveniment major, care vă va pune viaţa în pericol. Nu vreau să vă speriaţi, pentru că nu o să mai puteţi gândi limpede, însă nu aveţi prea multe şanse să scăpaţi. Nu vreau să vă ascund nimic. Iar dacă vă las impresia că încerc să vă forţez mâna pentru a semna contractul de protecţie cu noi, o să vă spun că, de când ne ocupăm de această afacere, au existat cazuri în care potenţiali clienţi au fost suficient de norocoşi şi s-au descurcat singuri. Unii au scăpat, chiar au ajuns la nivelul doi. Nu mai mult. Aveţi dreptate, într-o viaţă de om nu poţi să te afli de prea multe ori într-o primejdie de moarte. Asta e valabil numai pentru cei care nu ar fi trebuit să fie morţi deja, aşa cum e cazul dumneavoastră.

Bolden privi fascinat graficul până când liniile de pe ecran începură să se suprapună. Folder îl luă uşor de după umeri şi-l conduse afară din sală. În urma lor uşa se închise cu un fâsâit uşor, iar cei dinăuntru îşi scoaseră măştile şi mănuşile.

— Eu ar fi trebuit să fiu mort? Te referi la accidentul din copilărie și la jaful de la Paris. Nu înțeleg legătura. Dar dacă mă ascund în casă patru zile? Nu interacționez cu nimeni și nu fac nimic. Tot eșafodajul se prăbușește. Calculele dispozitivului vostru devin inutile. Și false. Aș putea să anunț poliția.

— Domnule Bolden, am impresia că vă imaginați, în mod total eronat, că aveți de-a face cu o echipă de șarlatani care urmăresc să vă ia banii. Nu vă vom împiedica să faceți indiferent ce veți hotărî. Povestea este un pic prea... înțelegeți, pentru gustul poliției, dar, ținând seama că reclamația vine de la dumneavoastră, vor cerceta o vreme. Asta ne va împiedica să vă protejăm eficient, pentru că Aparatul nu greșește. Nu a greșit niciodată până acum. Dacă spune că există probabilitatea de șaptezeci de procente să muriți, atunci așa este. Nu seamănă deloc cu zarurile, unde din zece aruncări, în trei puteți da, să spunem, duble. De fapt, când ceea ce numim noi probabilitate trece de o limită, sunteți ca și mort. Doar dacă aveți foarte mult noroc, astfel încât să vă înscrieți pe o altă linie probabilistică, puteți scăpa cu viață. Sau dacă sunteți împins spre noua linie. Asta facem noi. Iar probabilitatea la care mă refer începe de la sfertul scalei.

— Adică douăzeci și cinci de procente? Asta vrei să spui?

— Treizeci și două, în cazul dumneavoastră. Procentul scade pe măsură ce trăiți mai mult. E un fel de fenomen natural, care încearcă să vă ia viața. Una dintre legile necunoscute ale naturii. Ceva la fel de necunoscut ca misterul prin care, în anii de război, se nasc mai mulți băieți. I s-a spus Legea compensației. Credeți că știe cineva de ce și prin ce mecanism lucrează? Cam aşa e şi cu viaţa. Când s-a terminat, atunci gata, s-a terminat. Eventuala dumneavoastră supravieţuire provoacă o distorsiune. La fel ca mişcările tectonice. Răbufnesc cutremure şi pământul se destinde. Până acumulează noi tensiuni.

— *O lege a naturii numai pentru mine? Ca să mă ucidă? Eşti nebun!*

— Sună aberant, ştiu. Legea nu acţionează numai asupra dumneavoastră, fireşte. Şi asupra mea şi a celor de aici. Asupra tuturor oamenilor. Chiar dacă, pentru alţii, nivelul probabilistic este diferit. Ţine de stilul de viaţă, bagajul genetic, prieteni, depinde de o mulţime de factori, aşa cum v-am explicat. Intervenim eficient dacă ne cunoaştem mai bine clientul. Aşa ca pe dumneavoastră. Vă supraveghem de patruzeci de ani. Până acum v-am tratat ca pe o investiţie. Însă nu ne mai putem permite. Noul nivel la care aţi ajuns costă cu mult mai mult. O să încheiem acest contract sau vom fi nevoiţi să renunţăm să vă mai asigurăm protecţia. Partea proastă e că moartea, pe care am împiedicat-o să vă ia, va încerca iar şi iar. Numim asta Legea conservării temporale. Nu că e cea mai bună denumire. Există şi câteva reguli determinate empiric despre modul cum acţionează această lege.

Făcură pe jos, în tăcere, calea întoarsă. După ce urcară în limuzină, iar aceasta porni şi părăsi bază militară, Bolden întrebă:

— *Spune-mi, metoda asta a voastră poate să prevadă, în principiu, moartea oricui?*

Colonelul îşi ridică ochii din hârtiile pe care le scosese din servietă imediat ce porniseră şi îl privi pe deasupra ochelarilor.

— Evident. Numai că sunt foarte puţini cei care îşi

pot permite să ne plătească. Facem acest lucru pentru acei oameni care influenţează alte vieţi. Aceştia sunt de regulă şi cei mai bogaţi. O mai facem inclusiv pentru personalul nostru. În mod limitat, desigur. Cum altfel credeţi că i-am putea lămuri să vă salveze viaţa dacă nu ar fi fost convinşi că în primul rând sunt ei în siguranţă? Din acest motiv preferăm să angajăm, pe cât posibil, persoane fără obligaţii şi îi selectăm dintre cei cu probabilitate ridicată de supravieţuire. Pur şi simplu devine foarte scump să protejăm şi familiile tehnicienilor noştri, mai ales dacă sunt numeroase. O anumită protecţie suplimentară o asigurăm celor care lucrează pentru persoanele care ajung la niveluri superioare. Iar ca să întreţinem tot ceea ce aţi văzut, care de fapt e numai o mică parte din întregul ansamblu, e nevoie de bani serioşi.

— Pe care vrei să mi-i ceri mie. Ce te face să crezi că o să ţi-i şi dau? Tot ceea ce mi-ai arătat poate fi un decor, montat din vreme, pentru a mă tapa de bani. Spui că ai făcut asta gratis, vreme de treizeci sau patruzeci de ani? Ca să te refuz acum? Nu e cam riscant?

— Este adevărat. Vă protejăm încă de când eraţi copil tocmai pentru ca să vă propunem acest contract. Dacă veţi refuza, vom pierde investiţia pe care am făcut-o în toţi aceşti ani în care v-am ajutat să rămâneţi în viaţă. Viaţă care aveţi mari şanse să v-o pierdeţi în scurtă vreme, ceea ce nu este de dorit, nu-i aşa, domnule Bolden?

Următoarea oră trecu iar în tăcere. Afară se întunecase, iar colonelul aprinse o lampă discretă de plafon şi continuă să-şi citească documentele şi să noteze pe ele din când în când. Bolden căzu pe gânduri. Posibilitatea de a fi încăput pe mâna unor şarlatani i se părea tot mai îndepărtată. Analiză mai multe momente din viață și le suprapuse peste ceea ce-și mai amintea din graficul de probabilități văzut la fosta bază militară încercând, fără a reuși, să își amintească eventualele primejdii prin care trecuse. Rosti la un moment dat, fără legătură cu gândurile ce-i treceau prin cap:

— Ai spus că există șapte niveluri de protecție. Ce înseamnă asta?

Colonelul tresări și ridică privirea din hârtiile lui.

— Poftim? A, cele șapte niveluri. De fapt sunt șapte tipuri de incidente majore în care probabilitatea ca persoana protejată de noi să-și piardă viața este tot mai mare. Incidentele marchează trecerea de la un nivel la altul și sunt total diferite de la o persoană la alta. E ca un fel de regulă, se desfășoară în progresie, adică evenimentele cauzatoare de moarte sunt tot mai violente. Mai credem și că succesiunea lor e tot mai crescută, pe măsură ce nivelul este mai ridicat, însă au fost și excepții. La niveluri ridicate, poate dura și un an, sau mai mult. Există un istoric, din ceea ce li s-a întâmplat clienților pe care i-am avut până acum, din care am tras câteva concluzii. Evenimentele sunt tot mai dificil de gestionat pe măsură ce nivelul crește; în asemenea cazuri, șansele de supraviețuire ale clienților noștri sunt tot mai reduse. Trebuie să alocăm resurse tot mai mari. E ca și cum cineva, acolo, ține cu tot dinadinsul să ia viața pe care a pus ochii. Cineva care are un tanc, iar noi ne împotrivim cu ciomege. E disproporționată comparația, de obicei câștigăm, altfel nu am mai exista ca organizație și mulți oameni importanți nu ar mai fi în viață. Se întâmplă să mai și pierdem. De fapt, pierdem mereu.

Moartea câştigă întotdeauna. Noi reuşim doar să o amânăm pentru o vreme.

Bolden privi absent pe fereastră, fără să vadă autostrada şi traficul redus sau luminile îndepărtate ale unui oraş.

— Şi după nivelul şapte ce mai este? întrebă încet, fără să-şi ia privirea de la geam.

În maşină se făcu atât de linişte încât cei doi îşi puteau auzi respiraţiile. Bolden crezu că Folder nu a auzit întrebarea şi se pregăti s-o repete.

— N-a trăit nimeni atât de mult să ajungă măcar la nivelul şase, răspunse acesta cu voce scăzută, ca şi cum s-ar fi temut să nu îl audă cineva, deşi de şofer îi despărţea geamul gros, antifonic.

Capitolul 6

Folder scoase dintr-un sertar aflat sub banchetă o cască asemănătoare cu cele ale piloților de pe avioanele de vânătoare. Îl ajută să și-o pună pe cap și să tragă vizorul pentru proiecție în relief.

— Asta vă va lămuri probabil mai bine decât aș putea eu s-o fac, domnule, îi spuse colonelul.

Apucă să dea din cap aprobator când îl mai auzi întrebând dacă e bine reglată, după care se cufundă cu totul în lumea virtuală prezentată de înregistrarea foarte realistă.

În generic apăru imaginea tabloului *Îngerul Păzitor*, pictat de Guercino. Era sigur că îl văzuse pe undeva, probabil în vreun muzeu din Italia. Imaginea tabloului se estompă, înlocuită de o altă pictură cu același subiect; de data asta habar n-avea cine era artistul. Se succedară mai multe opere de artă, picturi și sculpturi, fiecare dintre ele fiind proiectată doar câteva secunde, cât să îngăduie o vagă recunoaștere, înainte de a fi înlocuită.

Imaginea se schimbă, înfățișând acum un birou luxos în spatele căruia stătea un bărbat îngrijit, cu barbișon și ochelari cu rame fine din aur, cu chip familiar, care îl privea fix în ochi. Datorită imaginii în relief avu senzația că stătea chiar în fața biroului. Mai mult, când roti capul, imaginea se schimbă și văzu obiectele aflate în încăpere, exact ca și cum ar fi fost prezent fizic. Probabil aceasta și fusese intenția celui care realizase înregistrarea. Bărbatul nu se grăbea. Zâmbi fin, așteptând să i se acorde atenție. Se lăsă pe spate, îşi sprijini coatele de rezemătoarele fotoliului şi îşi împleti degetele mâinilor.

— Dragă... Ian Bolden, începu acesta, pronunţându-i numele cu o scurtă ezitare. Mă numesc Jonathan Atalai, poate că ai auzit de mine... sau poate nu.

Făcu o pauză teatrală. Bolden auzise de Atalai, la fel ca foarte multă lume. Acum, după ce se prezentase, recunoscu nasul coroiat şi părul lung, negru şi buclat, atent îngrijit, pielea oacheşă a feţei şi zâmbetul puţin strâmb, inconfundabil.

Multi-miliardarul de origine arabă deţinuse, printre altele, o bună parte din ceea ce se credea a fi ultimele rezerve de petrol ale planetei.

— Urmăreşti o înregistrare pentru că nu mai sunt în viaţă. Numele tău a fost adăugat automat, de computer. Există câteva opţiuni preînregistrate, care vor fi activate în funcţie de reacţiile tale. Te asigur că organizaţia pe care o cunoşti drept Îngerul Păzitor s-a perfecţionat şi a învăţat continuu şi după moartea mea, iar şansele tale de a trăi mai mult decât mine sunt considerabil mai mari. Îngerul Păzitor ţi-a salvat cel puţin o dată viaţa şi te-a contactat. Dacă vei fi de acord cu condiţiile, te va mai salva de câteva ori. Eu am înfiinţat această organizaţie. Vrei să ştii mai multe?

Reflex, Bolden dădu inutil din cap, cu toate că realiza că se află în mediul virtual. Atalai murise în urmă cu doi ani într-un laborator al uneia dintre companiile sale care lucra pentru armată. Atât se ştia oficial. Neoficial, circulase prin anumite cercuri povestea că acesta tocmai prezenta o nouă armă, sau un explozibil revoluţionar – despre care nu se ştiau alte detalii – unor militari cu grade mari, veniţi să comande „marfă" de câteva sute de milioane de dolari.

Demonstraţia nu mersese aşa cum ar fi trebuit; arma, sau ce-o fi fost, explodase, ucigându-l împreună cu vreo sută şi ceva de persoane care se aflau prin preajmă. Se mai spunea că armata deţinea o înregistrare video a experimentului, păstrată secretă, obţinută de la camerele de supraveghere.

— Bine, reluă interlocutorul, după o scurtă ezitare. Cu toate că nu te văd în realitate, după cum nici tu nu mă vezi, o să-ţi dovedesc cât de bine te cunosc. Ai în jur de patruzeci de ani, eşti în formă bună, ţi-au mers toate din plin şi îţi place mult viaţa. Şi, mai ales, dispui de sume foarte mari de bani. Evident, de data asta nu mi-a suflat computerul. Eram şi eu exact ca tine atunci când am primit Aparatul. Am fost cel de-al cincilea căruia i-a fost oferit, împreună cu planurile de fabricaţie, de către un inventator care a dorit să rămână anonim. Îi voi respecta dorinţa, cu atât mai mult cu cât numele lui nu are nicio importanţă. Spunea că el nu a consultat niciodată Aparatul pentru a-şi afla data morţii.

Atalai căzu o clipă pe gânduri, iar privirea îi deveni visătoare.

— Este foarte complicat să întreprinzi ceva atunci când ştii că un anume om, care nu a fost condamnat definitiv la moarte de judecători şi nu e bolnav incurabil, urmează să îşi sfârşească zilele. Fără să îi poţi spune unde, cum şi de ce. Ceilalţi patru, cei de dinaintea mea, l-au crezut nebun sau farsor pe inventatorul Aparatului. Pretindea că vede viitorul. La fel ca un vraci primitiv sau modern. Din păcate, au aflat prea târziu că a avut dreptate. Şi eu am făcut la fel, însă după ce a încercat să mă prevină mi-a salvat viaţa, sacrificând-o în schimb pe a lui. A fost un atentat.

Un concurent angajase un comando terorist. Inventatorul mă prevenise că Aparatul său indica moartea mea iminentă. Când s-a aşezat în calea glonţului ştia că urmează să moară şi cred că nu i-a fost uşor. Am încercat să înţeleg de ce a făcut-o. S-ar fi putut salva. Dar pur şi simplu a dorit să scape de această povară, de a şti când mor alţii; nu a mai rezistat. Complexul Casandra, pe care l-au avut femeile ce profeţeau nenorociri în Grecia antică. Sufereau din această cauză. A lăsat Aparatul, care chiar funcţionează. Am învăţat să îl folosim, să îl multiplicăm, ba chiar l-am perfecţionat.

Imaginea tremură un pic, reamintindu-i lui Bolden că urmăreşte o înregistrare. Dar în afara uşoarei desincronizări proiecţia era impecabilă. Atalai oftă uşor şi îşi relulă monologul.

— Datorită lui am creat Îngerul Păzitor, destinată iniţial să mă apere numai pe mine. Apoi am extins organizaţia, iar unii cunoscuţi, ceva mai deschişi la minte, care aveau aceeaşi problemă ca şi mine, au acceptat să-i protejez contra cost. A trebuit să pariez cu unul dintre ei, de faţă cu toţi ceilalţi, că urma să moară. Fireşte, nu am mai încasat pariul, însă m-am ales cu mai mulţi clienţi decât am sperat. Cred că amănuntele tehnice ţi le-au spus cei care te-au contactat. Eu aş vrea să îţi vorbesc despre filozofia acestei organizaţii. Este important să o înţelegi şi să o accepţi, atâta vreme cât viaţa ta va depinde de ea.

Urmă o altă pauză, în care Atalai încremeni câteva secunde, cu gura rămasă deschisă, nefiresc.

— Casca cu care mă vezi are senzori care ţi-au măsurat şi evaluat reacţiile. Tensiunea sanguină, contracţiile muşchilor ochilor şi ale irisului, cantitatea de transpiraţie, biocurenţii. Eşti interesat să afli mai multe. Eşti dornic să te alături. Asta e bine. Îngerul Păzitor este organizată ca o companie. Deşi nu este listată la bursă, e una dintre cele mai prospere din lume, pentru că oferă ceea ce nimeni altcineva nu poate da: viaţă suplimentară faţă de cea la care ai fi avut dreptul. Cine acordă acest drept? Cine verifică şi intervine atunci când este încălcat? Habar nu avem. Credem că e o lege a naturii, valabilă şi pentru ciclul obişnuit al vieţii unui om, terminat în mod firesc la bătrâneţe.

Pentru Bolden era ciudat să asculte fără să spună nimic. Simţise de câteva ori nevoia să comenteze însă uşoarele desincronizări ale imaginii îi reamintiseră că privea o înregistrare cu care nu se putea dialoga.

— ...aşa a devenit Îngerul Păzitor proprietatea comună a tuturor celor care beneficiază de serviciile sale .

Bolden realiză că pierduse ceva din expunerea lui Atalai.

— Contractul pe care îl vei semna cu noi îţi va aduce beneficii incredibile. Şi nu mă refer la bani. Îţi vom salva viaţa de câteva ori. Pentru asta, Îngerul Păzitor va deveni singurul tău moştenitor. În acest fel vom exista mereu, dacă nu ca persoane, cel puţin ca organizaţie. Sumele plătite de tine vor fi folosite nu doar pentru a te apăra, ci mai ales pentru a eradica acest blestem. Studiem şi cum putem învinge definitiv moartea.

Atalai îl ţintui cu degetul, privindu-l fix. Lăsă jos degetul după câteva clipe şi reluă ceva mai blând:

— Chiar dacă încercăm să reducem costurile de operare, de Aparat nu pot beneficia prea mulţi oameni. Ce crezi că s-ar întâmpla dacă fiecare ar avea propriul Aparat și ar putea să își afle clipa morții?

Bolden nu își pusese nicio clipă problema în acest fel. Nu îi păsa ce s-ar fi întâmplat cu alții dacă și-ar fi aflat momentul în care urmau să moară. Dacă toată lumea ar fi știut asta s-ar fi pornit isteria în masă. Bineînțeles, numai dacă această nebunie, cu ghicitul celei din urmă zile, ar fi reală.

— Știi, se presupune că ne naștem cu simțul morții, continuă netulburat Atalai. Sunt oameni care știu când le vine sfârșitul. E ciudat, acest simț induce, total nefiresc pentru ființele vii, resemnarea și acceptarea morții. E ca o durere care, atunci când apare, e însoțită și de un anestezic. Când te rănești, de exemplu, în primele clipe, din cauza endorfinelor secretate de hipofiză și de țesutul nervos, nu simți mare lucru. Simțul morții s-a atrofiat la marea majoritate a oamenilor; doar puțini îl mai au. Iar Aparatul, la fel ca mașinile care amplifică puterile umane, nu a făcut altceva decât să redescopere și să reproducă artificial acest vechi instinct.

Atalai făcu o pauză și sorbi dintr-un pahar aflat pe birou. Pauzele din înregistrare păreau introduse premeditat atunci când Atalai dorea să sublinieze o idee; acordau timp interlocutorului să o perceapă.

— Înțelegi, desigur, că răspândirea pe scară largă a Aparatului nu ar fi nicidecum un bine făcut omenirii. Dimpotrivă. I-ar grăbi distrugerea. Oamenii ar încerca să se apere de moarte din răsputeri și cu orice preț. Asta știi deja... sau urmează să afli. Câmpul de variabile ar deveni cu mult prea mare. Complet incontrolabil. Aparatul nu ar mai folosi la nimic. Marja de predicție ar scădea, devenind de ordinul minutelor sau secundelor, şi nimeni nu ar mai putea interveni. Interferenţele ar fi covârşitoare. De fapt, ar fi cu mult mai rău decât este acum, când oamenii ignoră momentul morţii. Adevăratul răspuns îl vom avea atunci când, cu banii noştri, vom descoperi cum să alungăm de tot moartea. Dacă acest lucru e cumva cu putinţă...

Din nou, urmă o pauză în care chipul lui Atalai încremeni, ca şi cum monologul l-ar fi epuizat. Bolden bănui că i se analizau din nou reacţiile. Atalai vorbi iar:

— Senzorii îmi indică faptul că eşti neîncrezător. Am înregistrat o variantă a acestei – să-i spunem întâlniri – special pentru asemenea reacţie, pe care o socotesc normală. Te gândeşti probabil că, dacă ne laşi averea moştenire, nu mai avem niciun interes să te ţinem în viaţă. Şi, mai ales, ce rost mai au plăţile prin contractul pe care ţi-l propunem, dacă, după moartea ta, oricum vom moşteni tot? Din acest motiv ţi-am vorbit de filozofia acestei organizaţii. Tu şi noi nu avem ce face cu banii. Oricum deţinem foarte mulţi. În schimb, dorim să rămânem în viaţă. Cu orice preţ.

Lui Bolden îi veni să-şi smulgă casca de pe cap. Gândurile îi erau confuze. Cuvintele bărbatului din înregistrare îl tulburaseră.

— Există o anumită reţinere în a vorbi despre moarte. E o ipocrizie specific umană. Oricât ar părea de ciudat, moartea face parte din viaţă. Însă nimeni nu ar avea prea multă poftă de viaţă dacă ar şti precis când se sfârşeşte. Nu există moarte plăcută. Nici măcar cea prin eutanasie. Suntem condiţionaţi să ne apărăm de moarte, să încercăm să o păcălim atât cât putem. Trebuie să înţelegi: dintre toţi oamenii, nu-mai tu şi alţi câţiva privilegiaţi puteţi plăti pentru a trăi în plus faţă de cât v-a fost dat. Printre ei se află şi oameni care nu deţin averi, dar pot plăti altfel, cum ar fi politicienii de vârf. Când am făcut această în-registrare nu mi se alăturaseră decât cincisprezece persoane. Poţi să faci şi tu parte din Îngerul Păzitor. Gândeşte-te! Dintre toţi oamenii de pe Pământ, eşti printre cei care pot cumpăra ceva viaţă în plus. Nu prea mult şi nu ştim câtă anume. Însă orice clipă câş-tigată în faţa morţii e o victorie. Un triumf! Iar când vei părăsi această lume o vei face cu conştiinţa că ai lăsat în urmă posibilitatea ca, într-o zi, Îngerul Păzi-tor va înfrânge, şi datorită ţie, pe cel mai mare duş-man al vieţii.

Atalai ridică privirile spre tavanul încăperii şi îşi depărtă braţele, ca într-o explozie de entuziasm mo-lipsitor şi convingător. Semăna cu o cruce. După ce momentul de euforie se consumă, redeveni serios:

— Din motive care ţi s-au explicat sau ţi se vor explica, nu vei şti niciodată cine sunt ceilalţi propri-etari şi totodată beneficiari ai Îngerului Păzitor. Nici ei nu vor şti de tine. Cred că m-am făcut bine înţeles de ce avem nevoie de banii tăi. Asta dacă nu cumva preferi să îi dai pentru viaţa veşnică oferită de religii, în cazul în care crezi în aşa ceva, sau unor fundaţii care îi vor cheltui pentru salvarea naturii sau altele asemenea. Aş prefera să ni te alături cu toate că vei constata repede că luxul de a rămâne în viaţă când nu ar mai trebui să fii este cu mult mai scump decât pare.

Înregistrarea se termină; o lumină puternică îi umplu câmpul vizual şi apoi dispăru. Bolden rămase încă o vreme cu casca pe cap, cu cerculețe albe jucându-i în ochi. Jonathan Atalai, care îi vorbise de dincolo de moarte, fusese impresionant. Într-un târziu duse mâinile la cap și, pe pipăite, încercă să își scoată dispozitivul. Colonelul îl ajută să își desprindă casca de pe cap.

— A fost interesant? întrebă politicos Folder, după ce așeză casca înapoi sub banchetă.

— Foarte realist. Tu n-ai văzut asta?

— Nu, această înregistrare este doar pentru clienți. Nu știu ce conține și nici nu o pot accesa. E personalizată și vorbește cel care a creat Îngerul Păzitor.

— Dar nu ți-au povestit alții pe care i-ai contactat? întrebă Bolden nedumerit. Chiar dacă nu ai văzut înregistrarea, cineva trebuie să-ți fi povestit.

— Mă tem că nu ați înțeles, domnule Bolden. Sunteți primul și singurul meu client. Sunt aproape patruzeci de ani de când vă păzesc, împreună cu membrii unei echipe pe care nu o s-o cunoașteți nici măcar pentru a le putea mulțumi, v-am explicat motivele. Fiecare client al Îngerului Păzitor are propria lui echipă. Vom fi liberi doar când veți muri. Sau veți refuza să semnați contractul. Până atunci însă, trebuie să facem totul să vă menținem în viață.

Capitolul 7

Bolden nu era prea încântat de motelul modest de pe Interstate 495, unde trăsese. Îi ceruse insistent colonelului să îl lase acolo. Simţise, ca niciodată, nevoia să-şi adune singur gândurile într-un loc în care să nu îl cunoască nimeni. Limuzina luxoasă care oprise în faţa clădirii recepţiei, care era totodată şi barul motelului, stârnise un interes moderat printre camionagiii care se pregăteau să înnopteze.

— Mai gândiţi-vă, domnule Bolden, îi spuse Folder, după ce îl văzu coborând din limuzină. Noi vă mai asigurăm protecţia până mâine. Şi, aşa cum v-am spus, în scurt timp se apropie un eveniment major...

Fără să mai aştepte răspuns, Folder îşi luă rămas bun, schiţând vag un salut militar, închise cu un fâşâit electric geamul portierei, iar limuzina demară lin.

Bolden privi atent de jur împrejur fără să remarce vreun semn că ar fi fost supravegheat sau păzit. În parcare se afla şi un jeep militar, dar nu era nimeni în vehicul. Împinse uşa de sticlă a recepţiei. Sunetul clopoţelului atârnat deasupra atrase câteva priviri indiferente ale camionagiilor ocupaţi cu berile lor. Merse la bar şi se căţără pe un scaun.

— Te-ai certat cu şeful, fiule? îl întrebă un barman bătrân care, fără să îl întrebe, îi puse în faţă o cană cu cafea, pe care Bolden o împinse într-o parte cu palma.

— Whisky, ceru. Fără gheaţă. Fă-l dublu. De fapt, mai bine lasă toată sticla! comandă, scoţând din buzunar un fişic de bancnote din care desprinse două de câte o sută de dolari şi le aruncă pe tejghea. Vreau o cameră pentru o noapte.

Barmanul-recepționer culese banii și îi aduse cele cerute. Împinse registrul de oaspeți; Bolden mâzgăli ceva indescifrabil în el. Își luă un pahar și sticla și dădu drumul cheii de la cameră în buzunar. Căută din priviri o masă izolată; o găsi și se așeză cu fața la o fereastră ce dădea afară, spre noapte, cu spatele la camionagii. Își turnă o porție zdravănă de băutură. Mâinile îi tremurau și zăngăni de câteva ori cu gâtul sticlei de buza paharului.

Bău whisky-ul ca pe apă. Era o marcă ieftină, cu gust pronunțat de alcool industrial, însă nu mai conta. Tremuratul dispăruse când își umplu din nou paharul. Îi veni în minte Danielle, care îl aștepta în apartamentul lui din Manhattan, aflat la trei ore distanță pe autostradă.

Ar fi trebuit să plece împreună în vacanță, a doua zi, așa cum plănuiseră. Însă nu se simțise în stare să meargă în propria locuință în care, cine știe cum, colonelul și ai lui îi urmăreau orice mișcare, încă de când era copil. Avea nevoie să fie singur pentru a medita la cele aflate.

Compuse pe telefonul mobil un mesaj către Danielle, cu un motiv vag, că fusese reținut de afaceri urgente dar că se vor întâlni a doua zi, la aeroport. Abia după ce închise telefonul realiză că nu adăugase clasicul „Te iubesc!". Fata părea să țină cu adevărat la el. Dacă i-ar fi telefonat, ar fi trebuit să îndruge explicații inventate, neconvingătoare, iar ea ar fi știut imediat că ceva nu e în regulă.

— Hei, băiete, auzi o voce baritonală în spatele său și, după ce interpelarea se repetă, își dădu seama că i se adresează cineva.

Se întoarse pe jumătate. O matahală pe care o

văzuse în grupul camionagiilor se proțăpise în spatele lui. Lui Bolden i se păru că doar cămaşa cadrilată, foarte întinsă, îi oprea pântecele revărsat peste cureaua lată a blugilor jegoşi să nu i se prăvălească peste masa lui.

— Da, tu, filfizonule! Cine te crezi, de stai cu spatele la noi? Hă?

Pe măsură ce se ridică încet în picioare, Bolden realiză masivitatea agresorului. Îi ajungea abia până la umăr. Camionagiul îl înşfăcă de reverele sacoului, sălтându-l puțin de la podea. Răsuflarea îi mirosea puternic a bere stătută. Apoi lucrurile se desfăşurară parcă cu încetinitorul. La bar, recepţionerul scoase de sub tejghea telefonul şi formă grăbit un număr. Doi dintre cei patru tovarăşi de băutură ai camionagiului se ridicaseră şi se îndreptau spre acesta, fără să fie clar dacă intenţionau să îi despartă sau să amplifice scandalul.

Camionagiul îl eliberă brusc şi duse o mână la gât, apoi pe cealaltă. Ochii aproape îi ieşiră din orbite, scoase un horcăit de animal rănit şi căzu în genunchi. Se prăbuşi pe duşumeaua murdară, vomând în neştire un pârâu de bere amestecată cu fiere.

— Ce dracu'?! blestemă barmanul, lăsând telefonul şi năpustindu-se de după tejghea. O să-mi ia toată noaptea să curăţ aici!

Camionagiul se ridică greoi în capul oaselor şi fu prins imediat de camarazii lui care îl ajutară să se ridice şi să pornească, scuturând din cap, spre ieşire. Ceilalţi doi se ridicară de la masă după ce lăsară câteva bancnote.

— Nu e băiat rău, însă bea cam mult în ultima vreme, şopti unul dintre ei când trecu prin dreptul barmanului, înainte de a ieşi. Ţi-am lăsat banii pe masă. Ar trebui să ajungă şi pentru... deranj.

— Porci, asta sunt, porci nesimţiţi, ocărî în gura mare bătrânul recepţioner imediat ce clinchetul clopoţelului îl anunţă că uşa se închisese. Beau până nu mai ştiu de ei.

Scoase o găleată cu apă şi un mop şi începu să cureţe podeaua bodogănind întruna.

Bolden îşi luă sticla şi paharul şi porni încă tremurând spre camera pe care o plătise. Intră şi încuie înainte de a aprinde lumina. Se aruncă în pat însă scăpă paharul care nu se sparse, dar se rostogoli sub pat. Aşa că bău direct din sticlă, cu înghiţituri mari care îi cădeau în stomac în ritm cu bubuitul inimii.

După ce mai rămăseseră doar două degete de lichid pe fundul sticlei, răbufni întrebarea: fusese acesta incidentul aflat pe graficul colonelului sau nu? Scăpase atât se ieftin doar pentru că i se făcuse rău camionagiului sau pentru că echipa invizibilă care pretindea Folder că veghează asupra lui intervenise într-un fel pe care nu îl remarcase?

Sau poate totul era o imensă înscenare pusă la cale de oameni hotărâţi să-i ia banii, aşa cum bănuise încă de la început?

Ce-i drept, ipoteza înscenării, oricât de mult ar fi dorit să o creadă, nu rezista. Indiferent cât de mult pretindea că îl cunoaşte, Folder nu avusese de unde să ştie că intenţiona să poposească la un motel, cu atât mai puţin la acesta. Mai mult, colonelul nu îi sugerase în niciun fel să facă acest lucru. Dimpotrivă, insistase să îl ducă la New York. Iar camionagiii se aflau deja acolo când intrase, era sigur de asta.

Aparent totul părea o imensă înscenare menită

să stoarcă bani de la naivi. I se arătase un decor hi-tech și câțiva figuranți. La fel ca acele companii care vindeau proprietăți pe Lună sau pe Marte.

Sondarea viitorului.

Râse răgușit și scoase dintr-un toc de piele un trabuc fin pe care îl aprinse cu un chibrit din cele oferite de motel. Imediat, camera se umplu cu fumul galben și gros, puternic mirositor. Luminița roșie a senzorului de fum aflat pe tavan prinse să clipească. Dădu pe gât și ultima gură de whisky, se ridică în picioare pe pat și, folosind sticla, lovi senzorul până îl sparse. Coborî clătinându-se, deschise larg minibarul camerei și luă cu el în pat toate sticluțele cu băutură pe care le găsi.

Oamenii doreau să știe cum va fi viitorul încă de când apăruseră pe Pământ. Romanii sacrificau animale și scormoneau în intestine pentru a desluși ceea ce urma să se întâmple. Grecii o avuseseră pe Pythia din Delphi. Rasputin făcuse furori la ruși, la începutul secolului precedent, prevestind viitorul. Mai era și francezul Nostradamus, ale cărui predicții traversaseră Evul Mediu pentru a fi luate în serios chiar și în secolul XXI. Mai erau Moise, Iisus, Mahomed, de departe cei mai cunoscuți, care lansaseră și ei profeții care au modificat cursul istoriei. Istoria era plină de magi, prooroci, vraci, chiromanți, profeți, ghicitori, spiritiști și, mai nou, savanți.

— O fi ceva specific, legat indisolubil de om, vorbi singur, desfăcând cu un ușor pocnet căpăcelul unei sticle miniaturale cu vodcă al cărei conținut îl sorbi între două fumuri trase din trabuc. Dorința de a afla viitorul. De a putea câștiga la loto, de a afla ce acțiuni trebuie cumpărate la bursă sau cine va câștiga campionatul național de fotbal. De a ști dacă femeia cu care te pregătești să te căsătorești o să-ți mai placă și peste zece ani. De a păcăli moartea, amânând-o cât de mult posibil, pentru a lua de la viață absolut tot ceea ce aceasta poate oferi. Cei mai mulți ar fi vrut să afle cum o pot păcăli la nesfârșit, îngroziți sau doar lipsiți de curiozitatea de a afla dacă dincolo îi aștepta Marele Nimic sau Raiul și Iadul.

Se îmbătase și declama de-a binelea. Cineva dintr-o cameră vecină bătu în perete. O voce enervată îi ceru să facă liniște. Aruncă o sticluță goală în perete și tăcu. Își regăsi cu greu firul gândurilor.

Banii, casele, mașinile puteau să dispară. La fel și servitorii și Danielle, prietenii, angajații. Pentru el, întreaga lume se pregătea să dispară, dacă era să dea crezare la ceea ce îi explicase colonelul. Îi era sortit să moară pentru că undeva, ascunsă în cine știe ce lege a naturii, fapta trebuia să se întâmple. Dacă Folder și Îngerul Păzitor preziceau un pericol real urma să moară sau, așa cum spuneau crainicii de televiziune atunci când anunțau vreun accident sau vreo catastrofă cu victime omenești, urma să-și piardă viața, ca pe un breloc sau un portofel, dar fără să mai existe șansa de a o regăsi.

Bolden semnase deja contractul cu Îngerul Păzitor, indiferent dacă organizația care se angajase să îl mențină în viață era reală sau doar paravanul unei imense escrocherii, atâta doar că încă nu aflase. Îl semnase înainte de a primi plicul negru, cu mult înainte de a fi contactat de Folder și de a fi vizitat fosta facilitate militară unde o echipă întreagă avea grijă ca el să rămână viu. Iubea prea mult viața și tot ceea ce însemna ea pentru a nu face orice ca să trăiască o clipă în plus față de cât îi hărăzise destinul. Să mai guste, chiar sătul, din cupa cu nectar a celor extrem de bogați pe care o primise atunci când venise pe lume, la fel de firesc și natural ca mâinile și picioarele.

Colonelul își făcuse bine temele când se hotărâse să investească în el. Nu existase niciun risc, nici cel mai mic, ca el să refuze, nici măcar o clipă. Ritualul de lămurire și acceptare desfășurat de Folder făcuse parte doar din procedura menită să-i arate că încă mai dispunea de liberul arbitru, că avea posibilitatea, strict teoretică, de a spune nu vieții, asemeni unui sinucigaș. Ceea ce, în mod absolut sigur, nu era cazul. Viața lui nu era cu nimic mai prețioasă decât a altor miliarde de oameni. Singura diferență era că se afla printre puținii privilegiați capabili să plătească foarte mult pentru a trăi.

Chiar dacă nu avea cum să știe precis, existența unui dispozitiv care prevedea viitorul părea posibilă. Poate, într-adevăr, îl inventase cineva. Și Elevatorul Spațial păruse un proiect imposibil. Nici chiar acum unii nu credeau că este real, și era de înțeles. Un fir lung de treizeci și șase de mii de kilometri din fibră de carbon, cântărind sute de mii de tone, nu era ceva ușor de acceptat de rațiune. Cu toate astea, Elevatorul intrase în cotidian, la fel ca podurile suspendate peste râul Hudson sau ca barajul Hoover, devenite banalități de mai multe decenii. Știrile despre Elevator apăreau tot mai rar în programele informative pentru că gigastructura se integrase în cotidian, la fel ca munții Himalaya sau ca Atlantis, orașul submarin din golful Mexic. Elevatorul era cunoscut doar din emisiunile televizate. Nu peste multă vreme, când se vor termina hotelurile spațiale, va începe era turismului cosmic. Până atunci, el căra gunoaiele produse de industriile pământene pentru ca apoi să le facă vânt, cu Catapulta electromagnetică, spre Soare. Cine și-ar fi imaginat că toate astea vor fi atât de curând posibile, după ce, la sfârșitul secolului trecut, erau doar vise, la fel ca fuziunea nucleară la rece sau călătoriile în hiperspațiu, rămase, deocamdată, tot vise?

Aparatul parcă nu mai părea atât de abstract. Dacă ar fi fost făcută publică, noua descoperire ar fi urmat același traseu, făcându-și loc încet în șirul nesfârșit al celorlalte descoperiri care, se spune, duseseră omenirea înainte, de parcă ar fi existat pe undeva un indicator care să arate direcția. Din gât îi ieși un hohot de râs, imaginându-și întreaga planetă încolonată, mergând spre un înainte vag, aflat în ceață.

La vremea lor, cam toate invențiile majore fuseseră considerate fie imposibile, fie șarlatanii. În secolul XIX existase un savant celebru care combătuse trenul și locomotiva cu aburi susținând că nimeni, niciodată, nu va putea supraviețui unei călătorii la viteză mai mare de 20 de kilometri la oră. Dar noutățile fuseseră întotdeauna adoptate cu mult entuziasm, indiferent de părerea specialiștilor.

Mai erau și banii. Colonelul avea dreptate. Banii nu însemnau mare lucru atunci când plutea amenințarea iminentă a morții. Își aminti momentul cumplit al jafului din banca pariziană, când avusese țeava unei arme la ceafă. Simțea și acum locul unde i-o apăsase banditul. Ar fi dat oricât să fie lăsat în viață.

Banii aduceau totul. Tot ceea ce putea oferi această lume și oamenii ei. Totul era de vânzare. Era o chestiune de preț. Până și viața, de fapt prelungirea ei, devenise un bun care se tranzacționa. Bani avea suficienți și putea plăti. Mort nu îi mai putea cheltui. Îi era indiferent dacă, așa cum spusese Atalai, averea urma să i-o moștenească Îngerul Păzitor. Poate îi vor cheltui cu folos, pe cercetările care aveau să dezvolte cândva, când lui nu îi va mai fi de folos, un tratament ce să învingă definitiv moartea.

Își dori să prindă asemenea vremuri, când moartea avea să fie eradicată asemeni unor boli ca variola sau lepra. Rămânea neclar efectul sau efectele acelei legi a naturii de care îi pomenise Folder. Dacă tot mai mulți oameni trăiau mai mult decât ar fi trebuit, ce urma să se petreacă? Cum avea să fie restabilit echilibrul?

Se ridică din pat, aruncă trabucul în toaletă și trase apa. Nu reuși să mai deschidă fereastra și nici să arunce la gunoi mormanul de sticluțe golite care zăngăneau în pat, la fiecare mișcare. Adormi, sau mai degrabă amorți, inspirând fumul greu rămas de la trabucul scump și lacrimi grele prinseră să i se scurgă pe la colțul ochilor iritați, în somn, până când sistemul de ventilație al motelului aerisi încăperea.

Capitolul 8

Deși se trezise cu puțin după ce afară se lumina-se, cu mintea încețoșată și cu o sete cumplită provocată de alcool, Ian Bolden avea să-și amintească cu limpezime de cristal următoarele ore din viață.

Își aruncă apă pe față și înghiți două aspirine găsite într-o cutioară aflată în dulăpiorul cu oglindă din baie. Se îmbrăcă și ieși încă bine amețit, cu gâtlejul încărcat de gustul groaznic de alcool amestecat cu tutun. La recepție se afla tot barmanul din seara precedentă, dar nu dădu niciun semn că l-ar fi recunoscut.

Ceru cafea neagră și un taxi în care, răvășit și mahmur, urcă un sfert de oră mai târziu. Își consultă ceasul și ajunse la concluzia că nu mai avea vreme să ajungă acasă, în Manhattan, pentru a-și lua bagajele. Ocolul i-ar fi luat pe puțin o oră, așa că spuse șoferului să îl ducă direct la aeroportul Kennedy, unde urma să o întâlnească pe Danielle.

Își aminti de telefonul mobil și îl deschise. Avea mai multe mesaje, rezultate ale apelurilor pierdute; le ignoră pe toate pentru a-și suna iubita, care îi răspunse imediat.

— Ești bine? Te-am sunat de mai multe ori însă nu ai răspuns, îi auzi vocea melodioasă. Ce s-a întâmplat, am fost îngrijorată, de ce n-ai dat niciun semn?

— A fost... Se pregăti să spună o minciună, dar renunță. O să-ți explic când ne vedem. Sunt în drum spre aeroport, ajung în...

Își consultă ceasul, pentru a-i oferi o estimare cât mai bună, însă nu mai apucă. Se auzi un pocnet sec dinspre o roată a taxiului şi masivul Lincoln începu să joace pe autostradă. Lui Bolden îi veni în minte colonelul şi contractul său de pază şi îi păru rău că nu îl semnase. Poate ar mai fi avut o şansă. Doar traficul redus al dimineţii a împiedicat ca explozia pneului să se transforme într-o catastrofă. Şoferul răsuci violent volanul pentru a controla derapajul şi, înjurând urât, opri vehiculul după o sută şi ceva de metri de piruete, desfăşurate pe toate cele trei benzi ale autostrăzii. Porni iar motorul şi, hurducăind din roata avariată, aduse Lincolnul pe banda de rezervă unde opri, scoase cheia din contact, apoi se lăsă cu capul pe volan trecând aproape firesc de la înjurături la o rugăciune de mulţumire adresată Domnului.

Pe bancheta din spate, Bolden scăpase nevătămat cu toate că fusese scuturat zdravăn. Se simţea ciudat de relaxat. Adrenalina îi alungase orice urmă de mahmureală.

Uitase pe loc regretul încercat că nu semnase acel contract cu Îngerul Păzitor. Scăpase cu viaţă fără intervenţia echipei pe care i-o prezentase Folder. Nimeni nu ar fi putut opri. Se întrebă cum ar fi arătat probabilitatea acestui accident pe Aparat. Asta, bineînţeles, dacă Aparatul chiar exista şi nu era doar rodul imaginaţiei unor indivizi hotărâţi să îl tapeze de bani.

Exista, desigur, şi posibilitatea ca accidentul să fi fost aranjat chiar de colonel, pentru a fi mai convingător şi a-l lămuri să cedeze mai repede. Alungă acest gând; şoferul taxiului era foarte afectat, era greu de crezut că ar fi făcut parte dintr-o asemenea combinaţie.

— Hei, gata, s-a terminat, i se adresă.

— Mulţumesc, Doamne, mulţumesc, Doamne... fu

însă tot ceea ce obţinu drept răspuns, aşa că îl prinse de umăr şi îl zgâlţâi zdravăn.

— Revino-ţi, pentru numele lui Dumnezeu. Suntem vii. Iar eu am un avion de prins.

Şoferul întoarse capul şi îl privi cu ochi tulburi. Deschise portiera şi ieşi. Îşi cercetă maşina; Lincolnul, în afara cauciucului care făcuse explozie, mai avea încă o roată care se dezumflase în timpul derapajului.

Bolden ieşi şi el şi se alătură unui mic grup de oameni care îşi opriseră maşinile, fie din curiozitate, fie ca să întrebe dacă pot fi de ajutor.

— Nu cu maşina asta, spuse şoferul. Nu vă pot duce la timp să prindeţi avionul. Însă am scăpat cu viaţă, ceea ce este cel mai important. Nu vă mai pot onora comanda, domnule. Am doar o singură roată de rezervă. Îmi pare rău. N-am mai păţit niciodată aşa ceva.

— Totdeauna se petrece când nu te aştepţi, se băgă în vorbă unul dintre spectatori, un bărbat rotofei, cu păr cârlionţat şi început de chelie. Pot să vă las eu la Kennedy, chiar acolo merg, să-mi aştept logodnica. Aveţi noroc că sunteţi teafăr, râse el, aruncând o privire la taximetrul cu roţile distruse.

Bolden strânse din reflex mâna grăsulie şi transpirată a bărbatului, în timp ce acesta îşi spuse numele pe care Bolden nu se osteni să-l reţină. Îşi spuse şi el numele şi porniră spre maşina acestuia, un impunător Chevy Suburban, destul de nou. Se întoarse însă după câţiva paşi, băgă mâna în buzunar şi scoase din mers un pumn de bancnote de o sută de dolari pe care le îndesă în buzunarul de la cămaşa deja transpirată a şoferului taxiului, îl bătu pe umăr şi plecă.

Noul lui şofer avea chef de vorbă. Începu prin a comenta pe larg situaţia din Taiwan. China îşi masase flota în jurul insulei rebele, instituind, neoficial, blocada. Se presupunea că doar prezenţa grupului care escorta portavionul Roosevelt împiedicase un atac. Bolden deveni atent. Atât China cât şi Taiwanul îi erau clienţi. Un conflict între cele două ţări i-ar fi afectat serios afacerile. Ar fi vrut mai multe detalii, dar şoferul schimbase subiectul. Logodnica pentru care mergea la aeroport urma să vină din Rusia. Nici acolo lucrurile nu mergeau prea bine. Teroriştii ceceni făceau legea în Moscova şi mai multe ţări mărunte din Caucaz, odinioară republici satelit, îşi zdrăngăneau armele. O cunoscuse printr-o agenţie matrimonială, pe internet. Discutau deja de un an când s-a hotărât să o cheme la el, lucru care s-a dovedit a nu fi deloc simplu. Completase o mulţime de formulare şi semnase tot felul de angajamente.

Îşi aduse aminte de Danielle, care probabil era înnebunită de grijă. Îşi pipăi buzunarele, ocolind centura pe care şi-o prinsese prudent imediat ce urcase, însă nu mai găsi telefonul mobil. Îl scăpase în timpul derapajului şi se afla probabil în Lincolnul cu anvelopele sparte, rămas la treizeci de kilometri în urmă. Îi trecu prin cap să-l roage pe noul lui tovarăş de drum să-i împrumute telefonul lui însă pur şi simplu nu-şi imagină cum ar putea să-i explice fetei ce se petrecuse. Decise să o facă o oră mai târziu, când aveau să se întâlnească la aeroport.

În următoarele zeci de minute nu fu în stare să se gândească la absolut nimic, ca şi cum creierul i s-ar fi cufundat într-o pâclă deasă. Nervii i se destinseră, lăsând în urmă oboseala provocată de somnul chinuit de la motel. Răspunse mecanic cu sunete care puteau să însemne orice, de la aprobare la dezaprobare, sau numai dând din cap, la sporovăiala veselă a șoferului; dacă l-ar fi ascultat, ar fi aflat despre Rusia și estul Europei cu mult mai multe decât își dorea să știe.

Botul lung al Mack-ului le tăie calea chiar când intraseră pe Interstate 678, în Queens. Ieșise de pe o stradă laterală ignorând semafoarele. Dacă nu ar fi trecut primejdios de aproape de ei, camionul, lipsit de obișnuitul transcontainer, ar fi arătat caraghios, ca un cap de bestie mecanică lipsită de imensul corp, care urlă cu toată puterea sirenelor când trecu pe lângă ei. Însoțitorul său evită în ultima clipă camionul, frânând violent. Bolden fu aruncat în față, dar nici nu simți tăietura centurii de siguranță care îi mușcă adânc din carne. Manevra le aduse însă un cor de claxoane indignate dinspre celelalte mașini de pe șosea. Mack-ul încetini, ca și când ar fi uitat de graba cu care le luase fața, dar când încercară să-l depășească, camionul făcu slalom pe benzile șoselei, cu scopul evident de a-i ține în urma sa.

— La naiba, ce vrea individul ăsta? înjură cu năduf șoferul, strivind claxonul după ce încercase din nou să depășească Mack-ul.

Îi dispăruse zâmbetul, iar fața îi căpătase o expresie concentrată. Câteva broboane mari de sudoare îi apăruseră pe frunte.

— Crede că se joacă cu mine, ha? Stai că-ți arăt eu! scrâșni și răsuci de volan în timp ce trase cu putere frâna de mână.

Ajunseseră la jumătatea intersecției cu Grand Central, iar semaforul era verde. În spatele lor se adunaseră deja mai multe mașini care încercau, la rândul lor, să depăşească. Masivul Chevy derapă până ajunse aproape perpendicular pe axul străzii, apoi, cu acceleraţia apăsată la maximum, ţâşni scoţând fum din roţile din spate pe Grand Central. Bolden roti capul, la timp pentru a vedea cum Mack-ul, constatând că i-a scăpat, acceleră şi îşi continuă cursa fără să mai taie benzile de mers.

Şoferul îşi conduse concentrat Chevy-ul până la Hill Side Avenue, unde se încadră la dreapta şi ieşi iar pe Interstate 678. Şofă în tăcere, încordat, privind des în retrovizor. După ce se convinse că nu mai erau urmăriţi se mai destinse.

— Sunt tot soiul de nebuni în ziua de azi. Tipi ca ăştia pretind că sunt profesionişti. Rahat! strigă când un Hummer militar, vopsit în culori de camuflaj, ieşi de pe bulevardul Rockway fără a respecta culoarea semaforului şi îi lovi destul de serios în partea din spate, aruncându-i în parapetul dintre şensurile de circulaţie. Aproape imediat ce s-au oprit, portiera din dreptul lui Bolden se deschise, iar colonelul Folder, îmbrăcat în uniformă neagră, ca a trupelor de intervenţii ale poliţiei, îi desfăcu centura de siguranţă şi îi comandă autoritar:

— Trebuie să ne urmaţi. Acum.

Era însoţit de alţi doi bărbaţi, îmbrăcaţi în uniforme militare bălţate, de camuflaj, cu ochii ascunşi după ochelari fumurii de soare. Alte două Hummer îşi făcură apariţia şi opriră în faţă şi în spate. Colonelul îl conduse la unul din ele, deschise portiera din spate, îi făcu semn să urce, după care urcă şi el. Maşina demară şi întoarse în forţă, profitând de un moment de acalmie în trafic. Trecură pe lângă Chevy cu şoferul cel amabil, rămas cu gura deschisă de uimire şi se înscriseră din nou pe Interstate 678, pe sensul care pleca de la aeroport.

— Sunteţi tare greu de găsit, domnule. Ne-aţi dat ceva de furcă. De dimineaţă încercăm să vă oprim. Noroc că suntem pregătiţi pentru asta, chiar dacă a trebuit să compromitem o bună parte din echipele de teren care vă erau alocate.

Bolden îşi trase suficient sufletul cât să articuleze:

— Voi... îndreptă un deget acuzator spre colonel. Deci taxiul... n-a avut pană.

Colonelul aprobă clătinând uşor din cap.

— ... şi camionul, tot voi? Aţi înnebunit, parcă era vorba să mă protejaţi! Să mă ţineţi în viaţă! Iar voi ce naiba faceţi, încercaţi să mă omorâţi? răcni indignat.

Folder nu păru deloc tulburat.

— Dimpotrivă, domnule, încercăm să vă ţinem în viaţă. Aşa cum v-am avertizat, astăzi urmează să fiţi ucis. Azi dimineaţă ni s-a transmis de la centrul de monitorizare că probabilitatea să fiţi ucis a crescut la peste optzeci la sută, de la cincizeci, cât era când v-am contactat prima oară. Aşa că am încercat să vă găsim. Şi să vă oprim. Nu v-am riscat viaţa nicio clipă. Evenimentul în care urmează să vă pierdeţi viaţa se va produce în viitorul apropiat, în câteva ore. Incidentele în care aţi fost implicat au prezentat pericol doar pentru cei care v-au însoţit sau pentru echipele care au încercat să vă oprească.

Scoase o cutie dreptunghiulară neagră de mărimea unui pachet de ţigări, cu două cadrane asemănătoare celor care indică rezerva de combustibil la un autoturism din generaţiile vechi; scalele erau gradate din zece în zece, de la zero la o sută. Acul celui din stânga abia se mişcase puţin peste zero, în vreme ce acul celuilalt coborâse vizibil către cincizeci unde tremură puţin, ca şi cum ar fi ezitat, apoi rămase acolo. Colonelul păru mulţumit de indicaţiile instrumentelor şi puse cutia la loc într-unul din multele buzunare ale vestei sale de camuflaj, pe care îl închise cu fermoarul.

— E o cursă, domnule. O cursă cu moartea. Însă de data asta am ajuns noi primii. E prima oară când facem asta pentru cineva care, deşi nu a semnat contractul de protecţie cu noi, a trecut la nivelul trei.

— Ce-i ăla? întrebă Bolden, arătând cu degetul spre buzunarul unde fusese pus dispozitivul.

Colonelul lăsă să treacă câteva clipe înainte de a înţelege la ce se referă Bolden. Ridică din sprâncene.

— Au tot încercat să-i dea un nume, însă nici unul nu a prins. Noi însă îl numim simplu, Aparat. Nu e nici pe departe atât de precis ca echipamentul pe care îl avem în bazele noastre, dar are avantajul că este portabil. E acordat numai la linia dumneavoastră temporală, din acest motiv este atât de mic. Cadranul din stânga e un indicator general, un fel de sumă a probabilităţii. Captează de-a valma fluxuri dintr-o bandă foarte largă, în principiu de la toţi oamenii de pe planetă. Îi putem reduce raza de acţiune, din acest potenţiometru. Foloseşte la calibrare. Poate fi folositor să afli dacă şi cei din preajmă, să zicem de pe o rază de un kilometru, intră şi ei, împreună cu ţinta, adică persoana pe care o protejăm, în zona de risc. Spre exemplu, dacă urmează să explodeze o bombă sau ceva asemănător. Cadranul din dreapta vă este dedicat integral. Când probabilitatea se menţine sub cincizeci la sută înseamnă că putem controla destul de bine situaţia. În mod firesc, probabilitatea ar trebui să scadă sub zece procente. Atunci nu este nevoie să intervenim.

Cu toate că avea să-şi amintească până şi ultimul cuvânt rostit de colonel, emoţiile prin care trecuse în ultimele ore îl făcuseră pe Bolden foarte puţin dispus să mai accepte explicaţii. Întreaga poveste i se părea mai mult ca oricând invenţia unor minţi afectate de paranoia sau mai degrabă a unor indivizi hotărâţi să-i inducă teamă, prin metode mai mult sau mai puţin subtile, pentru a-l tapa de bani. Numai nişte demenţi puteau să împuşte cauciucurile unui automobil care rula cu viteză şi să susţină că nu fusese în pericol niciun moment. Simţi că i se urcă sângele în cap când se gândi la camionul care făcuse slalom pe autostradă. Răbufni cu năduf:

— Opreşte imediat! Doar nu crezi c-o să înghit mizeria asta? Crezi că dacă îmi arăţi o cutioară cu două indicatoare m-ai impresionat? Sunteţi nebuni! Nebuni de legat! De voi trebuie să-mi fie teamă. La-să-mă, opreşte imediat!

Bolden se năpusti spre portiera din dreptul său încercând s-o deschidă din mers însă clapeta nu acţionă mecanismul de deschidere. Folder şi ciracii lui duseseră prea departe acest joc aberant. Se străduiseră din răsputeri să îl împiedice să ajungă într-un loc în care credeau că el urma să moară. Fără să ştie care era acel loc. Colonelul pretindea că citeşte viitorul. La fel ca indivizii care susţineau că descoperiseră un perpetuum mobile. Încăpuse pe mâna unor nebuni de legat. Se întoarse şi încercă să îl lovească pe colonel însă acesta pară cu îndemânare. Îi prinse mâna şi i-o răsuci din cot, la spate. Nu putea să facă nici cea mai mică mişcare fără să îl doară cumplit.

Colonelul umblă iar la vesta cu buzunare şi scoase cu mâna rămasă liberă un mic pistol hipodermic. Cu o mişcare expertă, îl descărcă în gâtul lui Bolden. Acesta se înmuie imediat sub efectul tranchilizantului, şi, înainte de a adormi, mai apucă să audă:

— Aşa cum v-am spus, pentru acest nivel de probabilitate suntem foarte bine pregătiţi, domnule...

Capitolul 9

Cursa 337 a United Airlines terminase îmbarcarea și primise aprobarea de decolare de la turnul de control. Uriașul Boeing 787-12 Dreamliner începu greoi rularea de la terminal. Cele două motoare Rolls Royce Trent 1000, dispuse sub aripi, torceau lent, încălzite din vreme de piloți. Aparatul se poziționă la capătul pistei 2C, așa cum ceruseră cei de la controlul traficului de pe JFK, iar căpitanul ambală motoarele și începu rularea.

Motoarele se încordară, asemenea unor uriași treziți brusc din somn, și eliberară câte cincizeci de mii de kilograme forță fiecare, urnind cu ușurință cele două sute cincizeci de tone ale aeronavei și combustibilului, mărfurilor, bagajelor și celor trei sute de pasageri și membri ai echipajului aflați la bord.

După ce rulă ceva mai mult de doi kilometri, aparatul atinse două sute nouăzeci de kilometri pe oră și, căpătând suficientă portanță, se înălță greoi, iar roțile părăsiră betonul pistei. După ce se înălță câteva zeci de metri, pilotul escamotă trenul de aterizare. Apoi începu un lung viraj, pe o buclă care urma să se termine deasupra Atlanticului, pentru a înscrie aeronava pe culoarul aerian spre Haiti, pe coasta estică a Statelor, apoi deasupra Golfului Mexic și marea Caraibelor, până la Port-au-Prince, unde urma să ajungă după patru ore.

Danielle își lipise privirea de hubloul din dreptul locului ei confortabil, aflat la clasa business, în fața celorlalți pasageri care se înghesuiau câte nouă pe rând, la clasa economy. Rezista cu greu să nu arunce câte o privire la locul gol de alături, unde ar fi trebuit să se afle Ian. Erau doar de doi ani împreună însă se simţea în siguranţă alături de acest bărbat atât de diferit de toţi cei pe care îi cunoscuse. Deseori se întreba dacă relaţia lor avea măcar un dram de romantism însă ajunsese de mult la concluzia că era mai bine să lase lucrurile în voia lor. Ţinea la el şi era convinsă că, în felul lui întortocheat, şi el avea nevoie de ea.

Convingerea îi fusese dată însă peste cap în seara precedentă şi nu găsise niciun fel de explicaţie pentru felul în care se comportase Bolden. Înţelesese imediat că era tulburat, probabil îl afectase ceva acolo unde fusese. Rămăsese un mister locul unde îşi petrecuse noaptea; nu venise la aeroport deşi promisese să o facă. Nu putea fi vorba de o altă femeie, îl cunoştea prea bine pentru a se gândi, fie şi numai în treacăt, la aşa ceva. Cu atât mai mult cu cât relaţia lor funcţiona tocmai prin lipsa declarată a oricăror obligaţii reciproce.

Nu putea găsi o explicaţie, oricât ar fi încercat. Scormoni în geanta de mână pe care o păstrase la îmbarcare şi scoase un card bancar pe care îl trecu prin fanta specială a telefonului încastrat în mânerul fotoliului ei. Începu să compună, pentru a suta oară, din memorie, numărul lui Ian, nădăjduind ca măcar de această dată să i se răspundă. Se opri însă la jumătate. Atenţia îi fusese distrasă de o umbră mare care întunecă pentru o clipă hubloul din dreptul său.

***

Micul Cessna Stationair 206 H deveni perfect vizibil când Boeingul ajunse la înălţimea de trei sute de metri. Plecase de pe un aeroport privat, destinat avioanelor de agrement de mici dimensiuni, cu cinci-

sprezece minute în urmă. Din cele şase locuri dispo-
nibile, numai cel al pilotului era ocupat de Yassine
Gadhe, care emigrase din Irak în State în urmă cu trei
ani, după ce îşi înmormântase familia ucisă într-un
atac al bodyguarzilor americani care înlocuiseră ar-
mata de ocupaţie. Adusese cu el o imensă ură pentru
tot ceea ce era american; nu uitase şi nu iertase nimic.

Lucra legal, ca tehnician la un combinat de îngră-
şăminte chimice, în pofida faptului că era inginer li-
cenţiat. Trupul scund şi subţire al acestuia, îmbrăcat
în jalabiya neagră a sectei Hashashiyyini, părea că se
dizolvase în scaunul pilotului, care era tapisat cu pie-
le de aceeaşi culoare. Avionul fusese închiriat pentru
două ore de la compania care administra aeroportul.

Yassine devenise bine cunoscut la aeroport. Nu
era pentru prima oară când închiria un avion. De
această dată ceruse special singurul 206 H disponi-
bil şi avusese grijă să îl rezerve cu mult timp înainte
cu toate că, având dimensiuni ceva mai mari şi un
consum mai ridicat de combustibil, ceea ce creştea
serios preţul unei ore de zbor, aparatul nu era prea
des solicitat.

Din când în când, Yassine arunca o privire scurtă,
îngrijorată, la cele patru genţi mari din pânză, legate
de scaunele din spatele său. În ele se aflau atent alini-
ate sticle pătrate de whisky, câte patruzeci în fieca-
re. Yassine era credincios musulman practicant şi nu
pusese niciodată limba pe alcool. Conţinutul acestora
îl vărsase la toaletă. În loc, pusese azotat de amoniu
– furat de-a lungul timpului, în cantităţi mici, chiar
din combinatul unde lucra – pe care îl amestecase
cu benzină. Dispunea de peste o sută de kilograme
de amestec care formase un exploziv foarte instabil

şi puternic, căruia doar o scânteie îi lipsea pentru a detona. Scânteia urma să vină de la o instalaţie improvizată, foarte simplă, ce consta în două fire şi un întrerupător inerţial de impact, aduse în cabină şi legate în paralel cu una din bujiile motorului avionului.

La clasa economy, apropierea aparatului Cessna a fost filmată cu telefonul mobil de un puşti de doisprezece ani având nickname-ul Serious Boy, aflat cu părinţii pentru prima oară într-un zbor atât de lung. Setase telefonul să transmită direct pe YouTube tot ceea ce înregistra, la o adresă pe care avusese grijă să o dea mai multor prieteni pe care spera să-i impresioneze. Avea de gând să înregistreze cât mai mult din excursie şi nu vedea niciun motiv să nu înceapă chiar cu călătoria aeriană. La fel ca mulţi alţi pasageri, nu dăduse nicio importanţă cererii deja ridicole a stewardeselor de a închide dispozitivele electronice, pe motiv că ar fi putut afecta siguranţa zborului. Până şi un copil de doisprezece ani ştia că asemenea lucruri nu se mai întâmplau, chiar dacă era foarte probabil ca în secolul trecut, când electronica avioanelor se afla în epoca de piatră, aparatura de bord să fi interferat cu cine ştie ce proteză auditivă a vreunui pasager.

Serious Boy filma relaxat, de la o fereastră aflată cam la jumătatea distanţei dintre aripile din faţă şi cele din spate. Alături, mama şi tatăl său stăteau crispaţi în fotoliile lor, cu ochii închişi şi dinţii strânşi. Amândoi aveau fobie de zbor. Din fericire, el nu o moştenise. Evitau pe cât posibil să călătorească cu avionul, însă pentru a ajunge în Haiti, la vacanţa de vis pe care şi-o doreau de multă vreme să o facă, pur şi simplu nu exista o altă posibilitate în termeni de timp rezonabili.

Aparatul Cessna veni din faţă şi de sus. Se nă-
pusti în picaj asupra imensei aeronave. Fu văzut în
ultima clipă de pilotul Boeingului care, cu un reflex
zadarnic, pentru care avusese la dispoziţie doar câ-
teva fracţiuni de secundă, încercă să evite ciocnirea,
înclinând violent avionul pe aripa tribord, în vreme
ce, în stânga sa, copilotul paralizase de spaimă, ne-
maifiind în stare să răspundă controlorului de trafic
care îi urla isteric în căşti.

Cessna lovi chiar deasupra aripii babord, la îm-
binarea cu fuzelajul aeronavei, sub ochii îngroziţi ai
pasagerilor ale căror hublouri se aflau în apropierea
locului de impact. Dacă ar fi supravieţuit, ar fi putut
să jure că zăriseră, chiar înainte ca micul Cessna să
se transforme într-un rug în flăcări alimentat de trei
sute de litri de benzină cu cifră octanică ridicată afla-
tă în cele două rezervoare, că bărbatul tuciuriu care
pilota avionul sinucigaş zâmbea, fericit că şi-a dus
la bun sfârşit ceea ce îşi propusese. Apoi, întrerupă-
torul inerţial se închise din cauza şocului şi suta de
kilograme de azotat de amoniu îmbibat cu benzină
detonă cu putere.

Serious Boy filmă toate astea, cu camera telefo-
nului mobil, ţinut fără să tremure în mâna înţepenită
mai întâi de uimire şi abia apoi de groază.

Efectul impactului şi apoi al exploziei a fost re-
simţit în toată aeronava. Fragmente din Cessna au
răpăit pe fuzelaj, iar unele dintre ele au străpuns ma-
terialele compozite, lăsând în urmă găuri mari, prin
care aerul a prins să fluiere sinistru, depresurizând
carlinga. Cei aflaţi în apropierea exploziei au murit
primii, străpunşi de schije. Măştile de oxigen au să-
rit automat din lăcaşele lor, cu toate că altitudinea

atinsă nu justifica măsura. Cei mai mulți pasageri le-au înşfăcat şi le-au pus grăbiți pe față, exact așa cum fuseseră instruiți înainte de decolare de stewardese.

Bubuitul provocat de impact se stinse, înlocuit de vuietul constant al motoarelor la care se adăugă şuieratul aerului care intra cu putere prin spărtura ce modificase profilul aerodinamic al aparatului de zbor. Pentru câteva clipe, lucrurile părea a fi ținute sub control însă aeronava fu zguduită de vibrații însoțite de hârşâituri cumplite, de metal sfâșiat. O fisură uriaşă apăru în aripa lovită şi se lărgi rapid, ajutată de vibrațiile motoarelor turate în continuare la puterea maximă solicitată de etapa de ascensiune.

Aripa avariată se rupse chiar în locul impactului. Rămase un moment agățată de multitudinea de fire şi conducte care o legau de fuzelaj, după care se desprinse şi se răsuci în aer de mai multe ori, ca o frunză purtată de vânt, rostogolită de puterea motorului care încă mai funcționa. Lovi o plantație de porumb în care săpă o brazdă adâncă, înainte ca zecile de tone de kerosen aflate în rezervorul încastrat în aripă să se aprindă şi să explodeze, ridicând o perdea de foc.

Boeing-ul îşi continuă cursa din inerție, dar greutatea aripii rămase, împinsă de motorul ei, îl răsuci imediat pe o parte. Pierdu portanța şi porni într-o vrie complicată spre pământ. Urletele disperate ale pasagerilor acoperiră pentru câteva clipe vâjâitul aerului şi pocnetele scoase de diferitele obiecte care se mişcau liber în carlingă. Aeronava se zdrobi de sol după zece secunde, tot în lanul de porumb, la doi kilometri depărtare de aripa ruptă. Tot atunci se opri şi înregistrarea făcută de Serious Boy care, după separarea aripii, filmase în carlingă până în ultima clipă, aidoma unui reporter profesionist care imortalizează, chiar cu prețul vieții, o catastrofă. Kerosenul rămas se aprinse, mistuind totul într-o mare de flăcări din care răzbăteau pocniturile metalului contorsionat de căldură. Înregistrarea sa de pe YouTube, prelucrată sau păstrată în forma brută, care era chiar mai impresionantă, a fost mai apoi difuzată până la saturație de televiziuni. Avea să constituie principala probă folosită de Autoritatea Aeronautică în investigarea cauzelor dezastrului, după ce cutiile negre ale aparatului de zbor nu dezvăluiseră, așa cum era de așteptat, decât succesiunea seacă a parametrilor tehnici ai zborului.

Întreaga tragedie s-a petrecut sub camerele de luat vederi a numeroși jurnaliști, anunțați din vreme de surse anonime despre un posibil incident la aeroport. Ulterior s-a dovedit că și autoritățile fuseseră avertizate. Aproape că închiseseră aeroportul; fuseseră suspendate mai multe zboruri, iar geniștii căutaseră peste tot, ore în șir, eventuale amenințări, fără să descopere ceva. Unul dintre avioanele atent căutate fusese și Boeingul care urma să efectueze zborul către Haiti, cu numărul 337.

Canalele de televiziune au abandonat aeroportul și s-au năpustit spre locul tragediei, cu dube ticsite de echipamente de transmisie. Unii au trimis elicoptere să se învârtă în zonă, transmițând în direct imagini cu coloane groase de fum ce ieșeau din epavă, trupuri umane contorsionate, bagaje împrăștiate și resturi din aparatul de zbor, cu mult înainte de sosirea echipelor de intervenție.

Știrea spectaculosului atentat, revendicat deja de mai multe grupări extremiste, a monopolizat imediat toate canalele televiziunilor şi a făcut înconjurul planetei. FBI, după verificări minuţioase, a dat publicităţii adevărul, la două săptămâni de la incident: atentatorul fusese un fanatic solitar care îşi planificase atent atacul, probabil cu cel puţin un an înainte, când se înscrisese la o şcoală de pilotaj. Mai mult, conform diagramelor şi orarelor de zbor care au fost găsite la domiciliul său, reieşea că soarta zborului 337 fusese pecetluită cu şase săptămâni înainte.

Capitolul 10

Când se trezi, Bolden îşi simţi capul chiar mai greu decât îl avusese după beţia de la motel. Se răsuci greoi pe o parte. Cu privirea înceţoşată, desluşi vag, în semiîntuneric, contururile locului: era întins pe o canapea neagră ce mirosea a piele proaspăt prelucrată. Sub cap, cineva îi pusese o pernă mică, sprijinită de unul dintre braţele canapelei. Nu îl descălţaseră, dar fusese învelit cu o pătură sub care transpirase abundent. Nu auzi niciun sunet, dar percepu variaţia luminii din încăpere. Alături se afla deja, aşezat comod într-un fotoliu din piele de aceeaşi culoare cu a canapelei, colonelul Folder. În faţa canapelei, un televizor plat, de mari dimensiuni, difuza ştiri. De aici venea variaţia de luminozitate.

— V-aţi trezit, constată colonelul. Cred că vă doare capul, dar o să vă treacă imediat. Luaţi asta! Ajută, îi spuse, întinzându-i un păhărel de plastic cu o pastilă şi un altul ceva mai mare cu apă.

— Ce mi-ai făcut? Unde sunt?

Ar fi vrut să se repeadă la colonel însă se simţea mult prea istovit pentru asta. Iar întrebările... în gând le strigase, dar vorbele îi ieşiseră din gură ca un şuierat anemic.

Reuşi să se ridice greoi în şezut. Ezită un moment, întinse palma şi Folder îi oferi pastila. O băgă în gură şi acceptă, cu mâna tremurând, paharul cu apă. Îl goli din câteva înghiţituri şi aproape imediat se simţi puţin mai bine.

Colonelul îl privea, zâmbind amuzat.

— V-am salvat viaţa. Aţi avut mare noroc că am

intervenit la timp, pentru nivelul de protecţie la care eram pregătiţi să facem faţă pentru dumneavoastră. A fost ultima intervenţie neplătită a Îngerului Păzitor. V-am adus într-o casă sigură. Imediat ce efectul ketaminei va trece, sunteţi liber să plecaţi oriunde doriţi. Vă vom da o maşină cu un şofer. Întrucât nu am încheiat un contract, în momentul în care ieşiţi de aici, relaţia noastră încetează. Nu ne mai putem permite să vă apărăm. A devenit mult prea scump. Sper că înţelegeţi asta.

Cel puţin jumătate din vorbe le auzi fără să le şi înţeleagă. Articulă cu greu.

— Ce tot spui? Ce salvare?

Zâmbind cu subînţeles, Folder luă telecomanda aflată pe braţul fotoliului său şi mări sonorul televizorului. În următoarele zece minute Bolden urmări, cu gura căscată, reluarea înregistrată a tragediei avionului în care ar fi trebuit să se afle şi el. Inima prinse să-i bată cu putere, iar durerea de cap dispăru ca şi cum n-ar fi fost. Pe măsură ce realiza dimensiunile dezastrului, broboane mari de sudoare îi apărură pe frunte. Imaginile luate din elicopter de la locul dezastrului erau copleşitoare.

În lanul de porumb în care se prăbuşise aeronava se căscau două insule mari şi negre, cu forme neregulate, încă în flăcări. Un păienjeniş de cărări fusese făcut de maşinile echipelor de intervenţie. Oameni îmbrăcaţi în salopete albe de protecţie se agitau printre rămăşiţe, vorbind în aparate walkie-talkie. Unii strigau din mers ordine prin megafoane. Alţii instalau reflectoare mari, semn că aveau de gând să îşi continue treaba şi peste noapte.

Fragmente mai mari sau mai mici din aparatul

de zbor erau împrăştiate pe sute de metri de la locul impactului, ca şi cum dintr-un stilou uriaş ar fi căzut două picături uriaşe de cerneală care se sparseseră la rândul lor în stropi mai mici. Întregul tablou avea ceva sinistru, pentru că adunase la un loc oameni vii şi oameni morţi, în număr mare. Într-o laterală a locului dezastrului, delimitată cu benzi galbene, siluete îmbrăcate în combinezoane albe, cu feţele ascunse după măşti de gaze, aliniau oribilii saci negri cu fermoar în care puseseră cadavre.

— Danielle! Danielle?

Bolden se întoarse spre colonel, dar acesta clătină grav din cap. Din colţul ochilor lui Bolden ţâşniră lacrimi mari. Îşi prinse faţa în palme, năucit de lovitura pe care o primise. Viaţa lui, până nu de mult perfectă... Nu gândul că nu avea s-o mai vadă vreodată pe femeia alături de care îşi petrecuse ultimii doi ani îl făcu să plângă, ci turnura ciudată a sorţii care îl transformase dintr-un răsfăţat căruia i se cuvine şi care primeşte totul, într-un soi de animal hăituit care fusese cât pe ce să piardă lupta pentru propria lui viaţă.

Îşi şterse reflex cu mâneca sudoarea pornită de pe frunte, ce se amestecase cu lacrimile.

— Aţi fi putut s-o salvaţi! De ce n-aţi salvat-o şi pe ea, de ce? De fapt, i-aţi fi putut salva pe toţi. Aţi lăsat să moară sute de oameni, constată uimit.

Colonelul nu păru afectat această acuzaţie şi îşi relă calm explicaţiile.

— Aşa cum v-am spus, nu putem anticipa evenimentele care urmează să se producă. Putem doar detecta, cu o precizie relativă, dacă viaţa unuia dintre beneficiarii noştri se află sau nu în pericol. Prietena dumneavoastră nu se afla sub observaţia noastră. Nu putem fi făcuți răspunzători pentru ea, așa cum nu putem da socoteală nici pentru ceilalți două sute și ceva de oameni care au murit. A fost un atentat sinucigaș comis de un fanatic religios, ați văzut doar... Arătă spre ecranul televizorului care relua pentru a mia oară filmul catastrofei. Își pregătea atacul de multă vreme. Tot el a anunțat presa care, la rândul ei, a avertizat autoritățile. Nici acestea și nici noi nu am putut intui ce a avut de gând să facă acel individ. A plănuit meticulos să distrugă un anume avion, la o anume dată. Avionul în care ar fi trebuit să vă aflați și dumneavoastră. Sper că e clar, nu aș vrea să mai reluăm această discuție.

Bolden nu se simți deloc lămurit așa că întrebă.

— Atunci Aparatul ăla cu două cadrane, pe care mi l-ai arătat... chestia portabilă... Ai spus că unul dintre ace indică probabilitatea ca eu să mor, iar celălalt se referă la cei din jur. Așa am înțeles. Că e ceva ce ajută la calibrare. Nu a apărut nimic despre moartea atâtor oameni? Adică al doilea ac nu s-a clintit deloc în cadranul său? Dacă povestea ta cu ghicitul viitorului are cât de cât temei, o catastrofă de o asemenea amploare ar trebui să fie simplu de determinat. Mai mulți oameni la un loc nu puteau fi decât pe aeroport. Iar cum în locul acela ar fi trebuit să fiu și eu, nu exista decât o singură posibilitate. Însă i-ați lăsat intenționat să moară. Ca să fiți mai convingători, nu-i așa? Ca să mă lămuriți pe mine și să-mi luați banii...

Rosti vorbele fără să simtă vreo o emoție și fără să acuze. Raționamentul părea logic.

— Noi nu suntem ucigași în masă, domnule Bolden. Dacă vă trebuie un vinovat, trebuie să știți că dumneavoastră ați provocat moartea acelor oameni.

Evenimentele generate de legea care încearcă să vă omoare ca să readucă echilibrul natural din care dumneavoastră nu mai faceţi parte, sunt tot mai violente şi mai ample.

— Mă faci pe mine răspunzător! strigă precipitat Bolden. Eu... Voi... Aţi lăsat să moară sute de oameni. Voi aţi ştiut, nu eu. Am să raportez la FBI, am să...

Folder îşi consultă ceasul de la mână şi se ridică.

— Mă tem că trebuie să plec. Termenul maxim de protecţie pentru dumneavoastră a expirat. De fapt, a expirat de aproape o oră. De acum sunteţi pe cont propriu. Rămâneţi cât doriţi în acest loc. Când vă simţiţi în stare, ieşiţi afară. Veţi găsi o maşină şi un şofer care vă vor duce oriunde doriţi. După care nu veţi mai auzi de noi. Vă doresc noroc.

Se îndreptă spre uşă, culegând în treacăt servieta din piele care se sprijinea de fotoliul unde stătuse.

— Stai, aşteaptă... Unde spuneai că ai contractul ăla?

Vorbele îi ieşiseră din gură aproape fără să vrea. Un instinct străvechi, cel de supravieţuire, preluase controlul. Dacă Folder avea dreptate totuşi? Iar dacă nu, ce puteau să însemne câţiva bani? Bani îşi putea permite să piardă. Viaţa, nu.

Colonelul se opri brusc şi se întoarse. Bolden se aştepta să vadă un zâmbet triumfător întipărit pe faţă, un zâmbet pe care se decisese deja să i-l şteargă cu un pumn, dar Folder afişa o figură impasibilă, de profesionist preocupat de clientul său. Fără o vorbă, se întoarse şi se aşeză din nou în fotoliu. Puse servieta pe genunchi şi îi deschise încuietoarea sofisticată. Scoase o mapă din piele pe care i-o întinse.

— Îl puteţi studia încă douăzeci şi patru de ore,

din acest moment, în aceleași condiții de protecție. Dacă doriți să vă consultați avocații sau consilierii financiari, sunteți liber să o faceți însă și ei vă vor confirma că nu este altceva decât un contract de pază, cu plată condiționată. Neobișnuit de scump... dar v-am explicat de ce. Semnați când sunteți gata și dați-mi de știre. Un șofer se află la dispoziția dumneavoastră pentru intervalul precizat. Îi veți spune lui.

Închise servieta și se pregăti din nou să plece. Bolden îl opri însă, cu un gest. Răsfoi cele câteva pagini ale contractului.

— Stai, stai! Zici că intră în vigoare imediat? Unde trebuie să semnez?

Colonelul își lăsă mâinile să se odihnească pe servietă.

— Eu cred că ar trebui mai întâi să-l citiți. Vă cerem o primă plată de o sută de milioane de dolari. Cu asta acoperim cheltuielile deja făcute cu protecția dumneavoastră și pregătirile pentru viitorul nivel. Care, credeți-mă, va fi cu mult mai dificil. Mai sunt plățile săptămânale, de câte zece milioane de dolari, atâta vreme cât reușim să vă ținem în viață și, pe cât posibil, nevătămat. Aceasta e valoarea abonamentului. Plata o faceți la sfârșitul săptămânii. Pentru următorul nivel, în cazul în care supraviețuiți, va trebui să creștem suma. Și moștenirea. După ce muriți, ne revine 95% din averea dumneavoastră. De rest puteți dispune cum doriți.

Bolden răsfoi neglijent paginile contractului.

— O mie de dolari uncia de aur? Ce-i asta?

— E o clauză care se referă la cursul de schimb, menită să ne protejeze de inflație, ridică stingherit din umeri Folder. Știți, avocații...

— Păi, la sumele astea, nu o să îmi ajungă prea multă vreme banii, protestă Bolden. Sunteți niște bodyguarzi ai dracului de scumpi...

— Nu trebuie să uitați că este cu totul inutil să dețineți avere dacă nu puteți să vă bucurați de ea, zâmbi subțire colonelul. Dacă sunteți mort, averea nu vă ajută la nimic. În afară de asta, analiștii noștri ne-au dat o proiecție a afacerilor dumneavoastră. Pot să vă asigur că banii nu sunt și nici nu vor fi o problemă. Acea lege care încearcă să vă omoare oferă și o compensare. E ca și cum toate șansele dumneavoastră de reușită se concentrează în perioada care v-a mai rămas de trăit. De altfel acțiunile companiei dumneavoastră, Green Clean, au ajuns azi pe bursă la un maximum istoric. Cei de la Elevatorul Spațial au anunțat că vor ajunge înainte de termen la capacitatea proiectată. Ceea ce înseamnă că veți putea atinge mai rapid cele trei sute de tone zilnice de gunoaie ridicate pe orbită.

Bolden puse teancul subțire de hârtii al contractului pe o margine a canapelei.

— Au crescut, zici? întrebă gânditor. Nu știu dacă trebuie să mă bucur. Catapulta electromagnetică are și ea un termen de dare în folosință. Va trebui să stochez pe orbită. Hmm... Interesantă chestia aia cu norocul concentrat. Devin tot mai bogat pe măsură ce sunt tot mai aproape pe punctul de a fi ucis. Nu e deloc un târg echitabil. Cel puțin nu pentru mine. Și dacă vă plătesc cât cereți, îmi garantați că rămân în viață?

Din nou colonelul zâmbi scurt. Luă contractul, dădu câteva pagini până găsi ceea ce căuta. I-l întinse, arătându-i cu degetul unde să citească.

— Este prevăzut aici. Vă garantăm că vom face

tot ceea ce ține de noi, cu specialiști și resurse, să vă păstrăm în viață. Nimic altceva. Nici nu ar fi posibil mai mult. Nu putem face minuni, oricât de mult ne-ar plăcea. Garanții de acest fel poate oferi numai Dumnezeu. Noi suntem doar oameni.

Citi unde i se arătase, de câteva ori. Se scărpină în cap, nedumerit. Dintr-odată, catastrofa aeriană și Danielle trecuseră pe un plan secund tot mai îndepărtat, lipsit de semnificație. Se simțea ca și cum ar fi fost pe punctul să semneze un pact cu Diavolul, dar nu dorea să se arate prea nerăbdător. Cu toate că i se părea că e un caraghios, crezând balivernele înșirate de Folder, negocia pentru viața lui.

— Adică îmi luați banii oricum, indiferent că supraviețuiesc sau nu. Nu prea cred.

— Citiți, vă rog, cu atenție. Plata săptămânală o faceți numai dacă sunteți în viață. Mai întâi vă servim și abia apoi suntem plătiți. Pentru noi e o motivație foarte puternică, vă asigur. Mai mult, vrem ca plata să o ordonați personal. Dacă sunteți mulțumit, ne dați banii. Dacă nu, nu. Puteți rezilia în orice moment contractul, nefăcând o plată. Nu o să existe niciun fel de consecințe din partea noastră. Bineînțeles, din acel moment sunteți pe cont propriu. Vă asigur că iubim discreția la fel de mult ca și dumneavoastră. Nu o să ajungem vreodată în justiție. Nici nu ar fi posibil. De asemenea, ne puteți penaliza dacă se dovedește, justificat, că nu ne-am făcut bine treaba. Dacă supraviețuiți, desigur, fără ca noi să vă fi oferit ajutor la timp.

Bolden avea impresia că ceva îi scapă.

— Spune-mi, sunt o mulțime de oameni care, în fiecare zi, trec pe lângă moarte. Sunt salvați în ultima clipă de cei din jur. Să zicem că sunt loviți de un val, la mare, şi ar trebui să se înece. Intervin salvamarii şi îi scot la mal. Sau trec strada prin locuri aiurea şi numai reflexele foarte bune ale şoferului care frânează la timp îi salvează de la moarte. După care trăiesc bine mersi, fără alte incidente, până la adânci bătrâneţe. Cu ei cum rămâne? Pe ei cine îi mai salvează?

— Domnule, probabil nu m-am făcut bine înţeles. Există întâmplarea, care face parte din viaţa fiecăruia dintre noi. La fel e şi cu oamenii şi întâmplările la care vă referiţi. Numai că, în urma acelor întâmplări, ei nu au murit. Nu au fost în primejdie să moară, nici măcar o clipă, iar dovada este că au supravieţuit, chiar dacă s-a întâmplat să fie răniţi! E cu totul altceva. Imaginaţi-vă că v-aţi fi aflat în avionul acela. În mod sigur nu aţi fi reuşit să supravieţuiţi.

— Vrei să spui că dispozitivul vostru, Aparatul, separă evenimentele care duc la moartea cuiva de cele care, până la urmă, se dovedesc false ameninţări.

Folder întinse mâna până la măsuţa alăturată, de unde luă un pahar în care îşi turnă puţină apă. Bău şi dădu aprobator din cap.

— Da, e corect. Noi vă protejăm de acele momente în care, cu certitudine, se formează o combinaţie de evenimente menită să vă ucidă. E o mare diferenţă între această combinaţie şi o întâmplare neletală chiar aparent primejdioasă. Presupun că aţi vrea să ştiţi dacă v-aţi putea descurca şi fără noi. Într-adevăr, există şi persoane care ar fi trebuit să moară dar, printr-o şansă extraordinară, au scăpat. Cred că v-am mai vorbit despre asemenea situaţii. Însă nu cunoaştem cazuri în care asemenea şansă să fi apărut de mai mult de două ori. Nivelul trei a fost maximul atins de amatori.

— Înseamnă că există predestinare. Pentru fiecare dintre noi. Iar tu – mă rog, organizația ta – intervii și mă poți salva de la moarte, dacă te plătesc. Totuși, cum deosebiți cazurile accidentelor banale și neprimejdioase de cele într-adevăr letale?

Colonelul oftă, resemnat.

— Cele două tipuri de situații nu se puteau deosebi în niciun fel, deși s-a lucrat mult la căutarea unui arhetip. Însă tiparele păreau identice. Am încercat să le distingem prin suprapunerea matricelor de evenimente cu grad ridicat de risc, dar nu a ținut. De fapt, nu am putut face deosebirea la care v-ați referit până când nu s-a inventat Aparatul. E singura metodă prin care le separăm cumva. Cât despre predestinare, nu știu ce să vă spun. Poate ar fi mai bine să consultați un teolog.

— Bine, făcu învins Bolden. Dă-mi ceva să semnez.

— E mai mult o formalitate, spuse Folder întinzându-i un stilou de aur căruia îi deșurubase capacul. Așa cum v-am spus, există de ambele părți o motivație foarte puternică pentru ca acest contract să fie respectat.

Bolden își mâzgăli numele pe ultima pagină după care restitui stiloul și contractul. Colonelul îl flutură ușor în aer, să se usuce cerneala, apoi îl puse în servietă.

— Pot să-ți spun Ian, nu-i așa, dacă tot am devenit parteneri?

Acesta ridică nepăsător din umeri. Colonelul continuă:

— Ești perspicace. Ai avut dreptate, probabil puteam preveni atentatul cu avionul, cu toate că acum nu îmi trece prin cap cum anume, câtă vreme autorităţile aeroportului, deşi avertizate, nu au făcut-o. Ştiu, pare monstruos că nu am întreprins nimic. Este una dintre puţinele situaţii în care am fi putut determina cu oarecare precizie ceea ce urma să se petreacă. În trecut am intervenit... şi foarte rău am făcut. Pentru persoana pe care o protejam, vreau să zic. Gândeşte-te la un paratrăsnet care protejează o casă. Vine furtuna, trăsnetul loveşte, este preluat şi descărcat în pământ şi nu se petrece nicio avarie. Însă, dacă înlături paratrăsnetul, atunci nu ştii în care parte va fi lovită casa. Pricepi? Evenimentul trebuia neapărat să se petreacă. S-a descărcat şi au murit nişte oameni. Dacă am fi prevenit asta, ar fi însemnat să luăm paratrăsnetul. Ar fi murit probabil alţi oameni şi, în mod sigur, tu. Te-am ţinut departe de furtună. Sunt reguli. Nu scrise, evident. Nici măcar determinate ştiinţific. Noi le-am învăţat cu greu şi mulţi au plătit preţul cel mare. Da, s-a prăbuşit un avion plin cu oameni printre care şi prietena ta. Nu s-a putut face nimic pentru ei. Tu eşti în viaţă, iar ei sunt morţi. Ai o problemă cu asta?

Îl privi ţintă în ochi. Bolden îi susţinu o vreme privirea, după care oftă şi lăsă ochii în jos. Dădu din cap, învins.

— Nu, nicio problemă.

Colonelul respiră uşurat şi reluă.

— Acum, că am terminat cu formalităţile, să trecem la treabă. Am pregătit pentru tine o Zonă de Liniştire. O să vezi foarte repede ce înseamnă asta, e mai simplu să-ţi arăt decât să încerc să-ţi explic. Mai întâi va fi nevoie să îţi facem un set complet de analize medicale – ridică o mână pentru a-i înăbuşi protestele. Da, ştiu, îţi faci periodic analize la medicul tău, le luăm şi noi de acolo. Însă alea sunt o glumă faţă de ceea ce urmează. Va trebui să porţi permanent asupra ta mai multe aparate. Îţi vom monitoriza bătăile inimii, urina, sângele, deplasările, tonul vocii, totul. Apropo, trabucurile...

— Ce-i cu ele?

— Poţi să le uiţi. Nici nu se pune problema să mai fumezi.

Bolden aruncă furios o întrebare.

— Ce-i cu zona aia pe care spui că ai organizat-o? Adică ştiai deja că voi accepta?

Întrebările plutiră în aer câteva secunde, însă colonelul zâmbi subţire, fără să îi răspundă.

— Şi analizele, când vrei să le fac?

— Imediat ce plecăm de aici. Pe unele o să le repetăm zilnic. De asemenea, ne vei anunţa de fiecare dată când vrei să mergi undeva. Preferabil va fi să n-o faci. De fapt, e bine să eviţi pe cât posibil orice întâlniri. Dacă totuşi va fi foarte necesar, locul trebuie vizitat cu minimum o oră înainte de oamenii noştri pentru a identifica potenţiale primejdii, fie ele şi colţuri ascuţite ale mobilei. Va trebui să ştim cu cine te întâlneşti şi, înainte să o faci, să ne ceri aprobarea. Nu putem şti dacă îţi strănută în faţă unul care are cine ştie ce virus care îţi poate fi fatal. Pe urmă...

Bolden îl opri, astupându-şi urechile cu mâinile. Realiză că universul lui sigur şi confortabil, populat cu obiecte de lux şi oameni bogaţi, care, asemenea lui, călătoreau cu jeturi private şi iahturi de plăcere, care nu urcaseră niciodată în maşini mai ieftine de jumătate de milion de dolari, era pe cale să se spargă în mii de bucăţele. Se contura pentru viitor perspectiva unei vieţi în care urma să fie hăituit permanent de paznici obsedaţi de tot felul de pericole, cele mai multe imaginare, care susţineau că îl păzesc pentru a nu fi ucis de o forţă a naturii necruţătoare, mai puternică decât orice există, căreia nu îi păsa absolut deloc de averea sau de relaţiile pe care le avea. Ca într-o piesă de teatru absurd, bărbatul din faţa sa îi cerea să semneze un contract comercial şi să îl plătească pentru ca să îl ţină în viaţă.

Susţinea că se afla între el şi moarte şi organizaţia pe care o conducea. Bolden îl privi ca şi cum l-ar fi văzut pentru prima oară. Era acelaşi bărbat în vârstă, care se ţinea încă drept şi subţire, cu părul grizonant, tuns scurt. Nu aducea nici pe departe cu un super erou. Scutură neîncrezător din cap. Era cu mult mai mult decât ar fi fost capabil să înţeleagă. Ar fi vrut să i-o spună însă, în loc de asta, din gură îi ieşiră cu totul alte vorbe.

— Stai, opreşte-te! O să-mi căutaţi prin rahat şi trebuie să îţi cer voie ori de câte ori trag apa la toaletă. Nu mă întâlnesc cu nimeni fără să te anunţ şi asta numai dacă îmi permiţi tu. Voi fi urmărit permanent, ca un actor pe scenă, aflat în lumina reflectoarelor. Iar pentru asta, culmea, îţi plătesc bani cu nemiluita. Ce fel de viaţă crezi că mai e şi asta?

Colonelul nu mai zâmbi. Îl privi cu seriozitate.

— Viaţă. E opusă morţii.

Capitolul 11

Colonelul se ținuse de cuvânt. Îngerul Păzitor avea proceduri și reguli. Indiferent dacă puneau la cale o escrocherie menită să ia bani mulți de la naivi sau chiar îl apărau împotriva acelei legi a naturii care încerca să-l omoare, o făceau profesionist. Bolden avu impresia că a fost prins într-un vârtej amețitor care se mai potoli pe măsură ce Folder termina de făcut aranjamentele.

Imediat după ce semnase contractul cu Îngerul Păzitor și achitase prima sută de milioane de dolari, fu dus undeva în afara orașului.

— E ceva provizoriu, dar sigur, până terminăm de pregătit cealaltă locuință, îi spuse colonelul, privind mulțumit impresionanta escortă care însoțea limuzina blindată cu care călătoreau.

Convoiul era completat de alte două vehicule, aflate în față și în spate. Tot în urmă, la mică distanță, îi însoțea o unitate medicală de mărimea unui container, trasă de un camion. Pe cer, bâzâia un elicopter care deschidea drumul, anunțând escorta despre potențiale primejdii.

Ajunseră la o clinică aflată într-o pădure de foioase. Arhitectul care o proiectase reușise să încadreze frumos clădirea în peisajul superb.

Fu întâmpinat de medici echipați ca pentru operație, cu măști și ochelari de protecție. Îi cerură să își scoată hainele. Trecu printr-o procedură de dezinfectare asemănătoare cu cea parcursă de personalul laboratoarelor de mare risc biologic. Primi haine albăstrui, de unică folosință și fu condus într-o cameră albă, cu pereţii capitonaţi, mobilată sumar. Remarcă patul foarte jos care, la fel ca şi celelalte câteva elemente de mobilier, fusese capitonat.

Următoarele zile – le pierdu repede numărul – le petrecu împreună cu medici anonimi, care îi lăsară sentimentul că i-au analizat până şi ultima celulă a corpului. Mesele erau plictisitoare pentru că mânca singur, iar hrana lipsită de gust. Protestă însă colonelul îl informă că era hrana cea mai lipsită de risc pe care o putea primi, cel puţin până când aveau rezultatele analizelor medicale.

Primi un plan de retragere din viaţa lui socială şi de afaceri şi îi ceru să-l respecte. Telefonă cunoscuţilor pentru a le spune că urma să lipsească o perioadă, dându-le de înţeles că dorea să fie singur, pentru a o jeli pe Danielle. Ceru secretarelor de la companiile sale să îi redirecţioneze corespondenţa la o adresă de poştă electronică. Aici fu mai simplu, pentru că angajaţii săi erau obişnuiţi cu deselor absenţe ale patronului lor. Îl rugă pe Folder să treacă pe la el pe-acasă pentru a-i împacheta haine şi diferite obiecte personale însă acesta nu fu de acord.

— O să primeşti tot ceea ce ai nevoie. Numai după ce vor fi verificate mai întâi de noi, îi spuse.

Apoi, la fel de brusc cum începuse, agitaţia din jurul său luă sfârşit. Plecară într-o dimineaţă de la clinică spre noul său cămin, însoţiţi de aceeaşi escortă cu care veniseră.

Folder alesese o proprietate izolată din Texas, pe care o achiziţionase pentru viitoarea sa reşedinţă. Oamenii Îngerului Păzitor o transformaseră într-un timp record în „cel mai sigur loc de pe Pământ", cum îi plăcea colonelului să spună. Bolden avea pentru uz propriu doar trei camere, aflate la parterul uriaşei case. În restul clădirii fusese amenajată o clinică medicală completă, în care se aflau permanent de gardă medici de diferite specialităţi, gata să intervină la nevoie. Subsolul fusese ocupat în întregime de echipele de monitorizare şi de aparatura lor. În orice moment, în reşedinţă se aflau cel puţin treizeci de oameni, poate mai mulţi, iar cele zece milioane de dolari plătite săptămânal începuseră să i se pară un chilipir. Pe unii dintre aceşti oameni îi vedea de la distanţă sau nu îi vedea deloc, cu excepţia cazurilor în care chiar aveau treabă cu el.

Zile şi nopţi se transformară repede în săptămâni şi luni. Viaţa lui Ian Bolden deveni foarte plictisitoare; în sine se revolta adeseori, fără a îndrăzni să se plângă sau să protesteze în vreun fel pe faţă. Îndoielile sale despre Îngerul Păzitor se transformaseră în certitudini şi făcea planuri de evadare fără să aibă curajul de a le pune în practică. Deşi îşi propusese să nu le mai dea bani, semna conştiincios la fiecare sfârşit de săptămână cecul cu care îşi plătea cea mai scumpă cazare de care avusese parte vreodată. Asta nu îl împiedica să se simtă abandonat şi singur.

În realitate, nu era singur niciodată.

Dimineţile erau invariabil aceleaşi, trebuind să facă faţă câtorva medici, mereu alţii, schimbaţi pentru a evita ca rutina să lase să le scape vreun posibil semn de boală. Îşi făceau treaba vorbind doar strictul necesar, cu o anumită reţinere, de parcă ar fi fost un bolnav incurabil ce fusese avertizat că mai are de trăit o perioadă limitată, ceea ce de altfel susţinea şi colonelul.

De fiecare dată analizau totul: fluidele, tensiunea

şi ritmul cardiac, starea plămânilor, cu toate că purta permanent asupra lui senzori care oricum făceau în mod permanent acelaşi lucru. În afară de clasicele probe, i se fotografia de fiecare dată interiorul trupului prin magnetorezonanţă, probă pe care ajunsese să o urască datorită frigului din aparat şi faptului că i se cerea să rămână nemişcat zeci de minute. Doctorii încercau de fiecare dată să identifice eventuale urme de tumori sau eventuale anomalii sau predispoziţii genetice. Nici atunci şi nici mai târziu nu îi spuseseră ce descoperiseră în analize.

Ritualul analizelor se termina invariabil cu un set de injecţii cărora li se alăturau caşete menite să-i crească peste normal capacitatea sistemului imunitar sau să-i elimine toxinele din organism. Urma micul dejun, asemănător cu celelalte mese, atent pregătit de o echipă de nutriţionişti. Mâncărurile erau mereu aceleaşi însă aveau cantităţile ideale de minerale, lipide, glucide şi proteine, fiind pregătite după reţete personalizate special pentru organismul său.

După micul dejun îl puneau să se relaxeze două ore, deşi tocmai se trezise, şi trebuia să stea întins, cu ochii în tavan, pentru ca digestia să se desfăşoare aşa cum trebuie. Urma ora de sport. Avea o sală bine amenajată, cu pereţii tapetaţi cu un polimer moale, pentru ca nu cumva să se accidenteze.

Doi antrenori şi mai mulţi senzori fără fir pe care trebuia să-i poarte asupra lui îl asistau permanent să nu se suprasolicite şi să parcurgă întregul program de exerciţii fizice. În pofida supravegherii permanente, exerciţiile fizice rupeau monotonia zilnică şi, chiar dacă la început nu îi plăcuse efortul, după câteva săptămâni le aştepta cu nerăbdare. Îşi recăpătase forma fizică şi constată încântat că tot corpul reîncepe să îi răspundă, asemeni unei maşinării bine unse care se scutură de rugină. Burta îi scăzuse şi muşchii i se conturau, ca în tinereţe, fermi pe sub haine.

Înainte de masa de prânz urma o altă oră de relaxare, în care putea să urmărească un film, de obicei o comedie uşoară, selecţionată cu grijă pentru a nu-i provoca emoţii. Primea apoi prânzul, care însă nu îi umplea niciodată stomacul. Simţise o vreme lipsa trabucelor şi a păhărelelor de whisky sau coniac vechi cu care îşi obişnuise siesta, dar colonelul nici nu vru să audă de aşa ceva.

Urma plimbarea de cel puţin o oră de-a lungul şi de-a latul domeniului. Traseul era ales şi cercetat din vreme de echipele de securitate, care înlăturau orice pietricică sau pată de vegetaţie pe care ar fi putut să alunece şi să se lovească. De cele mai multe ori se plimba singur, ceea ce nu însemna altceva decât că supraveghetorii lui nu se lăsau văzuţi. În depărtare se zăreau turme de vite care păşteau molcom; fuseseră cumpărate odată cu domeniul.

Uneori, cel puţin de două ori pe săptămână, colonelul Folder îl însoţea, prilej pentru lungi discuţii.

— De ce nu vii mai des? îl întrebase într-una dintre aceste plimbări.

— Trebuie să ţin legătura cu Îngerul Păzitor, îi răspunsese. Acolo sunt alocate resursele. Le spun ce nevoi avem, iar ei se îngrijesc să le rezolve. Te reprezint în board. Doar nu îţi închipui că eşti singurul nostru client. În plus, este destul de complicat să mă apropii de tine, există nişte proceduri. Printre altele, trebuie să îmi facă de fiecare dată analize medicale. Toţi cei care intră în contact cu tine – chiar şi indirect, cum ar fi paznicii – trebuie să urmeze protocoalele.

Ştia deja asta pentru că urmărise accidental o dată, pe monitorul din camera sa, procedura la care era supus colonelul înainte de a veni să se plimbe cu el. Îi făcuseră analizele medicale şi îi schimbaseră toate hainele cu altele, sterilizate. Îi stropiseră mâinile cu un spray care lăsase o peliculă fină, protectoare, în aşa fel încât să nu îi poată transmite microbi în caz că l-ar fi atins, intenţionat sau nu. Tărăşenia durase mai mult de o oră. Bănuia că fusese lăsat intenţionat să asiste la pregătirea colonelului pentru întâlnirea cu el.

— Sunt mulţi? De fapt, suntem mulţi? îl întrebase odată.

— Ştii bine că nu pot să îţi răspund dându-ţi cifre şi cu atât mai puţin nume. În contractul nostru asemenea detalii sunt considerate strict confidenţiale. Aşa cum nici despre tine nu află altcineva. Însă îţi pot confirma că mai multe persoane au recurs la serviciile noastre.

— Cum i-aţi convins? De fapt, nu, asta ştiu deja. Nu pricep însă de ce nu l-aţi racolat şi pe tata, de exemplu. Sau pe alţii; cunosc o mulţime de oameni bogaţi şi creduli care ar plăti oricât dacă ar fi convinşi că aşa pot să mai trăiască o vreme.

Colonelul îl privise cu seriozitate şi se oprise cu mâinile la spate; era poziţia sa preferată; sau poate aşa era procedura, pentru a nu risca să îl atingă.

— Ţi-am mai spus, există limite şi pentru noi. Nu ar ajuta la nimic să determinăm momentul în care cineva moare de bătrâneţe. În astfel de situaţii chiar nu putem fi de folos. Aşa s-a întâmplat cu tatăl tău şi probabil şi cu multe dintre cunoştinţele tale ajunse la o anumită vârstă. De asemenea, mare lucru nu putem face nici în cazul bolilor incurabile. Din acest motiv îţi facem atât de des analize, pentru ca, dacă apare ceva, să putem să te tratăm din vreme. Cresc foarte mult şansele de vindecare dacă o boală este descoperită în stadiul incipient, ţi-o poate spune orice medic. Reuşim în schimb destul de des să ne salvăm clienţii de morţi accidentale. În asta suntem foarte buni pentru că avem experienţă. Însă, indiferent ce facem, doar păcălim pentru clienţii noştri, o vreme, moartea. Nu pentru totdeauna. Asta nu putem. Nimeni nu poate.

Rareori discuţiile lor se abăteau de la acest subiect. Folder îi răspundea pe larg şi cu plăcere, dându-i tot felul de amănunte, cu excepţia celor ce priveau intimitatea altor clienţi. O făcea cu amabilitatea şi detaşarea specifică a specialistului care împărtăşeşte din cunoştinţele sale unui profan, fără să se aştepte ca acesta să priceapă mare lucru. Altădată Bolden se arătase interesat de soarta personalului care lucra pentru Îngerul Păzitor.

— La banii pe care mi-i luaţi, sunt convins că îi plătiţi foarte bine. De ce îi schimbaţi mereu? Am înţeles, vreţi să evitaţi rutina, dar nu cumva mergeţi prea departe? Văd tot timpul figuri noi.

— Atunci când lucrezi pentru cineva care a fentat moartea, e mai bine să nu rămâi prea multă vreme în preajmă, spuse colonelul. Determinările s-au făcut empiric, evident, nu există încă o bază teoretică. Dar probabilitatea de a muri a celor care te servesc creşte foarte mult, cu atât mai mult cu cât timpul petrecut în preajma ta e mai mare. Şi, mai ales, cu cât nivelul la care te afli e mai ridicat. Aminteşte-ţi de avionul prăbușit în care trebuia să te afli. E ca și cum ai fi radioactiv și i-ai contamina și pe cei cu care intri în contact. Preferăm să-i schimbăm cât de des posibil și să limităm contactul direct la minimul necesar. Efectul nu este cumulativ, ca la radiații. Adică putem să îi folosim pentru alți clienți pe care îi protejăm. În preajma unuia singur nu îi lăsăm prea mult. Spre exemplu, nivelul la care te afli acum le permite să rămână cel mult o lună fără ca riscul lor de deces să sară de zece procente, o limită considerată acceptabilă. Când te aflai la nivelul doi, riscul nu creștea atât nici în câțiva ani.

— Dar tu? Tu de ce nu ești afectat?

— Depinde mult și de persoană: sunt unii mai expuși, alții mai puțin expuși. Eu am stat în preajma ta chiar de la început. Se pare că numai așa se poate dobândi un soi de imunitate. Cel puțin așa sper. Cât despre angajați, într-adevăr, îi plătim foarte bine. Însă asta nu este suficient atunci când își riscă viața. Au dreptul la una, două sau trei prognoze făcute de Aparat, în funcție de timpul cât au lucrat pentru noi. Una o pot ceda oricui doresc ei. Îi plătim și în natură, iar asta îi motivează cel mai mult. O să-ți mai spun ceva: puțini dintre ei ajung să le folosească. De obicei așteaptă până e prea târziu.

În timpul după-amiezilor, pentru că ceruse insistent, Bolden încerca să își conducă afacerile. Era lăsat pentru două sau trei ore să răspundă la o parte din corespondență, să dea ordine și să ia decizii. Acțiunile Green Clean creșteau mereu și mii de containere cu deșeuri industriale sau biologice aduse de Elevatorul Spațial se adunau pe o orbită geostaționară, deși Catapulta electromagnetică, ce urma să le lanseze către Soare, era departe de a fi finalizată.

Seara, înainte de culcare, îi rămâneau câteva minute în care putea să se gândească la Îngerul Păzitor cu sentimentul că devenise actor într-un teatru absurd. Uneori sentimentul inutilității a tot ceea ce făcea, a fortăreței impenetrabile formate din oameni și echipamente, care îl înconjura, devenea apăsător. Cel mai tare îl chinuia incertitudinea: era victima unei escrocherii sofisticate sau organizația chiar făcea ceea ce susținea colonelul?

Nu putea să mediteze prea mult, pentru că medicii care îl monitorizau introduceau un somnifer ușor în aerul din încăpere. Avea pregătite încă multe întrebări și avea să profite de următoarea vizită a colonelului pentru a încerca să afle răspunsurile.

— Când au murit cei din avion... Șansele lor de a muri erau diferite, nu-i așa? Unii dintre ei ar fi putut trăi o sută de ani. Ce trebuie să înțeleg eu? Că sunt un fel de privilegiat? Sau poate purtătorul unui soi de blestem, menit să aducă moarte celor din jur?

Colonelul râse cu poftă.

— Privilegiat, asta e bună! Probabilitatea de a muri nu face diferență între oameni. Nu ține seama de banii pe care îi ai sau de cunoștințele tale, la fel cum nici Legea atracției universale a lui Newton nu te atrage mai mult sau mai puțin dacă ești bogat sau sărac. I-am spus probabilitate în lipsă de altceva și pentru că sună așa, mai savant. În realitate nu știm ce e. La fel de bine o puteam numi soartă, destin, șansă, noroc sau ghinion, alege tu! Tu ești cel care generează evenimentele, așa că ai adunat tot mai mult potențial pe măsură ce ai trecut de la un nivel la altul. Probabilitatea are mărime și sens. E vectorială. Adică se adună sau se scade. Interacţionează la fel ca în orice sistem de forţe.

— Dar ce legătură au toate astea cu cei din avion?

— Uneori se adună mai multe probabilităţi la un loc, cum a fost cazul oamenilor din avionul care s-a prăbuşit. Este adevărat, fiecare dintre ei ar fi trebuit să moară în altă parte şi altădată. Probabilităţile lor, sumate, dădeau un sistem haotic, fără o rezultantă clară. A contat însă probabilitatea ca tu să mori. Era mare, mult mai mare decât oricare alta, a celor din jurul locului unde ar fi trebuit să te afli. Aşa că le-a influenţat pe toate celelalte şi a trasat rezultanta. Din fericire, există o anumită inerţie. Un eveniment menit să te ucidă nu poate fi provocat instantaneu.

— Logic, altfel nu aţi putea voi să interveniţi, admise Bolden.

— Altfel nu am putea să intervenim, repetă Folder. Credem că, simultan, coexistă o multitudine de astfel de evenimente, aflate în diferite stadii de pregătire, tot mai avansate, dar cu amploare tot mai mare, pentru cazul în care se întâmplă să scapi. E ca şi cum te-ai afla între fălcile unui crocodil. Iar crocodilul se află între fălcile altuia, şi mai mare, între care se află primul. Şi tot aşa, ca un şir nesfârşit de crocodili, din ce în ce mai mari, are căror fălci se închid pe rând, încercând fiecare să te strivească. Noi te tragem afară înainte ca prima pereche de fălci să se închidă, cel puţin asta am făcut până acum. Numai pe tine, nu şi pe cine se întâmplă să mai fie pe acolo. Uite, atentatul asupra avionului a fost plănuit cu multă vreme înainte. Fălcile începuseră deja să se închidă şi nimic nu le-a mai putut opri. Doar aşa te poţi socoti privilegiat, pentru că trăieşti. Dar şi blestemat, pentru că determini moartea altora. Chiar acum, în timp ce vorbim, credem că este posibil ca alte evenimente, care au fost deja pornite cu mult timp în urmă, să atingă după o vreme faza la care pot să atenteze la viața ta. Dacă ultimul eveniment produs reușește să te ucidă, atunci toate celelalte se anulează, indiferent în ce fază se află. Dacă un crocodil reușește să te prindă în fălci, toți ceilalți dispar, cam asta-i ideea.

Nu înțelesese mare lucru din toată povestea cu vectori probabilistici înșirată de colonel. Părea foarte credibil și științific, cu toate că Folder îl asigurase că, exceptând Aparatul, nu fusese realizat niciun alt dispozitiv asemănător care să sondeze viitorul. Nici modul de funcționare al acestuia nu era complet înțeles, din lipsa unui aparat matematic care să descrie existențele și interacțiunile oamenilor.

Când se întorcea de la plimbare, avea parte de ședințe de masaj. Îi aduceau mereu alt maseur. Cu unii încercase să stea de vorbă. Renunțase după ce unul dintre ei, un asiatic cu figură blajină, îi povestise întreaga oră în care îi masase trupul despre conflictul iminent între Coreea de Sud și cea de Nord. Fluxul de emigranți din nord care forțau trecerea în zona demilitarizată ce separa cele două țări crescuse atât de mult, încât grănicerii nici măcar nu mai încercau să îi prindă, ci îi împușcau pur și simplu. Grănicerii din Sud, impresionați, începură să riposteze pentru a da o șansă refugiaților. Guvernele schimbaseră deja note diplomatice tăioase, dar zăngănitul armelor începuse să se audă. Maseurul era îngrijorat pentru familia sa aflată la Seul.

I se permitea să citească din vasta bibliotecă pe care o cumpăraseră pentru el. Înainte de a intra în programul de protecție al Îngerului Păzitor nu obișnuise să-şi petreacă timpul în acest fel. Descoperi repede plăcerea lecturii, cu toate că până şi cărţile erau special făcute, cu pagini groase şi moi, în care era imposibil să te tai. I se spusese că şi cerneala cu care fuseseră tipărite era de un tip special, netoxică.

Tot mai des urmărea programele de ştiri pentru a afla ce se mai petrece în lume. Nu îi păsase absolut deloc ce făceau alţii. Însă de când fusese izolat devenise preocupat de starea burselor, de problema foametei din Africa, de cutremurele din Asia şi de cele de pe coasta de vest a Americii. Asculta îngrijorat specialiştii care profeţeau o nouă criză mondială susţinând că semnele erau vizibile peste tot.

Devenise agitat şi adormea cu dificultate, visând cum criza mondială prăbuşea bursele, iar averea i se risipea ca luată de vânt. Fără avere era condamnat la moarte, pentru că rămânea şi fără protecţia Îngerului Păzitor. Rutina şi izolarea îi forţaseră cine ştie ce mecanism psihic, iar organizaţia devenise parte integrantă din existenţa sa.

Medicii care îl supravegheau nu au înţeles ce se petrece până când nu au corelat senzorii care îi monitorizau semnele vitale cu activităţile sale zilnice. L-au anunţat pe Folder, care a venit alarmat.

— Fii liniştit, i-a spus acesta când a aflat ce îl preocupa. Eşti la adăpost de criza mondială, chiar dacă se va declanşa. Averea ta este mai mare ca oricând, iar plasamentele îţi sunt extrem de diversificate. Nu există nici cea mai mică şansă să dai faliment.

Cu toate acestea, colonelul îi interzise să mai urmărească programele de ştiri. Pentru o vreme renunţă să îşi mai conducă afacerile sau măcar să mai afle care este starea lor, după ce colonelul îl convinsese că era mult mai bine să lase astfel de amănunte în seama celor care se pricepeau și care deja făceau asta pentru el.

Ceruse și primise de vreo două-trei ori prostituate de lux cu care petrecuse câte o noapte fierbinte. Îl lăsaseră să bea puțin vin în care era aproape sigur că adăugaseră afrodiziace, măcar pentru că nu se inhibase la gândul numeroaselor dispozitive care îl supravegheau și a oamenilor care îl urmăreau în timp ce făcea amor. Și din acest motiv avea grijă ca aceste întâlniri să aibă loc în întuneric aproape complet, cu toate că știa că personalul care îl păzea avea și dispozitive de vedere nocturnă. Principalul motiv era acela că dorea să rămână anonim. Femeile nu îl puteau vedea și nici nu știau cine este. Evita, pe cât posibil, să le vorbească, dar fără să le oprească atunci când aveau ele chef de povestit. Nici el nu le putea vedea, ceea ce reprezenta un alt avantaj: își putea imagina orice despre cum arătau ele. Totuși, remarcase câteva zeci de mii de dolari, adăugați la nota săptămânală, pentru plata acestora.

— Nu e cam mult? îl întrebase sfios și rușinat pe Folder.

— În condițiile date, aș spune că e chiar ieftin, îi explicase. Fetele au semnat un contract pe un an de... cum să-i spun, exclusivitate. Au suportat toate analizele medicale posibile și, în plus, sunt în carantină și sub supraveghere în toată această perioadă. Dispui de un mic harem personal la care poți apela când vrei.

După un timp, fu nevoit să insiste pentru a primi din nou dreptul de a se ocupa de compania sa, Green Clean, ale cărei acțiuni creșteau necontenit. Reîncepu să trimită instrucțiuni prin calculator și tot aşa primea informaţiile pe care le cerea însă înţelese repede că rămăsese în urmă. Uneori solicita câte o videoconferinţă cu consiliul de administraţie, până când Folder află şi le puse capăt, motivând că era o posibilă interceptarea de către un eventual competitor ostil. Se certaseră puţin pe tema asta. Bolden îl categorisise de mult ca paranoic, aşa că i-o spuse în faţă.

Amploarea pe care o luaseră afacerile sale îl îngrijora. Respectându-i instrucţiunile, oamenii săi contractaseră în avans cantităţi uriaşe de gunoi de care ar fi trebuit să se descotorosească grabnic. Mai mult, unii din beneficiari, nerăbdători, începuseră deja să-l trimită în avans, în pofida termenelor convenite. Preferau să plătească penalizări şi taxe de depozitare, într-atât de dure deveniseră legile antipoluare în tot mai multe ţări. După exemplul Partidului Verzilor, tot mai multe organizaţii ecologiste căpătaseră forţă politică şi suport popular. Verzii, odată intraţi în guvernul german, îşi exploataseră poziţia şi obţinuseră creşterea amenzilor pentru încălcarea normelor de poluare a mediului. Devenise rentabilă exportarea imediată a gunoiul.

Construcţia Catapultei electromagnetice nu mergea aşa cum fusese prevăzut. Pe orbită trebuiau cărate materialele şi componentele necesare, pentru care nu mai exista capacitate de transport disponibilă, din cauza containerelor care conţineau deşeuri radioactive, reziduuri chimice extrem de toxice sau viruşi letali, proveniţi din laboratoarele militare. Pe toate acestea, cei de la Elevatorul Spaţial doreau să le vadă urgent plecate din silozurile insulei plutitoare pe care era fixat capătul terestru al giganticei structuri.

Încercând să rezolve problemele, Bolden dădu prin canalul său privat de comunicații o ploaie de dispoziții, dar nu reuși decât să încurce lucrurile și mai mult.

Medicii îi detectară imediat starea de stres. Din nou adormea cu greutate, iar pofta de mâncare îi dispăruse. Slăbise, iar exercițiile fizice îl epuizau foarte repede. Fu alertat Folder, care veni într-un suflet și intui imediat care este sursa de stres. Năvălise în sala de masaj și îl dăduse pe maseur afară.

Trânti un dosar pe scaunul de pe care acesta tocmai se ridicase. Nu își amintea să îl fi văzut vreodată furios pe Folder. Se răsuci pe o parte, privindu-l nedumerit.

— Pierdem timpul, Ian. Și tu, și noi. Dacă o ții așa, nu îți putem fi de mici un folos. Și tot ceea ce am adus devine absolut inutil. Ai sărit complet din parametrii medicali în care ar fi trebuit să rămâi. Trebuie să încetezi imediat. Dacă nu ai înțeles că îți faci rău, iată datele tale, măsurate științific. Contactul cu lumea exterioară îți face rău.

Bolden se ridică într-un cot.

— Să încetez? Ce?

— Să mai comunici cu exteriorul. În orice fel și despre orice problemă. Nu e bine. Te consumi prea mult.

Mai avuseseră o discuție asemănătoare când îi ceruse să renunțe la canalul video. De această dată însă nu era dispus să renunțe.

— Exclus, spuse tranșant. De altfel nu cred că este în interesul vostru. Green Clean are probleme mari. Pe orbită s-au adunat deja peste un milion de tone de deșeuri cu care nu știu ce să fac. La Catapultă nu s-a mai lucrat de săptămâni bune, mi se pune în față argumentul că aceasta nu aduce bani în vreme ce ridicatul deșeurilor da, cu toate că...

Colonelul îl opri cu un gest.

— Hai să-ți spun eu altfel. Da, compania ta are probleme, știm asta. De când te-ai amestecat, ai reușit doar să le complici mai mult. Te-ai băgat în contracte fără să cunoști complet realitatea de afară. Printre altele, de asta s-au aglomerat docurile Elevatorului Spațial. Faci prostii care, într-adevăr, pot avea trei consecințe. Prima – ridică un deget – așa îți vei ruina compania, iar averea ta, chiar dacă este extrem de mare, poate să dispară. A doua – ridică un alt deget – devii surmenat, ceea ce crește șansa să te îmbolnăvești sau chiar mai rău. Și a treia – ridică și degetul inelar – dacă rămâi fără bani, pierzi protecția noastră. Am fost suficient de clar?

— De fapt, ce vrei? Trebuie să-mi administrez cumva afacerile. Este adevărat, nu mă simt chiar grozav, dar trebuie să aleg între două rele. De fapt, între mai multe. Voi încerca să dorm mai mult.

Colonelul se așeză pe scaunul maseurului, peste dosarul din care ieșea colțul unei diagrame medicale. Îi vorbi ceva mai potolit.

— Dacă nu o să te mai ocupi tu, nu înseamnă că Green Clean rămâne de izbeliște. S-au descurcat și singuri, chiar destul de bine aș spune. Numai că s-au dezvoltat cam haotic. Vom numi un administrator. O firmă specializată în administrarea afacerilor. Îi vom plăti bine, le vom corela câștigul cu performanțele. Am nevoie să îmi dai o procură pentru asta.

Bolden se ridică în șezut pe masa de masaj, luă și despături hârtia pe care colonelul o scosese din bu-

zunarul de la piept și i-o întinse. Încercă să o citeas-
că, însă literele îi jucau în fața ochilor.

— Deci asta ați vrut, să-mi luați și compania, ră-
bufni trist.

— Ai înțeles cu totul greșit, Ian. Compania rămâ-
ne a ta, nu ți-o ia nimeni. Uite, scrie foarte clar aici
– arătă spre hârtia din mâna lui – că poți oricând
reveni la conducere și, indiferent ce s-ar întâmpla,
deciziile tale rămân prioritare. Te asigur că faci asta
pentru ca lucrurile să meargă bine. Îți garantez că se
vor îndrepta. Este important și pentru tine și pentru
noi ca Green Clean să funcționeze.

Bolden luă ezitant stiloul de aur pe care i-l întin-
se colonelul; își mâzgăli numele în josul paginii. Co-
lonelul o împături, o puse la loc în buzunar, se ridică
și plecă fără să mai adauge niciun cuvânt.

Apoi viața își reintră pe făgașul obișnuit. Hrană,
exerciții fizice, plimbări, sex, somn, lecturi și filme re-
laxante. Pierdu noțiunea timpului.

Nu îi luară computerul din cameră însă, dacă tot
nu mai avea o afacere de care să se ocupe, nu îl mai
atinse. Într-o vizită, Folder îl deschise chiar el. Căută
un canal de știri și îl invită printr-un gest să privească.
Acțiunile companiei sale urcaseră nesperat de mult,
își dublaseră valoarea după anunțul făcut de armată,
care renunța la cinci sute de tone pe zi din capacita-
tea de transport contractată cu Elevatorul Spațial în
favoarea Green Clean. Își propuse să îl întrebe pe Fol-
der care era stadiul de construcție al Catapultei elec-
tromagnetice însă uită imediat, copleșit de noutăți.
Veștile bune nu se mai opreau. Chinezii începură
să-și construiască propriul Elevator. Iar Green Clean
concesionase deja cinci sute de tone, capacitate de

transport zilnică. Chiar dacă Elevatorul chinezesc avea să fie gata abia în zece ani, cel mai devreme, bursa reacţionase cu promptitudine, ca de fiecare dată.

— Cum ai reuşit?...

Colonelul ridică uşor din umeri şi zâmbi misterios.

— Mai cunoaştem şi noi pe câte unul-altul. Ţi-am ales administratorul potrivit. Ţi-am spus că o să fie bine. Ai devenit extrem de bogat, Ian. Cred că ai ajuns în primii zece bogătaşi ai planetei, în partea de sus a clasamentului. Între timp a intervenit şi o reajustare a tarifelor noastre. Nu cred că te deranjează, nici nu ai să simţi. Am angajat mai mulţi oameni care să aibă grijă de tine. Ah, ar mai fi o problemă, cu mass-media, care e disperată să discute cu marele investitor... Însă păstrăm chestiunea sub control.

Colonelul dădu neglijent din mână.

— Chiar dacă asta înseamnă că ţi-am cumpărat câteva reţele de televiziune, ziare electronice, radiouri, mă rog, tot ce am găsit pe piaţă. Îţi poţi permite. Celor pe care nu i-am putut cumpăra încă le-am oferit contracte de publicitate cu condiţia să te lase în pace. A fost cam scump, dar eu cred că a meritat.

Bolden se învioră. Simţi că i se luase o piatră de pe inimă. Supravieţuirea companiei echivala cu propria-i supravieţuire. Cu toate că nu fusese niciodată altfel decât foarte bogat, nu îşi imagina dimensiunea la care ajunsese averea sa şi nici modul în care ar fi putut să se bucure de ea.

— Mă simt ca într-o închisoare, îi spuse într-o zi colonelului, la plimbarea de după masă. De fapt, ca un condamnat la moarte aflat în închisoare. Nu cred că mai rezist mult. O iau razna. La ce îmi foloseşte să rămân în viaţă dacă duc o existenţă pentru care am ajuns să invidiez şi o legumă? Până şi bolnavilor aflaţi în faze terminale li se permite să îşi trăiască ultimele zile în libertate.

Colonelul nu păru deloc uimit.

— Mă aşteptam să reacţionezi aşa. Sunt chiar surprins că ai rezistat atât de mult. Aici, la fermă, am încercat să aranjăm mediul ideal în care să te protejăm. Am organizat pentru tine o Zonă de Liniştire. Ceva care credem că temperează probabilitatea. Am mai încercat asta, la nivelul patru, unde te afli. Credem că funcţionează. Se bazează pe o teorie. De fapt, e mai mult o zicală: dacă eliminăm posibilităţile, eliminăm şi probabilităţile. Altfel spus, nu ai ce să păţeşti dacă nu există nimic în jurul tău care să îţi poată face rău. Nu te putem ţine închis aici la nesfârşit dacă tu nu doreşti şi, mai ales, dacă nu mai suporţi. Determinăm tocmai ceea ce am vrut să evităm. Putem trece la o supraveghere mai lejeră, care să-ţi permită să îţi reiei viaţa, aşa cum ai fost obişnuit. De fapt, să faci ce vrei, însă nu ţi-aş recomanda să te ocupi iar de afaceri. Lucrurile merg bine fără tine, chiar dacă a început criza economică mondială. Ai putea călători... sau orice altceva. Însă, necondiţionat, vom interveni imediat ce probabilitatea ta sare de zece procente, iar trendul crescător se menţine.

— Şi teoria asta, că dacă mă ţii închis aici nu pot păţi nimic, s-a verificat până acum?

Colonelul se opri, determinându-l şi pe el să se oprească.

— Păi, după cum vezi, după aproape un an în care te-am păzit, eşti în viaţă, îi răspunse privind în altă parte. E adevărat, ai dus o viaţă plină de restricţii.

Acum însă, dacă doreşti pleci, eşti liber să o faci. În afară de pseudo-teoria aceasta, avem analize bazate pe supravegherile anterioare. Din păcate, nu ţine la nesfârşit. Acea Lege naturală se adaptează şi găseşte o formă să te ucidă chiar în Zona de Liniştire.

Bolden ridică privirea din pământ, neîncrezător.

— Da, ai auzit bine, insistă colonelul. Probabilitatea, fenomenul natural, fiinţa supremă, chestia care vrea să te omoare se adaptează la orice. Aici, în Zona de Liniştire, suntem, după o vreme, vulnerabili. Depindem de mulţi oameni şi de foarte mult echipament. Ceva poate să se defecteze. Cineva poate să nu îşi facă treaba. Am ajuns la concluzia că metoda cea mai bună pentru a întârzia viitorul eveniment este schimbarea stilului de viaţă. Dacă vei supravieţui următorului nivel, va trebui să-ţi organizăm iar o Zonă de Liniştire. Şi tot aşa. Cel mai bun moment pentru schimbare este atunci când chiar tu o ceri. Vezi tu, Ian, encefalul uman simte anticipat moartea. Poate că în capul fiecăruia dintre noi există un Aparat, cu mult mai sensibil decât cel pe care l-am construit noi. În subconştient, acesta ţi-a trimis mesajul că trebuie să pleci de aici. Ceea ce o să şi faci, chiar foarte repede. Aici nu mai eşti în siguranţă. Vestea bună e că poţi să trăieşti cum vrei, cel puţin pentru o vreme.

Capitolul 12

Bolden constată repede că supravegherea per-manentă a Îngerului Păzitor se putea face la fel de discret ca înainte de a afla că această organizație există. I-o amintea un Aparat primit de la colonel, o altă versiune portabilă, foarte asemănătoare cu un ceas de mână cu cadran mare, pătrat, din leduri orga-nice. În pofida sfaturilor lui Folder, se amestecă iar în afaceri. Începu prin a-și vizita companiile. Avea foar-te multe, cumpărate, preluate sau recent înființate, care fabricau sau deserveau în mai orice domeniu. Le pierdu numărul și se plictisi repede să tot intre în bi-rourile consiliilor de administrație unde i se rezerva locul din capul mesei de ședințe, iar bărbați și femei îl priveau admirativ și cu invidie pe bogatul acționar principal, aplaudând de fiecare dată când își făcea apariția, ca și cum ar fi fost un star rock.

Urmau apoi în cel mai bun caz câteva ore de pre-zentări monotone, în care managerii exemplificau, folosindu-se de proiecții grafice sau de filme de pre-zentare, creșterea economică și proiectele de viitor. Încetă cu asemenea vizite după ce se convinse că, în pofida recesiunii globale, companiile lui mergeau ne-sperat de bine, chiar dacă totul în jur se prăbușea.

Valoarea activelor și a contului său personal cres-cuseră nemăsurat. Era invitat peste tot și era bine primit oriunde mergea. Monopoliza imediat atenția tuturor.

Cu totul altfel se dovediră a fi lucrurile când, mai mult dintr-un impuls, se hotărî să viziteze capătul terestru al Elevatorului Spațial. Se dovedi imposibil;

armata păzea cu străşnicie insula artificială aflată la Ecuator, în mijlocul Pacificului. Insula depăşise deja o sută de kilometri pătraţi şi încă se extindea. În centru, înălţa drept către cer Cablul: un mănunchi împletit din fire făcute din nanotuburi. Cablul Elevatorului era ancorat prin câmpuri electromagnetice extrem de puternice, alimentate de curentul electric generat de mişcarea valurilor.

Deoarece existaseră mai multe tentative de a sabota Elevatorul încă din faza de construcţie, accesul pe insulă era extrem de limitat şi în niciun caz nu erau primiţi vizitatori ocazionali. A fost singura dată când Bolden l-a căutat pe Folder, care părea să deţină cheiţa de aur de la inima generalilor. Îi ceru să-i aranjeze o vizită pe insula Elevatorului.

Colonelul sosi cu elicopterul şi ateriză direct pe iahtul de lux cu care Bolden naviga în jurul zonei circulare de interdicţie stabilită de marină. Presa îi spusese Cercul de Fier şi denumirea prinsese. Oceanul era înţesat de nave de război şi de submarine care patrulau permanent, nepermiţând accesul neautorizat. Cinci sateliţi şi două avioane de observaţie împreună cu un număr necunoscut de patrule aeriene şi drone telecomandate asigurau supravegherea aeriană, transmiţând datele culese către centrul de comandă stabilit pe portavionul cu propulsie nucleară Endeavour, aflat undeva în interiorul cercului.

— Ascultă, Folder, tu nu ai familie? strigă Bolden, ca să se facă auzit peste zgomotul turbinelor. Ai venit imediat ce te-am chemat.

Acesta ignoră întrebarea şi remarca. Se sprijini de umărul cuiva din personalul de bord care venise să-l ajute să coboare din elicopter.

— Nu se poate, îi răspunse Folder, imediat ce atinse puntea, strigând la rândul său. Nici nu vor să audă. Nu poți să mergi acolo.

— Stai puțin, la drept vorbind sunt și eu unul dintre proprietarii Elevatorului. Am ceva acțiuni acolo. Nu pot să îmi interzică să îmi vizitez proprietatea.

— Ba pot să facă orice vor, i-o reteză aspru colonelul. Se folosesc de prevederile Actului privind Siguranța Națională. La care s-a mai adăugat povestea cu Pakistanul și India, pentru regiunea Kashmir. Iar au început să se certe pentru fâșia aia de 750 de kilometri a Liniei de Control. Au și intrat cu trupe în ea, și unii, și alții. Bineînțeles, fiecare îl arată pe celălalt cu degetul, cum că ar fi fost primul.

— Ce Kashmir? Ce siguranță națională? întrebă nedumerit Bolden. Aici suntem în mijlocul Pacificului.

— Au fost incidente. O navă de război indiană a schimbat câteva lovituri de tun cu o alta, pakistaneză. S-au avariat reciproc și cam atât. Numai că acest lucru s-a petrecut cam prea aproape de Cercul de Fier. Paza a fost întărită, Cercul de Fier s-a mărit și s-au impus noi restricții. Accesul la Insula Elevatorului a devenit și mai limitat.

Îl conduse pe Folder într-unul dintre saloanele luxoase ale iahtului. Se așezară amândoi în fotoliile moi și așteptară până când un steward le servi băuturi reci.

— Las-o baltă! Asemenea conflicte se află la o mie de kilometri depărtare! Nu ține. Noi ne aflăm în apele internaționale. Ce mai e și prostia asta cu siguranța națională?

Colonelul sorbi tacticos din răcoritoare. Își roti

admirativ privirile prin salon. Datorită unui sistem de stabilizare giroscopică, iahtul nu avea ruliu şi nici tangaj. Geamurile fumurii filtrau plăcut lumina fără să lase să intre zgomotul valurilor care loveau nava.

— Dacă ar sabota cineva Cablul, acesta s-ar în-făşura în jurul Pământului. Impactul ar fi cumplit. Înţelegi?

— Mă vezi pe mine drept sabotor? râse Bolden. Şi chiar dacă aş fi, care-i problema? Statele Unite nu se află pe traiectorie. Iar cablul ar arde în timp ce s-ar prăbuşi prin atmosferă. Am văzut mai multe proiec-ţii. Cablul este practic imposibil de sabotat.

— Consecinţele nu pot fi evaluate, insistă colone-lul. Sunt sute de mii de tone de material care ar pu-tea să cadă pe Pământ. Aşa cum ai spus, teoretic, ar trebui să se înfăşoare în jurul Pământului. Dar dacă unele porţiuni ard mai repede în atmosferă, se rup şi îşi schimbă direcţia? Dacă nimeresc şi peste noi?

— Asta s-ar petrece numai dacă ar fi sabotat de undeva de sus cablul. Nu de pe Insula Elevatorului. Eu acolo vreau să merg, nu pe staţia geosincronă. Dacă i s-ar da drumul de aici nu ar fi nicio proble-mă, s-ar pierde pur şi simplu în spaţiul cosmic. O ştie până şi un copil.

Încurcat, Folder hotărî să joace cartea sincerită-ţii.

— De fapt, cea mai mare ameninţare la adresa securităţii naţionale este colapsul economic care ar urma în cazul distrugerii Cablului. Elevatorul este plătit în cea mai mare parte cu bani americani, aşa cum bine ştii. Au mai dat şi alţii câte ceva, e adevărat, însă doar câteva zeci de miliarde de dolari, acolo, cât să nu se spună că nu a participat şi capitalul privat.

Au fost scoase acțiuni și la burse, din care ai cumpărat și tu. Însă nici măcar un procent din banii necesari nu s-au adunat din astfel de fonduri. E de departe cea mai scumpă jucărie pe care a plătit-o unchiul Sam, care a pus la bătaie restul. Distrugerea cablului ar adânci recesiunea economică, ar transforma-o într-o depresie față de care aia din anii treizeci ai secolului trecut n-ar fi decât o biată adiere. Lumea ar fi aruncată în haos. Circulația către Insulă a fost drastic restricționată.

Numai că Bolden nu avea de gând să renunțe.

— Dar mărfurile cum ajung aici? Deșeurile mele? Navele alea sunt pilotate de cineva. Mai sunt și cosmonauții. Ei de ce au voie, iar eu nu?

— Navele parcurg în regim automat suta de mile a cercului de protecție. Nu au echipaj la bord. Sunt foarte atent perchiziționate și pot să te asigur, Ian, că nu o dată au fost găsiți explozibili. Iar cosmonauții, ca și personalul propriu, sunt verificați și răsverificați, vreme de ani de zile. Mai mult, toate deciziile celor care lucrează pentru Elevator sunt dublate de computere, iar în caz că diferă se apelează la o comisie specială.

— Prostii, Folder, și tu știi asta! Tot ceea ce îmi înșiri sunt numai prostii! Cum aș putea eu, un singur om, să sabotez ditamai construcția? O asemenea idee e cu atât mai tâmpită cu cât chiar eu dețin o părticică din Elevator. Și principala mea afacere, cea cu deșeurile, depinde integral de acesta. Dacă Green Clean dă faliment, tot imperiul se prăbușește, ca un castel de cărți de joc. E o prostie ideea că aș putea sabota Elevatorul și tu știi asta!

Colonelul se ridică, merse la minibar și își mai

turnă un pahar. Îşi făcu de lucru la consola de comunicaţii a salonului. Pe un ecran apăru insula Elevatorului.

— În definitiv de ce ţii aşa de mult să ajungi acolo? Uite, mi-au dat o înregistrare cu tot ceea ce ar putea să te intereseze. Urmăreşte-o cu atenţie, din motive de securitate poate fi redată doar o singură dată.

Hublourile salonului se opacizară, pentru a îmbunătăţi vizionarea. Porni un câmp holografic în care Cablul, gros cât trunchiul unui baobab bătrân, se înălţa drept spre cerul senin. Bolden urmări cu interes înregistrarea. O asocie cu povestea lui Jack şi a vrejului de fasole pe care o auzise în copilărie. Trenuri cu levitaţie magnetică, Maglev, asemănătoare cu nişte viermi, urcau sau coborau pe Cablu. Câmpul holografic tremură şi deveni neclar pentru un moment, cât se mută la înălţime, înregistrarea fiind evident făcută dintr-unul din trenurile care urcau. Insula elevatorului se micşora pe măsură ce trenul câştiga înălţime, iar docurile şi suprafeţele regulate ale depozitelor începură să se confunde cu căile de rulare. Munţii de containere deveniră cutii de chibrituri, iar macaralele semănau cu berze care se mişcau cu o încetineală plină de graţie. Înregistrarea trecu prin câţiva nori firavi. Semănă pentru scurt timp cu priveliştea văzută prin hubloul unui avion care zboară la zece mii de metri.

Trenul ieşi din atmosferă şi insula artificială a Elevatorului nu se mai distinse din nesfârşitul albastru-verzui al oceanului Pacific. Folder îşi drese glasul; răsună nefiresc de tare în salonul iahtului. Înregistrarea cu Maglevul ajunsese la prima haltă, aflată la trei sute de kilometri altitudine, acolo unde orbitau staţiile spaţiale. Imaginea săi apoi la finalul călătoriei, la treizeci şi şase de mii de kilometri, la staţia terminală din punctul geosincron. Era aproape de locul unde se adunau deşeurile expediate de Green Clean şi de Catapulta electromagnetică, încă nefinalizată, care urma să le arunce spre Soare.

— Ai dreptate, îi spuse Folder fără să se întoarcă, în timp ce îşi amesteca două cuburi de gheaţă în băutură. Dacă ai fi un simplu om, nu ai putea, în niciun caz, să sabotezi Elevatorul. Numai că tu eşti Ian Bolden, cel care a fentat de câteva ori moartea. Militarii ştiu de noi şi ştiu de tine.

Sorbi puţin din băutură şi mai adăugă gheaţă.

— Aparatul a fost iniţial proiectat pentru Armată. De acolo l-am recuperat. E un proiect militar abandonat. Noi l-am preluat şi l-am adaptat pentru protecţia personală. Însă militarilor le place să arunce o privire chiar şi proiectelor la care au renunţat, pentru cazul în care altcuiva i-ar putea veni ideea cea bună. Le raportăm periodic. Suntem siguri că au şi alte metode prin care ne urmăresc. Invers, nici nu se pune problema să ne dezvăluie câte ceva din ceea ce ştiu deja.

— Şi ce legătură are armata cu mine? Eu în mod sigur nu am nici una.

— Presupunem că le e frică de tine, Ian. Nu vor nici măcar să te ştie în preajma Elevatorului. M-au trimis să te conving să o ştergi de-aici. Să îţi spun că întreaga zonă a devenit interzisă pentru tine. Nu se tem de ceea ce ai putea tu, un om, să faci, ci de ceea ce ai putea să determini. Forţa, potenţialul, sau fenomenul care încearcă să te ucidă pe tine poate lesne să distrugă şi Elevatorul Spaţial.

Capitolul 13

După ce i se refuzase a vizita pe insula Elevatorului, Ian Bolden porni să sfideze moartea. Ceru echipei medicale să îi modifice printr-o operație estetică trăsăturile feței, iar apoi se ținu de Folder până ce acesta îi făcu rost de acte false. Își schimbă tunsoarea și își lăsă să crească barbă și mustață. În sine, se simți ușurat că a scăpat de vechea identitate ca și cum, implicit, primejdia morții ar fi dispărut. Încă nu se hotărâse dacă Folder continua să îl mintă sau îl proteja efectiv, dar se hotărî să afle.

Investițiile făcute de colonel în mass-media se dovediră folositoare, așa că Ian Bolden dispăru repede din atenția reporterilor deja ocupați până peste cap cu relatarea efectelor recesiunii economice mondiale despre care se credea deja că se va termina numai cu un război planetar.

Bolden era complet detașat de fierberea din jurul său. Anonimatul îi permise să vadă o față diferită a lumii, pe care nu o cunoscuse. Călători foarte mult și întâlni oameni obișnuiți, vorbi cu ei și se amestecă printre ei, le află pasiunile și bucuriile, temerile și nevoile. Entuziasmul inițial i se topi încet când constată că, indiferent cât de bogați erau oamenii, aveau, în esență, aceleași dorințe și motivații.

Apoi descoperi sporturile extreme.

Inițial fusese doar curios însă în scurtă vreme deveni dependent de adrenalină. Arunca o privire pe cadranul Aparatului său și, dacă probabilitatea se menținea scăzută, sub zece procente, pornea în cele mai nebunești aventuri. Sări cu parașuta și o deschise la doar o sută de metri de pământ, cu o fracțiune de secundă înainte de a se strivi. Participă, riscând inconștient, la curse ilegale de mașini pe autostrăzile lipsite de limită de viteză din Germania și pe cele din Rusia, unde nimeni nu ținea seama de reguli. Nu conta dacă pierdea sau câștiga bani câtă vreme trăia extrem de intens. Depăși un record mondial de viteză la bărcile cu motor, la un concurs vestit din Anglia, și făcu vâlvă când nu se prezentă să-și ridice premiul.

Ajunsese ca, în comunitățile foarte exclusiviste, ale racerilor bogați, cu toții mult mai tineri, cu mașini scumpe și tunate, să i se spună Nebunul pentru felul lipsit de orice reținere prin care își asuma riscuri de neconceput, după ce arunca, discret, o privire ceasului său miraculos; câțiva, care încercaseră să îi imite stilul de condus, o sfârșiseră dezastruos.

Străbătu zone pustii și inospitaliere, colindă din Sahara până în Tibet, trecu oceanul Pacific și, în America de Sud, navigă pe Amazon, până la vărsarea acestuia în Atlantic.

Fusese în expediții montane și în sălbăticie, unde probabilitatea sărise de treizeci de procente; fusese interceptat de câteva ori de echipe epuizate, trimise în urmărirea lui de prudentul Folder și readus vremelnic la civilizație.

— Așa cum ți-am spus, e bine că schimbi locul și stilul de viață, dar mă tem că nu înțelegi pe deplin ce se întâmplă, îi spusese acesta odată. Exagerezi.

Îl găsise în parcul național Etosha aflat pe podișul Owambo, în Namibia, la un safari ilegal. Bolden ridicase nepăsător din umeri și strigase câteva ordine celor patru cărăuși negri care îl însoțeau.

— Între două niveluri, pot trece uneori chiar și

mai mulţi ani, insistă colonelul. Nu însă şi la nivelul la care te afli tu. E primejdios, Ian, la tine timpul se măsoară deja în luni de zile. Felul în care îţi forţezi norocul nu face altceva decât să micşoreze actualul interval de acalmie. Grăbeşti apariţia evenimentului care va încerca să te ucidă. E ca şi cum ai fi scufundat în apă şi ai respira dintr-un balon cu oxigen. Dacă te agiţi, îl consumi mult mai repede şi rămâi fără. Ţi-am spus, exisă o lege. O fi fost ea determinată empiric însă este perfect valabilă. Respect-o, dacă vrei să trăieşti mai mult.

Numai că dependenţa de adrenalină devenise mult prea mare. Nu se mai putea opri deşi, în felul său, asta a încercase când se stabilise la Pekulatan, pe insula Bali.

Fusese adoptat de o comunitate de surferi.

Cât era ziua de lungă călărea valurile pe placa sa roşie, îmbrăcat într-un costum impermeabil şi termoizolant de neopren, tot roşu. Noaptea stătea împreună cu ceilalţi surferi, în faţa corturilor, bând vin ieftin şi fumând opiu. După o vreme, unii începeau să povestească încet, fără patimă, despre întâmplări şi peripeţii pe care le trăiseră sau pe care doar şi le imaginaseră. Cele mai multe erau poveşti despre iubiri neîmplinite sau despre averi câştigate şi risipite.

Cel puţin o dată Bolden fu sigur că asculta povestirea unui film pe care îl văzuse sau a unui roman pe care îl citise. Uneori istorisirile se opreau, fără a mai fi reluate, iar povestitorul rămânea cu privirea pierdută în propriile-i amintiri. Vorbeau molcom, fără să fie întrerupţi şi aproape fără să fie ascultaţi. Vocile lor, asemenea unor litanii, se succedau fără o ordine anume, păstrând însă acelaşi ton molcom, fatalist, resemnat.

Într-o seară a povestit și el, cu toate că mai toți surferii adormiseră sau priveau absenți stelele. Le-a spus despre plicul negru și despre Îngerul Păzitor, despre acea lege a naturii care îi voia viața. Sau poate că era doar victima inocentă a unor escroci iscusiți. Nici măcar când a vorbit despre această îndoială, care începuse să se cronicizeze asemenea unei bucăți de piele moartă și bătătorită, nu a trezit vreo umbră de interes printre surferii amorțiți de droguri și alcool.

L-a ascultat cu mare atenție numai Tuana, o fată încă tânără, de prin părțile locului, care se aciuase cu ani în urmă pe lângă comunitatea surferilor americani. Aceștia veneau și plecau, lăsând-o moștenire de la unii la alții, laolaltă cu placa sau cortul sau pipa de opiu de care se folosiseră.

Deși o remarcase de mai multe zile, nu-i vorbise. După ce-și spuse povestea vieții, privirea i se opri în ochii ei mari, negri, în care se reflectau flăcările ce stăteau să se stingă ale focului aprins din resturi adunate de pe plajă. Fata îl privea fix, înțelegând mai mult decât vorbele pe care el le spunea. Îi simțise durerea și singurătatea. Se opri după ce povestise cum i-a murit iubita, iar el a scăpat pentru că, dacă ai bani, orice este posibil, poate chiar și tinerețe fără bătrânețe.

Tuana se prostitua de la unsprezece ani, așa cum făceau toate fetele sărace pentru a se întreține și a-și întreține familiile numeroase; nu avusese niciodată mulți bani, așa că tresări când auzise vorbindu-se de ei. Se apropiase și îl îmbrățișase pe americanul cel trist și beat, amețit de opiu, care își depănase povestea incredibilă din care nu înțelesese nici măcar jumătate. Făcură dragoste îndelung, așa cum Bolden nu mai făcuse de multă vreme, fără să le pese că pot fi văzuți de ceilalți surferi sau de indiferent cine.

Nu auziră, nici nu simțiră elicopterul SH3-H Sea King, decât când acesta coborî până la treizeci de metri de plajă. Vârtejul stârnit de palele lui îi acoperi pe toți cu nisip, iar zgomotul motoarelor cu reacție trezi violent comunitatea se surferi, în pofida de oboselii, a alcoolului și drogurilor consumate, ca de obicei, în exces.

Bolden abia dacă schiță un gest când fu pus într-un hamac special de doi militari coborâți pe corzi de alpiniști și apoi tras în elicopterul de transport unde alți militari îl așezară într-un scaun de zbor, îi legară o centură și îi puseră o pereche de căști pe urechi. Încercă să protesteze vag, dar Folder, apărut ca de nicăieri, i-o tăie:

— Nu ai idee la ce favoruri a trebuit să recurg ca să te scot de aici, îi răsună în căști vocea colonelului. E groasă.

Elicopterul se înălță huruind cumplit din cele două rotoare. Unii dintre surferi ridicară curioși capetele, însă cei mai mulți, printre care și Tuana, nu se mișcară, ignorând complet hărmălaia. Curentul produs de cele două elice amestecă cu nisip boarfele abandonate cu sticlele de plastic, dozele de bere și cutiile de pizza golite, lăsate unde se nimerise, și le aruncă în toate părțile.

Bolden își luă, în gând, rămas bun de la Tuana. Fata avea să-i găsească portofelul în jacheta abandonată pe plajă, în care, în afara câtorva carduri bancare, erau și mai multe bancnote de o sută de dolari, cu mult mai mult decât avusese ea vreodată. Cu puțin noroc, banii aveau să-i ajungă cel puțin un an. An de care el nu era deloc sigur că îl va trăi, dacă Îngerul Păzitor avea dreptate. Colonelul îi urmări tentativa jalnică de a-şi privi Aparatul.

— Determinarea am făcut-o cu un Aparat staţionar, îi spuse. E mult mai precis şi are bătaie ceva mai lungă în viitor. Indică un eveniment major, iminent. Chiar şi Aparatul tău ar fi trebuit să-l indice, dacă ai fi fost în stare să te uiţi. Avem cel mult o oră.

Într-adevăr, unul dintre cadranele Aparatului său arăta o probabilitate mai mare de şaptezeci la sută care continua, încet, să crească. Mâna îi tremură involuntar, scuturată de impulsurile electrice ale brăţării, menite să îl avertizeze. Fusese prea beat şi prea drogat ca să le mai bage în seamă.

Unul dintre piloţi spuse ceva pe circuitul audio intern; vocea acestuia îi bubui în urechi. Reţinu un nume, Roosevelt, unde ar fi trebuit să ajungă peste o oră. După care dunguliţe colorate şi mişcătoare, caleidoscopice, îi apărură sub pleoapele grele, lăsate peste ochi, iar zgomotul motoarelor căpătă ritm, transformându-se într-un fel de muzică.

— Probabil vine un tsunami sau un cutremur, îl auzi, ca prin vis, pe Folder. Zona este predispusă la aşa ceva. Sunt semne. Indicatorul general a indicat valori mari, s-a apropiat de un sfert. Nu am mai văzut una ca asta. Vor muri mulţi oameni.

Uitase deja de Tuana şi de surferi. Uitase şi plaja. Nu îl mai întrebă pe colonel dacă anunţase autorităţile despre ceea ce urma să se petreacă. Nici măcar nu îi trecuse prin cap asta.

***

La trei sute de mile marine spre sud est, grupul naval condus de portavionul Theodore Roosevelt,

desfășura un exercițiu nocturn de vânătoare subma-
rină. De pe portavion plecase, de două ore, elicopte-
rul SH3-H Sea King, oficial într-o misiune specială,
strict secretă.

Colonelul Folder izbutise să ajungă la amiralul
Thomson, comandantul grupului naval, în timpul re-
cord de numai douăsprezece ore. Venise înarmat cu
autorizări de nivel foarte înalt.

Amiralul acceptase, cu jumătate de inimă și mare
îndoială, misiunea inopinată de recuperare a unui
agent foarte important care se afla pe insula Bali.
Dar cum avea lucruri mai importante de făcut, re-
nunțase să-și mai bată capul și dăduse unui elicopter
permisiunea de zbor după care uitase de ea pentru a
se concentra la solicitantul exercițiu militar de vână-
toare submarină la care participau navele aflate sub
comanda sa.

Ținta era bătrânul submarin de atac SS 576 Hu-
dson, dezafectat în urmă cu câțiva ani. Un contractor
privat, Telesystems, îi montase, pentru cinci milioane
de dolari, un computer tactic și o telecomandă prin-
tr-un fir de fibră optică de zece mile marine, menite
să facă mai palpitantă vânătoarea.

La bordul portavionului fusese amenajată o a
doua cameră de comandă a lui SS 576 Hudson; câți-
va operatori, urmăriți prin ferestrele panoramice fu-
murii de patruzeci și cinci de căpitani de submarine,
încercau să reziste cât mai mult la asaltul concentrat
al flotilei care vâna submarinul.

Submarinul sortit pieirii era condus prin teleco-
mandă de cei mai experimentați militari pe care îi
avea marina. Acest amănunt deveni evident imediat
ce începu exercițiul. Prada se transformă repede în

vânător şi atacă fregata USS Barrat, una dintre navele de escortă ale lui Roosvelt. În condiţii reale de luptă, ar fi scufundat-o.

În acel moment, fregata ar fi trebuit să abandoneze exerciţiul şi să aştepte pasiv sfârşitul manevrelor. Însă un tânăr marinar specialist, aflat la comanda tuburilor lanstorpile de la prova, a înţeles greşit un ordin şi a lansat o Mark 72, una dintre cele mai avansate torpile din arsenalul U.S. Navy.

Torpila atinse aproape imediat viteza operaţională de o sută de kilometri pe oră şi străbătu în treizeci şi cinci de secunde mia de metri care o despărţeau de submarin, înainte ca ofiţerii de pe US Barrat să ia decizia de a o distruge.

Mult mai rapizi s-au dovedit cei din echipa de pe portavion, care îl conduceau prin telecomandă pe SS 576 Hudson. Submarinul, aflat în apropierea unui munte submarin pentru a deruta cât mai mult ecourile sonarelor, reuşi să evite în ultima clipă torpila, după ce eliberă cu mare viteză balastul din tancuri şi ţâşni către suprafaţă. Mark 72 nu mai avu suficient spaţiu de manevră pentru a urmări submarinul. Din inerţie, lovi muntele submarin şi detonă, provocând o cavalcadă de zgomote care blocară sonarele minute în şir, părând că nu se mai termină.

— Dumnezeu să ne aibă în pază, murmură amiralul Thompson.

Camera de comandă a portavionului devenise neobişnuit de liniştită, pe măsură ce ofiţerii înţelegeau ce se petrecuse. O vreme se auzi numai piuitul instrumentelor. Luminile verzui ale acestora dădeau feţelor celor prezenţi o paloare cadaverică. Sunetele venite dinspre hidrofoane ezitară câteva momente, ca şi cum s-ar fi oprit, după care se contopiră într-unul singur, ca o uriaşă lovitură, care depăşi nivelul de suportabilitate al urechilor umane. Un ofiţer se repezi să reducă volumul hidrofonului.

O întreagă coastă din muntele submarin se prăbuşise, antrenând o avalanşă nesfârşită de pietroaie şi stânci ce loviră fundul oceanului, aflat la câteva zeci de metri mai jos, cu zgomot de tunet.

***

Unda de şoc se formă la fundul apei. Ţâşni la suprafaţă, unduind oceanul şi ridicând valul seismic. Când ajunse la ţărmul vestic al insulei Bali, valul avea deja peste cincisprezece metri înălţime. Asemenea unui monstru pus pe distrugeri, apa mătură totul în cale lăsând în urmă zeci de mii de morţi. Plaja surferilor dispăru în apele care înghiţiră totul, indiferente şi grăbite. Singurul supravieţuitor al plajei, Ian Bolden, dormea fericit la bordul elicopterului care venise special să îi salveze viaţa. Piloţii se învârtiră îngroziţi de câteva ori pe deasupra locului unde, cu doar câteva clipe în urmă, se aflaseră mii de oameni. Hotelurile aflate aproape de plaje se transformaseră în mormane de surcele pe care apa le amestecă violent cu mobilier, veselă, palmieri smulşi, haine şi trupurile turiştilor. Grădinile cu piscine atent îngrijite şi peluze perfect tunse, deveniră în doar câteva secunde parte componentă a oceanului.

Efectul ucigaş al valului tsunami fu amplificat de ora matinală, când toată lumea dormea.

Încercară să ia legătura cu Roosevelt pentru a raporta dezastrul însă navele grupului aveau propriile lor probleme cu replicile stârnite de valul uriaş şi se dispersaseră care încotro, căutând scăpare. Un controlor de trafic de la bordul portavionului, ocupat până peste cap să-şi salveze avioanele trimiţându-le la baze aflate pe uscat, le sugeră să îşi caute un loc de aterizare pe vreo insulă, până se vor mai potoli lucrurile.

Un elicopter pe Bali ar fi fost paiul inutil de care s-ar fi agăţat supravieţuitorii care încercau să fugă din calea apelor, aşa că piloţii ridicară aparatul la patru sute de metri şi deciseră s-o ia spre nord vest, spre Java, aflată mult mai departe de traiectoria valului ucigaş.

După vreo jumătate de oră de zbor, treceau pe deasupra unui pâlc de insuliţe nelocuite, complet acoperite cu vegetaţie, aproape necunoscute, aparţinând Indoneziei. Prea mici ca să poată susţine o aşezare umană, insuliţele figurau numai pe hărţile foarte amănunţite, utilizate de marinari; numele lor şi-l amintea foarte puţină lume.

Una dintre ele fusese ocupată în mare secret de o grupare musulmană rebelă care lupta pentru independenţa Timorului de Est. Rebelii găsiseră amplasamentul ideal pentru a organiza o tabără de instrucţie, iar câteva atentate spectaculoase, comise în locurile vizitate de turişti în Jakarta, le asigurase un grup mic şi generos de sponsori.

— Ceva nu-i în regulă, mormăi colonelul, după ce aruncă o privire Aparatului pe care Bolden îl avea prins la mână.

Îl desprinse de pe încheietura acestuia şi reglă raza de detecţie la minimum însă cadranul probabilistic sincronizat pe Bolden afişa peste optzeci de procente. Îl scutură pe bărbatul adormit, încercând să-l trezească. Acesta deschise un ochi injectat. Privi buimac în jur, fără să înțeleagă ce se petrece, apoi pleoapa îi căzu greoi, chiar în momentul în care elicopterul trecu pe deasupra unei insule ceva mai mari.

Se întâmplară, aproape simultan, două lucruri diferite.

De la sol, dintr-un luminiş al vegetaţiei luxuriante, o străveche baterie antiaeriană de rachete rusești 9K33 OSA, adusă cine ştie cum şi când pe insulă, se declanşă la comanda unui recrut de şaisprezece ani, aflat de gardă, căruia adjunctul şefului îi spusese că nici măcar o muscă nu trebuie să treacă nedoborâtă. Puştiul luase în serios ordinul.

Radarul de bord al elicopterului detectă imediat primejdia şi lansă automat drept contramăsuri mai multe pocnitori menite să păcălească detectoarele celor trei rachete inamice activate. Lansă la rândul său o rachetă aer-sol, care vaporiză deopotrivă bateria antiaeriană şi rebelii din preajmă. Două dintre rachetele agresoare porniră în urmărirea ţintelor false, le ajunseră şi explodară la o distanţă care nu puse în primejdie aparatul de zbor.

Racheta rămasă se apropie de ei cu mare viteză provocând reacţia celui de-al doilea sistem automat de apărare al elicopterului. O mitralieră robot Gatling, cu şase ţevi rotitoare, trase într-o fracţiune de secundă o perdea densă de gloanţe şi provocă explozia rachetei agresoare. Acest lucru se petrecu aproape de SH3-H Sea King. Schijele răpăiră pe carlingă iar unele străpunseră blindajul uşor al aparatului de zbor. Elicopterul se clătină violent de la suflul exploziei. Se prinseră reflex de mânerele aflate în carlingă, cu toate că erau bine fixaţi în scaunele de zbor de centurile de salvare.

Schijele făcuseră câteva găuri în plafon însă toţi scăpaseră nevătămaţi.

Mai puţin Bolden.

Fusese lovit de o schijă în rinichi şi alta îi pătrunsese extrem de aproape de inimă. Prevăzătorul Folder adusese echipament medical şi un medic de pe portavion. Acesta îi puse imediat o transfuzie cu plasmă sanguină, salvându-i, pentru moment, viaţa.

Capitolul 14

De fapt, nu se trezise complet. În mod ciudat, nu îl durea nimic. Ultimele amintiri reveniră, năvălind abrupt.

Elicopterul, exploziile, tsunami, poate nu chiar în această ordine. Fusese lovit de ceva şi îl duruse cumplit. Pe Folder şi-l amintea cum răcnea ordine, încercând să se facă auzit peste zgomotul rotoarelor elicopterului şi peste strigătele celorlalţi. Fusese foarte calm, datorită drogurilor luate pe plajă. Dar mai ales pentru că el, Bolden, era găina cu ouă de aur, pentru el se aflau cu toţii acolo. Era treaba lor să-l salveze.

De altfel o şi făcuseră.

Cineva îi aplicase unul sau mai multe bandaje. Altcineva îi făcuse o injecţie în braţ, apoi încă una, în inimă, direct prin tricoul năclăit de sânge. Se mişcaseră foarte eficient. Înainte de a adormi de-a binelea, mai simţise, vag, încă o înţepătură în venă. I se făcea transfuzie însă lui nu îi mai păsa.

Probabil că îl burduşiseră cu anestezice. Izbuti să-şi rotească ochii spre stânga, fără să vadă altceva decât aparate cu displayuri pe care se agitau, colorate, curbe şi cifre care îi măsurau semnele vitale. Încordă, pe rând, muşchii picioarelor şi ai braţelor, răsuflând uşurat când aceştia răspunseră la comenzi. Era întreg, sau cel puţin aşa se părea. Reuşise din nou.

Întoarse capul spre dreapta. Mâna îi era fixată de patul de spital, cu două bandaje moi. În venă îi intra tubul şerpuit al unei perfuzii. Şi din piept plecau tuburi şi fire însă, cum nu dureau, renunţă să deducă la

ce foloseau şi îşi propuse să întrebe despre ele ime-
diat ce avea să apară vreun doctor.

Era şi o fereastră, parţial acoperită de trupul unui
bărbat care se tolănise într-un scaun. Dormea cu capul
în piept, sforăind uşor. Deşi nu îi putea vedea faţa, putu
să jure că e Folder. Îşi dădu seama că era prima oară
când îl privea de jos în sus şi constată mirat că arăta
altfel. Colonelul se înghesuise aşa cum putuse pe sca-
unul tare, de spital, încercând să îşi găsească o poziţie
cât mai comodă care să-i permită să se odihnească.

Privindu-l, Bolden deduse că se afla de cel puţin
o zi şi o noapte la spital. Ca şi cum l-ar fi simţit, Fol-
der răsuflă mai lung şi se trezi. Îl privi cu ochi tulburi
şi, realizând că ieşise de sub anestezie, se aşeză mai
bine în scaun, îşi frecă ochii cu mâinile, apoi se întin-
se, oftând greu.

— Ce s-a întâmplat? articulă cu greutate Bolden.

Colonelul se ridică de pe scaun şi făcu câţiva paşi.
Aruncă o privire pe fereastră şi îi răspunse fără să se
întoarcă:

— Ai scăpat şi de data asta, ceea ce e cu adevărat
important. Te-am mai salvat o dată. A fost un eveni-
ment combinat. Sunt foarte greu de prevenit. Şi de
intervenit. A fost ca la biliard: loveşti o bilă care ri-
coşează de mantă pentru a lovi o altă bilă care intră
într-un coş al mesei. Cred că evenimentul principal,
care a provocat valul tsunami, ar fi trebuit să te omoa-
re. Racheta care a explodat lângă elicopter a fost eve-
nimentul secundar. Aproape a reuşit să te termine.
De la nivelul acesta, lucrurile devin tot mai complexe.

— Ştiu, vreţi mai mulţi bani, mormăi Bolden.

Era greu de negat succesiunea faptelor. Într-ade-
văr, colonelul sosise la timp ca sa-l extragă de pe o

plajă care, după câteva minute, a fost măturată de tsunami. Ştiuse, aşa cum îi spusese mereu, că evenimentul distructiv urma să se producă. Pentru prima oară de când îl cunoscuse pe Folder, se simţi înclinat să îl creadă. Nu şi să o recunoască.

Colonelul se întoarse brusc, cu mâinile la spate. Îl privi sever.

— Nu e vorba numai de bani aici, Ian. Pur şi simplu ţi-a crescut foarte mult potenţialul distructiv. De această dată victimele colaterale au fost peste o sută de mii, iar astea sunt doar primele estimări. Înţelegi? Dacă nu erai tu, acei oameni ar fi fost încă în viaţă.

— Vrei să mă faci să am remuşcări? rosti greoi Bolden. De ce nu pui problema invers? Dacă nu mă păzeai tu, ei ar fi în viaţă. Sau nu. Combinaţia de întâmplări care, după tine, era menită să mă ucidă, poate s-ar fi petrecut oricum şi ar fi fost o sută de mii de morţi plus unul. Adică eu. Numai că, spre deosebire de ceilalţi, eu am plătit ca să rămân în viaţă. Nu-i aşa? Nu aşa mi-ai spus?

Uşa se deschise pe neaşteptate. Intră un doctor, însoţit de o asistentă. Ambii aveau măşti aseptice pe feţe şi mănuşi de latex pe mâini. Fără să rostească o vorbă, doctorul cercetă aparatele, notându-şi câte ceva cu un stylus pe o tabletă electronică, în timp ce asistenta îi schimbă cu mişcări experte punga cu perfuzii, reglă debitul acesteia, îi strecură un recipient de forma unei tăviţe din oţel inoxidabil sub fund, invitându-l să urineze. Ceea ce şi făcu, jenat.

Medicul îi cercetă cu o mică lanternă globii oculari, săltându-i pleoapele, apoi îl ascultă cu un stetoscop pe care i-l lipi de piept, deşi aparatele îi monitorizau toate funcţiile vitale.

Tot în tăcere, asistenta strânse pungile de perfuzie şi acele folosite, se alătură doctorului şi plecară. Folder aşteptă ca dispozitivul automat să închidă uşa în urma lor înainte de a-i spune:

— De fapt, nu e încă sigur că ai scăpat. Eşti grav rănit.

Bolden schiţă un zâmbet strâmb.

— Nu simt mai nimic şi nu mă doare nimic. Mâinile şi picioarele sunt la locul lor. Am verificat imediat ce m-am trezit. Cât de grav poate să fie?

Colonelul se aşeză la loc în scaunul lui. Îşi apropie capul de cel al lui Bolden şi îl privi ţintă în ochi.

— Eşti cuplat la aparate, Ian. Nu poţi rămâne aşa prea multă vreme. Ai inima şi rinichii distruşi. Plus altele, dar nu sunt nici pe departe atât de grave. Sângele îţi este pompat de o inimă artificială şi curăţat de un rinichi artificial. Primeşti permanent transfuzii şi calmante. Te hrănim intravenos.

Bolden realiză, încet, ceea ce i se spusese. Ridică întrebător privirea.

— Cât timp?

— Opt zile, se împlinesc azi. Am reuşit să te aducem la una dintre facilităţile noastre de pe uscat. Asta după ce te-am stabilizat cât de cât la marinari, cei cu fregata care s-a jucat de-a vânătoarea de submarine. Ei au provocat valul tsunami, a fost o greşeală. Sau mâna destinului. Erau distruşi când au înţeles ce au făcut. I-am consolat cum am putut însă nu m-ar fi crezut dacă le-aş fi spus că nu au fost altceva decât mâna destinului. De fapt, dacă şi-ar fi închipuit că tu ai provocat toate astea, probabil că şi-ar fi doborât propriul elicopter, numai pentru că te aducea pe tine la bord.

Bolden nu îşi amintea această etapă. Calmantele îl

adormiseră cu mult înainte. Colonelul reluă hotărât:

— Ai nevoie de un transplant. De mai multe. Inima și rinichii, măcar unul dintre ei. Am dat de veste peste tot în lume. Plătim oricât. Numai că ai combinația de ph și grupă sanguină rară. Știam asta. De sânge am făcut rost din vreme, dispunem de cantități suficiente. Am avut și pe elicopter, așa te-am menținut în viață până la spitalul fregatei. Dar organe? Prevăzuserăm și această eventualitate, am fi cumpărat dacă s-ar fi găsit, însă pur și simplu nu a apărut nimic compatibil de când ai semnat contractul cu noi.

— Cât timp? îndrugă Bolden, simțind cum amețește. Cât timp mai am?

Luptase și plătise din greu pentru viața lui. Nu era corect să se termine totul. Nu așa. Nu fără a face tot posibilul. Muriseră atâția, iar el rămăsese în viață. Toate aceste morți ar fi trebuit să aibă un sens, chiar dacă era unul foarte mărunt, și anume supraviețuirea lui. Nu se compara cu morții din războaie, care plecau la luptă pentru libertatea unor națiuni. Sau pentru scopurile cine știe cărui scelerat. Sau pentru a schimba o libertate relativă cu alta, ceva mai permisivă. Sau invers. Se gândi, în mod ciudat, la comunism, imperialism, libertate, exploatare, colonialism, tiranie. Tot atâtea pretexte, considerate mărețe pentru a te jertfi, prezentate ca motive minunate și eroice de a-ți da viața și de a da un sens morții, cu toate că moartea nu are sens.

Țelul suprem era să rămână în viață. Restul era filozofie ieftină. Nimic nu se compara cu viața, iar acest adevăr fundamental îl simți cu atât mai tare cu cât știa că se află în mare pericol ca ea să se sfârșească.

— O săptămână, cel mult zece zile, rosti Folder fără să îl mai privească. Cam asta e limita dată de medici. Au trecut deja opt zile. Îți băgăm acum în vene tot ce a inventat medicina mai bun. Există și câteva chestii experimentale, despre care se crede că te ajută. Dar nu e așa de simplu. În pofida antibioticelor, urmează infecțiile. Tratarea lor slăbește sistemul imunitar. Nici hrana artificială nu e de mare ajutor pe termen lung, cu toate că medicii îți dozează optim amestecul nutritiv. Ai nevoie disperată de transplanturile alea. Altminteri totul a fost în zadar.

— Dar ai spus că nu există donator, murmură stins Bolden.

Folder se ridică din nou de pe scaun, își duse mâinile la spate și se apropie de fereastră. Sticla polarizată filtra fin lumina. Soarele răsărise, dar semăna izbitor cu un apus.

— De fapt, există o posibilitate.

Bolden simți că îngheață. Simți, înainte ca Folder să pronunțe, și, atât cât fu în stare, strigă:

— Nu! În niciun caz!

— Atât a mai rămas, Ian. Doar Norton, fiul tău. El e donatorul perfect. I-ai dat viață, știi bine, a fost un accident, nu a fost un copil dorit. A trăit frumos. Acum se poate revanșa.

Simți cum adoarme iar. Obosise, sau poate medicul îi pusese ceva în perfuzie. Sau subconștientul nu îl lăsa să ia o decizie. Visă, sau crezu că visează, în stare de semiadormire, la Veronica.

Într-adevăr, Norton fusese un accident. Ea era profesoară de pian, dar o pasionau mult toate artele. Terminase facultatea și își căuta de lucru. Acceptase să lucreze pentru familia Bolden, cu tânărul Ian, să îl învețe să aprecieze și să iubească arta, să citească și să interpreteze o partitură la uriașul pian Mason and Hamlin, modelul CC-94, pentru săli de concerte, pe care tatăl lui Ian îl instalase triumfător în mijlocul salonului imens al casei lor din Bel Air. Veronica îl fascinase din prima clipă când o văzuse. De altfel, la cei șaptesprezece ani neîmpliniți ai lui, nici nu fusese prea greu.

Totul era magic la ea. Mâinile, cu degete pre-lungi, care mângâiau clapele albe ale pianului, atât de firave, dar având totuși forța să îmblânzească și să convingă pianul de aproximativ trei metri să cân-te cât mai aproape de perfecțiune. Iubea felul cum îi vorbea despre tablourile pe care tatăl său le cum-părase foarte scump la diferite licitații, doar pentru a face plasamente. După câteva vizite izbutise să îi convingă tatăl să le schimbe locurile unde fuseseră atârnate. Nu pentru a respecta curente și perioade sau a pune laolaltă operele câte unui pictor; insistase pentru rearanjare pentru a le pune în valoare, potri-vindu-le pe fiecare până când lumina căzuse exact așa cum trebuia, iar tablourile păreau că vorbesc. Sau cel puțin așa susținea Veronica, fascinându-l și mai tare, iar el nu o contrazisese, deși nu auzise vreo șoaptă de la pânzele întinse pe ramele aurite, pe care erau sculptate modele sofisticate.

De fapt niciodată nu înțelesese de ce femeia îi cedase. Poate nu ar fi îndrăznit să îi facă avansuri, dar aproape înnebunise de gelozie când, într-o du-pă-amiază, fata venise adusă de un prieten de care se despărțise cu un sărut, chiar în fața casei. Văzuse totul, de după fereastra la care se așezase cu o oră în urmă, așteptând-o. Atunci nu mai rezistase și îi mărturisise iubirea lui, că îi era permanent alături, chiar şi după ce terminau ora de artă, pentru că nu se putea gândi la altcineva. O dorea din tot sufletul, cu patima adolescentină a primei iubiri şi abia putea să respire de fericire când erau împreună. După ce l-a ascultat fără să îl întrerupă, ea a fost cea care l-a cuprins şi l-a sărutat lung pe buze, cum nu îl mai sărutase nimeni. După care, cu blândeţe, l-a călăuzit şi au făcut dragoste pentru prima oară. Şi de atunci, de fiecare dată înainte, în timpul sau după ce se încheia vizita, minunându-se de norocul extraordinar care dăduse peste el, că se iubea cu o femeie atât de specială.

Veronica dispăruse după câteva luni, lăsându-l pradă unei crunte disperări. Venise la uşa lor după mai bine de un an, după ce el devenise major. Nu i se permisese să îi vorbească. Femeia discutase numai cu tatăl său, iar mai apoi doar cu avocaţii. Avea cu ea un bebeluş. Pretindea că e copilul lui Ian, iar testele genetice confirmaseră fără urmă de îndoială că aşa stăteau lucrurile. O zărise printr-o fereastră pentru o clipă, când plecase însoţită de bărbatul care, odată, o adusese cu maşina şi o sărutase de rămas bun în faţa uşii, în ziua în care făcuseră dragoste pentru prima dată. Se îngrăşase mult, iar trăsăturile fine care îl cuceriseră nu mai existau.

Tatăl său nu îi spusese nimic. Nu îl certase şi nici nu adusese vorba despre cele petrecute. A înţeles şi nu a mai încercat să o caute. Mult mai târziu, după ce şi-a moştenit părintele, a aflat de la avocaţii familiei că Veronica acceptase bani mulţi în schimbul tăcerii, cu toate că ceruse mult mai mult. Avocatul îi explicase femeii că şi ei s-ar fi putut apăra, pretinzând, pe bună dreptate, că Ian fusese sedus când era încă minor. Se semnaseră tot felul de documente care îl scoteau pe el din culpă.

— Te-ai trezit? auzi ca prin vis vocea colonelului.

Deschise ochii şi clipi în lumina artificială, de la o lampă fluorescentă aflată în tavan. Afară se făcuse întuneric.

— Trebuie să iei o decizie. L-am localizat pe Norton. De fapt, îl urmărim de când am aflat că numai el e singura cale prin care poţi supravieţui. Sunteţi, biologic, compatibili, iar transplanturile sunt posibile. E vorba de viaţa ta.

Începuse să se intereseze de Norton imediat după moartea tatălui său, pe când fiul său împlinise paisprezece ani. Bărbatul cu care se combinase Veronica plecase de mult, luând cu sine o bună parte din banii primiţi de la familia Bolden. Cu toate că dorise să creadă că ceea ce se petrecuse între el, ca adolescent, şi tânăra femeie fusese ceva spontan, se convinsese că totul făcuse parte dintr-un plan. Veronica urma să-l cucerească şi să îi facă un copil. Fusese victima perfectă: un adolescent uşor de ademenit, cu părinţi foarte bogaţi.

Norton urma să fie obiectul şantajului. Până la un punct, planul funcţionase. Nimeni însă nu prevăzuse că Norton avea să fie un băiat perfect. Fusese un elev exemplar, notat mereu cu calificative maxime. Era totodată şi atlet desăvârşit. Nevăzut de nimeni, Ian se strecurase în mai multe rânduri la meciurile de baseball pe care fiul său le juca în echipa şcolii. Mai târziu, câteva facultăţi aproape se bătuseră pentru a-l avea ca student.

Era ceea ce Ian Bolden nu reuşise să fie, cu toate

că şi-o dorise. Norton era copilul desăvârşit. Veroni-
ca începuse să bea alcool, apoi să consume droguri,
iar în final le combinase. Îşi lăsase serviciul pe care
îl avea la o galerie de artă şi, după ce banii i se îm-
puţinaseră, îl căutase pe el să-i mai ceară. Ar fi dat-o
afară pe femeia cu faţa buhăită şi cu respiraţia mi-
rosind a tutun şi alcool, cu părul încleiat şi rărit, cu
faţa brăzdată de riduri premature, dacă nu ar fi fost
Norton. Aşa că se lăsase tapat de bani, trimiţându-i
un stipendiu lunar care să-i permită să-şi ducă zilele
şi viciile.

Când Norton împlini optsprezece ani, îşi luă în
primire legal milionul de dolari din depozitul făcut
la naşterea sa, de Veronica, pe atunci mult mai pre-
văzătoare.

Urmaseră câţiva ani în care Norton reuşi să în-
mulţească fondurile primite, devenind multimilio-
nar. Terminase un colegiu economic şi înfiinţase o
firmă de plasamente financiare pe care o conducea
cu mult succes. Se căsătorise cu o femeie care amin-
tea mult de portretul unei madone cu părul încreţit
şi ochi albaştri, pictat de un artist al Renaşterii, pro-
babil Fecioara lui Raphael, tablou pe care Ian îl admi-
rase de câteva ori împreună cu Veronica. La douăzeci
şi cinci de ani, Norton avea deja primul copil, iar Ian
devenise bunic, regretând că nepotul său nu avea să
afle asta niciodată.

— Ian, Ian, auzi el, simţind cum colonelul îl zgâl-
ţâie uşor de umăr. Trebuie să iei o decizie. Doctorii
se tem că nu mai supravieţuieşti până mâine seară.
Trebuie să te hotărăşti. Tu sau Norton?

De parcă ar fi fost atât de simplu. Norton avea
deja al doilea copil, un bebeluş vioi, era un om de afa-

ceri de succes, respectat şi admirat. Habar nu avea cine era adevăratul său tată. Veronica murise de la o supradoză, înainte să-i spună.

— Ian. Te mai întreb o dată. Dacă refuzi să îmi răspunzi, voi înţelege că dorinţa ta e să mori. Aşa că te întreb: vrei să trăieşti?

Ian întoarse capul în direcţia contrară celei de unde venea vocea lui Folder. Toată bogăţia uriaşă pe care o avea nu îi putea cumpăra inimă şi rinichi, chiar dacă omenirea progresase într-atât încât construise Elevatorul Spaţial, o lucrare de inginerie fără precedent în istorie. Nu rezolvase probleme mult mai mărunte, cum ar fi cele care îl ţineau pe el în pat. Şi-ar fi dat toată averea pentru a găsi o soluţie care să îi salveze viaţa.

Luase deja decizia.

Simţi cum ochii i se umplu de lacrimi mari, care îi curg necontrolat. Ar fi vrut să şi le şteargă însă mâinile îi erau în continuare legate, pentru a nu îşi smulge accidental perfuziile şi senzorii care îi monitorizau parametrii vitali. Clătină din cap.

— Nu, rosti pentru a fi sigur că a fost bine înţeles. Nu, rosti mai tare. Nu, nu Norton. Nu pot.

Auzi paşii lui Folder păcănind pe linoleumul camerei sale, apoi uşa care se deschise şi se închise în urma lui. După care, cu toate că mulţimea de aparate la care era legat fremătau şi piuiau, nu mai auzi nimic.

Strânse cu putere pleoapele peste ochi fără însă ca asta să-i împiedice lacrimile să continue să-i ude perna. Se terminase. În jocul care are un singur câştigător, cel cu moartea, luptase şi pierduse.

Spera să moară fără dureri.

Capitolul 15

Rămăsese în stare de semitrezie în săptămânile care trecuseră de la moartea lui Norton. De fapt, de la transformarea lui în piese de schimb.

Oficial, dispăruse într-o seară, în parcarea subterană a clădirii unde își avea birourile. Fusese răpit, așa cum reieșea din înregistrările camerelor de supraveghere, de doi indivizi cu fețe mascate care îl înghesuiseră într-o dubă neagră, furată, găsită mai apoi abandonată în parcarea unui aeroport. Familia așteptase în zadar cererea de răscumpărare. După o lună de zile, FBI-ul își retrase echipa de supraveghere, înregistrând totuși telefoanele primite, fără să le și asculte altfel decât cu un software specializat în identificarea cuvintelor cheie. Era cam tot ceea ce puteau face. Nu folosise la nimic, pentru că nimeni nu mai dăduse vreo veste despre Norton, nici prin telefon și nici altfel.

Soția sa, pe a cărei față angelică apăruseră cearcăne grele de la plâns, apelase la o firmă scumpă de detectivi particulari. Aceștia îl căutaseră serios pe Norton vreme de patru săptămâni, dar îi luaseră banii încă vreo trei luni, până când patronului, un fost polițist, i se făcu milă de ea și îi spuse că nu exista nicio speranță ca soțul ei să mai fie găsit.

Norton fusese adormit și dus la facilitatea medicală a Îngerului Păzitor în care tatăl său, Ian Bolden, aștepta, menținut în viață de aparate, transplanturile. Folder găsise o echipă de chirurgi lipsiți de scrupule din Singapore, pe care îi plătise cu câte cinci milioane de dolari. La acești bani, își asumaseră fără niciun fel de remușcări crima. La urma urmei, dintre cei doi pacienți aflați pe masa lor de operație, oricum nu ar fi putut supraviețui decât unul singur, iar ei fuseseră angajați de cel care dădea banii.

Profitaseră de ocazie și recoltaseră cam tot ceea ce se mai putea: plămâni, ficat, globi oculari, piele, oasele scheletului, diverse țesuturi, pentru cazul în care clientul lor ar mai fi putut avea, în viitor, nevoie de așa ceva.

Începuseră cu transplantul de inimă, care era cel mai urgent. După o operație de șapte ore, inima lui Norton bătea în pieptul tatălui său natural care se trezi din anestezie după alte trei ore. Înțelese cu greutate ce se petrecuse.

— L-ați... l-ați ucis... Ticăloșilor! murmură și adormi la loc.

Apoi se trezi iar, pentru o scurtă perioadă, când întrebă, sub beția anestezicelor:

— A suferit?

— Nu, absolut deloc.

Colonelul clătină din cap. Spusese adevărul. Norton nu suferise. Murise fericit, fără să știe ce i se întâmplă, drogat. Fusese cu mult mai bine decât dacă ar fi fost victima unui accident grav de circulație, când ar fi suferit cumplit. Sau ar fi putut muri în multe alte nenorociri, îl consolă Folder. Așa, cel puțin, viața lui salvase o alta, mult mai importantă.

Însă Bolden avea o altă părere, iar ritmul cardiac al noii sale inimi crescu periculos de mult. Medicii îi administrară un calmant în perfuzie, pe lângă complexul proteo-vitaminic, antibiotice și imunosupresoare, pentru a împiedica respingerea grefei. În următoarea săptămână dormi un somn condiționat chimic, în care era bântuit de coșmaruri și remușcări din care ieșea doar pentru scurte momente.

După două săptămâni de la transplantul de inimă, chirurgii hotărâră că îl pot face și pe cel de rinichi. Îi transplantară unul și, cum nu dădu semne de respingere, după două săptămâni îl deschiseră din nou și i-l puseră și pe celălalt.

Bolden nu mai suporta coșmarurile. Vedea, în vis, chipul lui Norton, privindu-l acuzator. Nu încruntat și nici cu ură, doar cu reproș. Visele deveneau din ce în ce mai reale. La câteva zile după transplantul celui de-al doilea rinichi se trezi și își smulse perfuziile. Se ridică greoi din pat, în țiuitul alarmelor aparaturii medicale, și se îndreptă hotărât spre fereastră.

Vru s-o deschidă, să sară în gol și să pună capăt remușcărilor. Chiar încercă să o facă. Prinse mânerul, dar nu reuși să îl răsucească pentru a deschide fereastra. Era prea slăbit. Se prelinse sub fereastră, căzu într-o parte și își sprijini capul de podeaua rece. Plânse cu lacrimi mari, minute în șir. Îl plânse pe Norton, dar plânse mai ales neputința lui de a-și duce intenția până la capăt. Printre lacrimi, îl văzu pe Folder privindu-l calm, indiferent.

— Nu e normal, îi strigă. Nu e firesc să îmi ucizi copilul pentru ca eu să trăiesc. Copiii își îngroapă părinții. Ce fel de monstru am devenit? În ce m-ai transformat, Folder?

Colonelul îl ajută să se ridice și să pășească spre pat. Îl susținu cât se întinse și așteptă alături de el, așezat pe pat, până când cei doi doctori cu ochi de asiatici, apăruți în grabă, îi fixară înapoi perfuziile și senzorii aparaturii de monitorizare. În final, îi prinseră trupul și membrele cu câteva benzi late, imobilizându-l.

— Ei nu au remușcări, spuse Folder privindu-i.

Sunt cei mai buni specialişti în transplanturi. Nici măcar nu înţeleg ce vorbim. Nici nu îi interesează, dacă sunt plătiţi corespunzător şi, crede-mă, chiar nu sunt deloc ieftini.

Colonelul îi ţinu mâna în mâna lui, bătându-l uşurel, să îl calmeze. Bolden plânse încontinuu, dar nu mai spuse nimic până când doctorii dispărură la fel de grăbiţi pe cât veniseră.

— Nu eşti un monstru, îi spuse colonelul. Eşti doar un om care vrea să supravieţuiască. Atâta tot. Te asigur, nu eşti deloc singurul.

— Dar mi-am ucis fiul! Sunt un criminal...

— Dacă te ajută cu ceva, nu tu l-ai ucis, ci ei, îl întrerupse Folder, făcând semn cu capul în direcţia uşii, pe unde plecaseră medicii. Poţi să îi învinovăţeşti, dacă asta te face să te simţi mai bine. Vezi, dai din nou o pildă de ipocrizie specific omenească.

De uimire, Bolden uită să mai plângă. Sau poate calmantele care îi fuseseră puse în perfuzii începuseră să-şi facă efectul.

— Ipocrizie? Am refuzat, ştii bine. Am vrut să-mi iau viaţa...

Colonelul îi lăsă mâna şi se ridică de pe pat.

— Termină cu prostiile, îi spuse fără să-l privească. Aparatul nu a semnalat absolut nimic. Nu te-ai aflat în primejdie. Când au sunat alarmele medicale, am aşteptat puţin înainte să vin. La fel şi medicii. Nu ai vrut nicio clipă să mori. Există o cameră video, de monitorizare. Am urmărit tot ce ai făcut. Chiar dacă ai fi vrut să te sinucizi, nu ai fi putut s-o faci. Ştiai asta, în subconştient. De fapt, aşteptai să fii salvat. De asta nu am apărut imediat. A trebuit să înţelegi singur.

Bolden nu spuse nimic, uimit de răbufnirea colonelului.

— Nu ai dat doi bani pe sutele de morți din avionul care s-a prăbușit doar pentru că acolo trebuia să te afli și tu. La fel, nu ți-a păsat nici cât negru sub unghie de sutele de mii de morți provocate de acel tsunami care trebuia să te ucidă pe tine. Vrei să cred, și tu la fel, că îți pasă cu adevărat de moartea unui singur om, fie el și fiul tău? Uite ce-i, Ian, te cunosc mai bine decât îți imaginezi. Te asigur că ești un supraviețuitor. Știu că vei face absolut totul pentru a rămâne în viață. Ți-am spus că Îngerul Păzitor te-a ales din vreme. Te-a menținut în viață.

— Am ales să mor. Eu, nu Norton, strigă epuizat Bolden. Exact asta am vrut, iar tu ar fi trebuit să îmi asculți ordinul.

Colonelul zâmbi.

— Am investit enorm în tine. Foarte mult. Vom sacrifica pe indiferent cine pentru a te menține în viață. Te știm atât de bine încât aproape că îți citim gândurile. Chiar crezi că am fi făcut toate astea dacă ar fi existat cea mai mică șansă ca tu să refuzi să închei un contract cu noi? Ai poate impresia că ne-am îndoit vreodată că scrupulele te vor împiedica să faci absolut orice pentru a trăi? Uite, el poate o să-ți explice ceva mai bine.

Colonelul scoase din geanta sa casca asemănătoare cu cea de pilot de supersonice și i-o fixă pe cap. O cuplă la un mic dispozitiv de redare. Bolden auzi ușa închizându-se în urma acestuia înainte de a porni înregistrarea.

Atalai îi apăru surâzător în fața ochilor, plimbându-se printr-o grădină superbă. Casca transmitea câte o imagine pentru fiecare ochi, aşa încât înregistrarea video avea spaţialitate. Tresări reflex când Atalai se opri în dreptul său şi făcu un semn de salut.

— Există momente în viaţă când îţi doreşti să nu te fi născut, începu acesta. Sau momente când ai de luat decizii pe care nu ai vrea să le iei, pentru că afectezi vieţile multor persoane. Conducându-mi companiile, am fost silit de mai multe ori să concediez oameni, cu toate că ştiam precis că au rate de plătit pentru maşinile şi casele lor, că au facturi de achitat la şcolile copiilor lor.

Se opri să culeagă un trandafir. Îl mirosi, închise ochii şi îşi ţinu respiraţia. Faţa îi căpătă o expresie de beatitudine. Însă momentul trecu, ridică pleoapele şi zâmbi viclean.

— Să nu crezi că nu mi-a părut rău că le-am înşelat încrederea. Asta n-a fost nimic. Am suferit chiar mai mult când, pentru ca eu să rămân în viaţă, am fost nevoit să accept, cu dovezi evidente, că simplul fapt de a rămâne în viaţă înseamnă ca alţii, uneori destul de mulţi, să moară. Uite, acest trandafir. Dacă eu nu aş fi existat, el şi-ar fi dus existenţa efemeră câteva zile după care şi-ar fi pierdut frumuseţea şi s-ar fi ofilit. Aşa însă, i-am scurtat viaţa doar pentru plăcerea mea de moment. L-am admirat şi i-am mirosit parfumul. A meritat? În mod sigur, dacă trandafirul ar putea să-ţi spună, ar nega. Eu însă am decis altceva. Înţelegi?

Atalai încetă să-l mai privească în ochi şi porni din nou să se plimbe prin grădina sa. Smulse delicat petalele trandafirului, una câte una, şi le presără prin iarba deasă, tunsă scurt. Când termină, aruncă neglijent tulpina.

— Am descoperit singur și destul de dur că toți țin la viața lor. Toți, fără excepție. Dacă ar putea să aleagă, s-ar alege pe sine. E un dat al naturii. Sau al lui Dumnezeu, dacă ești credincios. Avem o viață și trebuie să facem totul pentru a o păstra. Așa suntem noi făcuți și, oricât am dori, nu ne putem împotrivi. Viața ta are un preț pentru toți cei din jurul tău, mai puțin pentru tine. Pentru tine e neprețuită.

Știa că e inutil să-i răspundă însă ar fi dorit să îl contrazică. Nu își imaginase că viața lui putea provoca moartea altora.

— Urmărești această înregistrare pentru că persoana care are grijă de tine a ajuns la concluzia că treci printr-un moment asemănător cu cel prin care am trecut și eu. Trebuie să te decizi dacă vrei să rămâi tu în viață sau îi lași pe alții să trăiască. Nu are importanță cât sunt de mulți sau de apropiați. Dacă te ajută, închipuie-ți că ești soldat și te afli printre inamici care vor să te ucidă. Tu sau ei, ai ezita vreo clipă? Crezi că dacă cei din jurul tău ar afla ceea ce ai provocat, ai mai supraviețui? Tu ești inamicul lor. Ei sunt inamicii tăi. E o luptă în care tu îți aperi viața. Așa că...

În fundalul înregistrării se auzea vântul. Pe undeva susura o apă curgătoare. Vocea lui Atalai se estompă pe măsură ce medicamentele își făcură efectul. Din nou, pentru Bolden se așternu liniștea și pacea induse artificial de anestezice. Tentativa de sinucidere, cum obișnuia să îi spună colonelul Folder, folosise la ceva. Psihic decompensase și coșmarurile se răriseră, după care dispăruseră cu totul, spre ușurarea lui Folder care se pregătise să-i aducă un psihoterapeut. De fapt, Bolden se liniștise numai după ce își impusese să creadă că fiul său trăia în continuare în el, prin inima și rinichii pe care îi primise.

Se gândi de mai multe ori la sutele de morți din avionul în care se aflase Danielle. Apoi la sutele de mii de oameni uciși de valul tsunami. În ambele cazuri, fără a mai socoti incidentul cu jaful de la bancă, Folder susținea că el determinase moartea acelor oameni. Cu toate acestea, indiferent ce spunea colonelul, nu se simțise vinovat. Nu el provocase acele morți. Existaseră de fiecare dată explicații logice. Un terorist doborâse avionul. Un accident provocat de un militar declanșase valul tsunami. Evenimentele s-ar fi produs cu sau fără el.

Sau nu?

Mai era și numărul victimelor, irațional de mare. Asemenea celor mai mulți oameni, putea să accepte una sau câteva morți odată, dar pentru catastrofe de asemenea dimensiuni nu era pregătit. Nimeni nu era.

Numărul mare de morți îl duse involuntar cu gândul la averea sa. Un cunoscut, în urmă cu mulți ani, îi spusese că nu poate înțelege câți bani are familia Bolden. Omul putea foarte bine pricepe ce reprezintă câteva mii de dolari – leafa pe o lună – sau zeci de mii – o mașină bună – sau o sută de mii – o casă. Teoretic doar, pentru că respectivul nu avusese niciodată atâția, știa cam ce se poate face cu un milion de dolari. Însă miliardele aveau misterul lor, pe care numai câțiva inițiați din lume îl știau. Miliardele de dolari depășeau cu mult stadiul prin care se putea cumpăra doar obiecte; cu ele puteai să plătești pentru viețile altora sau să-ți cumperi propria viață, care avea și ea un preț.

Banii erau ca viețile oamenilor. Cu bani știa pre-

cis ce poate face şi ce poate obţine. La fel şi cu vieţi-
le altora, chiar şi cu viaţa lui Folder, care îl păzea de
moarte. Nu însă şi cu viaţa lui care, de când întâlnise
Îngerul Păzitor, îşi schimbase complet cursul.

Dacă o fi existat vreunul.

Capitolul 16

După două luni reînvăţă să meargă, iar viaţa lui începu să intre pe făgaşul normal sau, cel puţin, atât de normal pe cât era posibil pentru o persoană aflată permanent cu securea morţii deasupra capului. Folder era aproape permanent în preajmă.

— Am început să obosesc, îi mărturisi Bolden într-o zi, pe când se plimbau împreună în parcul exterior al facilităţii Îngerului Păzitor, el într-un scaun cu rotile, de invalizi. Devine tot mai greu să trăiesc cu spaima faptului că oricând se poate întâmpla.

Colonelul nu îl crezu şi i-o spuse.

— Nu vei obosi niciodată suficient de mult încât să renunţi la viaţă. Eşti la nivelul cinci. Cred că eşti al treilea supravieţuitor care ajunge aici. Trebuie să ne mărim foarte mult efectivele.

— Dacă tot ai adus vorba, cât îmi mai pot permite? Cred că ultima notă de plată, dacă nu m-a ruinat de tot, prea mulţi bani nu mi-a mai lăsat.

Colonelul îi opri scaunul cu rotile în dreptul unei bănci. Îl îndreptă către bancă şi îi blocă roţile înainte de a se aşeza pe bancă, în faţa lui.

— Ian, eşti plin de bani. Există un fel de lege a compensaţiei. Afacerile îţi sunt mai prospere ca oricând. Aproape unu la sută din populaţia activă a Pământului lucrează direct sau indirect pentru tine. Aici s-a ajuns. Ce vrei mai mult? În curând vei fi din nou sănătos. Transplanturile fac acum parte din trupul tău. E ca şi cum te-ai fi născut cu ele. Dar dacă tot ai adus vorba de afaceri, cei de la Green Clean se pregătesc de grevă. Vor să le măreşti salariile şi mai vor şi altele. Consiliul de administraţie recomandă mai întâi negocierea, dar situaţia este delicată, mai ales de când flota chineză a înconjurat Taiwanul, pregătind invazia. Se aude că flota noastră din Pacific a primit ordine să se deplaseze în zonă. Dar asta e o altă problemă. Mai urgent e faptul că, dacă ai tăi intră în grevă, va trebui să plăteşti penalizări celor de la Elevatorul Spaţial, pentru că nu o să mai poţi exploata capacitatea de transport pe care ai concesionat-o...

Bolden se mohorî; însoţitorul său adusese vorba despre transplanturi. Făcu un gest neglijent cu mâna, ca şi cum ar fi alungat o muscă supărătoare.

— Îţi baţi joc de mine? Sau încerci să îmi abaţi gândurile? Ce îmi pasă mie de flote, de Taiwan sau de China? Sau de salariile ălora. Dă-le cât vor, măreşte-le. Oricare, chiar şi cel mai amărât dintre ei, are ceea ce eu nu am: şansa de a duce o viaţă normală. Dacă aş avea de ales, aş schimba oricând locul. Mai sunt mulţi ca mine? Spune-mi, am dreptul să ştiu, insistă Bolden, văzând ezitarea colonelului. Ai spus că sunt puţini cei care au supravieţuit până aici. Aş vrea să mai cunosc pe cineva ca mine. E important să ştiu că nu mi se întâmplă numai mie. Că mai sunt şi alţii.

Colonelul îşi întinse mâinile de o parte şi de alta, pe spătarul băncii. Privi în altă parte, către doi paznici care jucau şah aşezaţi pe o bancă aflată ceva mai departe. Unul dintre ei ataca decisiv, după felul cum se bucura, aplaudându-şi mutarea.

— Ştii, Ian, am mai discutat asta. Sunt, într-adevăr, mai mulţi cei pe care îi protejăm. Nu este posibil să te vezi cu cei asemenea ţie. Nu mai este vorba doar de discreţie, aşa cum ţi-am spus mai demult. E ceva mult mai primejdios. Dacă v-aţi apropia, nici nu

vreau să mă gândesc ce-ar putea să iasă. Fiecare din-
tre voi are un potenţial distructiv, cu atât mai mare
cu cât aţi supravieţuit mai mult. Unul dintre savanţii
noştri a elaborat un fel de explicaţie ştiinţifică. Voi, tu
şi cei ca tine, distorsionaţi continuumul spaţio-tem-
poral. Care, conform nu ştiu cărei legi, încearcă să eli-
mine perturbaţia şi, implicit, elementul perturbator.
Adică pe voi. Ai priceput ceva?

Bolden clătină nedumerit din cap.

— Nici eu, îl consolă Folder. Hai să-ţi spun altfel.
Un eveniment în care tu trebuie să mori e ca un fel
de punct terminus. Dacă trăieşti în continuare, e ca
şi cum ai trage după tine un elastic. Cu cât supravie-
ţuieşti mai mult, întinzi tot mai tare elasticul. Un nou
punct, un nou prilej să mori amplifică enorm ten-
siunea. Acumulezi un fel de energie. Similitudinea
cu elasticul se păstrează. Dacă acesta ar fi legat la o
praştie, ar arunca o piatră din ce în ce mai departe.

— Adică devin tot mai primejdios pentru cei din
jur pe măsură ce supravieţuiesc mai mult, asta vrei
să spui?

— Cred că ai înţeles. Mai e şi exemplul cu foaia
de cauciuc. E folosit pentru a exemplifica mişcarea
prin hiperspaţiu, demonstrând cum poţi călători
foarte repede între două puncte îndepărtate. Foaia
ar fi continuumul. Ia un băţ şi împunge foaia. Asta e
distorsiunea. Cu cât împingi mai tare, altfel spus cu
cât supravieţuieşti mai mult, foaia se deformează în
acel loc. Se distorsionează continuumul. Dacă iei bă-
ţul, foaia de cauciuc îşi revine la loc, ca şi cum nimic
nu s-ar fi întâmplat. Dacă băţul dispare brusc, foaia
ondulează, înainte de a se stabiliza. Acesta e efectul
distructiv.

— Şi ce legătură are potenţialul meu distructiv cu călătoria prin hiperspaţiu? întrebă nedumerit Bolden.

— Este doar o analogie care se potriveşte ambelor situaţii. Dacă găureşti foaia acolo unde e tensionată de băţ, poţi trece dintr-un punct în altul foarte repede. I se spune gaură de vierme. Înlătură deformarea şi o să vezi cât de depărtate sunt punctele respective. Şi într-un caz, şi în celălalt, foaia reprezintă continuumul spaţio-temporal. Deformarea produsă de supravieţuirea ta apropie, vrând-nevrând, destinele a tot mai mulţi oameni, ca în exemplul cu gaura de vierme. Oameni care, în mod obişnuit, nu ar interfera nicicum.

Walkie-talkie-ul unuia dintre paznici începu să cârâie. Acesta murmură ceva în receptor şi se ridică de pe bancă împreună cu partenerul lui de şah. Se despărţiră, plecând în direcţii diferite.

— Dacă apeşi cu două beţe în acelaşi loc, deformarea e de două ori mai mare. De fapt, conform aceluiaşi savant, e cu mult mai mare, are loc un fel de rezonanţă, ştii? Ca atunci când mărşăluiesc soldaţii la trecerea peste un pod. Paşii soldaţilor intră în rezonanţă cu podul care se rupe, cu toate că, în mod normal, acesta ar fi suportat o greutate cu mult mai mare. Credem că asta s-ar petrece dacă v-aţi aduna doi sau mai mulţi la un loc. Probabil aţi sări câteva niveluri, iar forţa care încearcă să vă ucidă ar fi de neoprit. Noi nu suntem pregătiţi pentru aşa ceva. Iar dacă nu suntem noi, atunci nimeni nu este.

Bolden îşi manevră singur scaunul cu rotile. Debloca roţile, dădu greoi cu spatele şi porni încet pe alee. Folder se ridică de pe bancă şi îl ajunse din câţiva paşi.

— De ce nu pot măcar să vorbesc cu ei? întrebă într-un târziu Bolden, răsuflând greu din cauza efortului depus pentru a-şi mişca scaunul. Aş putea folosi un canal de comunicaţii oarecare. Ar fi suficient de bine şi aşa. Măcar atât.

Colonelul trecu din nou în spatele scaunului şi începu să-l împingă încetişor. Îl îndreptă către intrarea în clinică.

— Unii sunt de părere că până şi o simplă comunicare ar fi acelaşi lucru. Ştii, continuumul despre care ţi-am vorbit nu se măsoară în centimetri şi nici în kilometri. E posibil să fie suficient să schimbaţi doar câteva vorbe. Acesta este şi motivul pentru care trebuie să te izolăm din nou.

Bolden frână brusc scaunul, oprind roţile cu ambele mâini. Dădu să se ridice, dar căzu înapoi. Era încă prea slăbit. Articulă, cu vocea sugrumată de efort şi emoţie:

— Să mă izolaţi? Iar? De ce?

— Interferenţe, Ian. Rezonanţă. Fiecare om are potenţial distructiv, chiar dacă moare când îi sună ceasul. E ceva specific uman. De fapt, specific fiinţelor vii. La oameni e mai complex, mult mai complex. Şi interferenţele pot apărea peste tot. Nu avem suficientă experienţă pentru a te proteja la nivelul cinci. Specialiştii sunt de părere că e cel mai bine dacă te internăm iar într-o Zonă de Liniştire. De data asta va fi una severă. Va trebui să te izolăm total.

— Dar cu tine de ce nu sunt interferenţe? Sau cu doctorii?

— Nu interferezi cu toţi oamenii, desigur. Spre exemplu, în niciun caz cu mine, e verificat. Îi verificăm pe toţi cei care se apropie de tine, chiar dacă asta ne ia o mulțime de timp și efort ca să recalibrăm Aparatul. Nu putem să verificăm pe toată lumea cu care ai intra în contact dacă nu ai fi izolat. Este posibil ca, lăsat ca până acum, de capul tău, să dai din întâmplare de cineva cu care să intri în rezonanță, chiar dacă nu unul dintre cei pe care îi protejăm noi. De aceștia sigur nu o să poți să te apropii. Iar atunci tot efortul nostru comun de până acum devine inutil. O să muriți amândoi și cine știe câți alții. Aceste fenomene sunt detectate de Aparat în ultima clipă. Ne lasă prea puțin timp ca să putem interveni eficient.

— Dar până acum? Până acum de ce a fost posibil? aproape strigă, disperat, Bolden.

— Vezi tu, Ian, până acum nu te-ai aflat la nivelul cinci, îi răspunse colonelul, cu o urmă de tristețe în glas. De acum totul devine cu mult mai dificil.

Capitolul 17

Bătrânul buncăr era o relicvă a războiului rece. Fusese construit în anii '60 ai secolului trecut, ca parte a unui program federal numit Phoenix, inițiat de președintele Kennedy după ce rușii aduseseră rachete nucleare în Cuba, iar al treilea și, probabil, ultimul război mondial fusese la un pas de a porni. Programul prevedea construcția a o sută patruzeci și trei de adăposturi subterane de mari dimensiuni în preajma celor mai importante centre urbane americane, pe coastele de est și de vest. Din ele, ca pasărea Phoenix, ar fi urmat să iasă, după ce ar fi trecut radiațiile, un milion de americani însoțiți de copiii lor născuți în adăposturi, pentru a repopula și reface lumea și civilizația.

Așa fusese conceput planul.

Însă Kennedy sfârșise asasinat la Dallas, la un an după ce Criza rachetelor trecuse, iar fondurile pentru Phoenix fuseseră înghețate și apoi realocate pentru NASA și programul spațial, finanțând o altă poruncă lăsată de defunctul președinte.

Rămăseseră paisprezece adăposturi nucleare, aflate în diferite faze de finalizare. Cel de lângă Los Angeles ajunsese în stadiul de construcție cel mai avansat deoarece contractorul, o firmă proaspăt înființată, trăsese tare pentru a-și face un bun renume în relația pe care o dorea de viitor cu cel mai mare client din lume, vis al oricărei companii: armata Statelor Unite.

În cele șapte decenii care trecuseră de la aventura militară din Golful Porcilor și Criza rachetelor din Cuba, la trei fuse orare distanță de locul unde acestea se întâmplaseră, Los Angeles se întinsese enorm, în toate părţile, devenind o uriaşă aglomerare urbană, una dintre cele mai mari din lume. Limita fusese doar Pacificul.

Mai rămăsese încă un loc necucerit de hoarda mereu flămândă de antreprenori aflaţi în permanentă vânătoare de terenuri libere: rezervaţia naturală Topanga, aflată sub protecţia statului. Acolo, ascuns de ochii lumii, înconjurat de un gard înalt şi bine întreţinut de sârmă ghimpată pe care se aflau din loc în loc tăbliţe care anunţau că locul se află în proprietatea statului şi trecerea este strict interzisă, se afla, ascunsă de specii rare de plante şi protejată de copaci printre care încă se mai strecurau animale şi păsări, intrarea în buncăr.

Teoretic, acesta era încă obiectiv militar, chiar dacă fusese trecut de multă vreme în conservare. În practică, nu mai fusese vizitat de nimeni de ani buni. O comisie a Armatei îl inventaria periodic, mai mult în scripte, fără a-i acorda mai multă importanţă decât o făcea pentru alte obiective aflate în conservare, cum ar fi câmpurile pline cu aparate de zbor militare depăşite şi uzate, păstrate ca având importanţă strategică, pentru cazul că ar fi izbucnit un război care să facă necesară reutilizarea lor.

Asemenea buncărului, era absolut îndoielnic că acele avioane ar mai fi putut fi vreodată puse în funcţiune după ce, vreme de generaţii, aprovizionaseră întreprinzătorii locali pentru ca mai apoi să fie transformate în locuri de joacă pentru copii, iar nopţile, în locuri discrete pentru tineri amorezi înfierbântaţi.

Armata îşi păstra bunurile şi le învăluia cu secretomania devenită tradiţională, chiar dacă nu întotdeauna avea grijă de ele.

Din acest motiv, nimeni nu putea spune ce se afla în buncăr şi care era starea sa. Din cauza mutărilor succesive ale arhivelor militare, care trecuseră de la dosare cu coperţi tari de carton, pline cu foi îngălbenite de hârtie, pe benzi magnetice, apoi pe hard diskuri şi în final pe memorii solide, garantate pentru un mileniu, la fiecare transfer se pierduse câte ceva, aşa că nimeni nu mai ştia ce conţinuse vechiul adăpost.

Dar armata nu renunţă niciodată cu uşurinţă la ceva ce deţine aşa că, apelând la relaţii neînchipuit de înalte, colonelul Folder marcase o adevărată victorie când îl obţinuse pentru clientul său, Ian Bolden. Îl amenajase folosind aceeaşi companie de construcţii – devenită între timp una dintre cele mai mari de pe coasta de vest – care îl construise în urmă cu peste jumătate de veac.

— Chiar ai reuşit să cumperi mastodontul ăsta de la armată? îl întrebase neîncrezător Bolden pe colonel, după ce îl văzuse despărţindu-se de câţiva militari în uniforme de camuflaj.

— Să spunem că l-am închiriat, zâmbi subţire acesta. Pe termen lung.

Era, de fapt, un mic oraş subteran, structurat pe trei niveluri. După ce calea principală, care tăia oblic prin coasta muntelui, ar fi fost sigilată, accesul urma să se facă printr-un horn tubular în care ar fi trebuit să fie montat un lift de mare capacitate. Acest lucru ar fi urmat să se întâmple după ce zece mii de persoane, atent selectate de FBI dintre politicieni, oameni de ştiinţă şi personal auxiliar, s-ar fi refugiat din timp împreună cu familiile lor, în vreme ce în exterior ar fi pornit războiul atomic.

Liftul nu fusese montat niciodată, dar tubul de

beton, cu diametrul de cincisprezece metri, făcea legătura între niveluri. Capătul exterior al tubului liftului fusese acoperit cu o cupolă transparentă din plexiglas prin care se putea vedea ziua un petic de lumină.

Deocamdată în uriașa peșteră artificială de la nivelul trei, aflat la cincizeci de metri sub pământ, se găsea numai Ian Bolden, adus direct din spital, de îndată ce se refăcuse suficient cât să poată fi transportat.

Constată repede că nu se făcuse economie în amenajarea viitoarei sale locuințe. În pereți fuseseră instalate ecrane cu leduri organice care imitau atât de bine ferestrele, încât putea să jure că e suficient să le deschidă pentru a atinge crengile încărcate de flori ale cireșilor și a lăsa câteva albine să intre.

Atât pomii cât și întreg decorul erau imagini înregistrate, iar ferestrele-ecran în niciun caz nu puteau fi deschise. Asigurau un iluminat blând, simulând succesiunea zi-noapte, ba chiar și anotimpurile, având avantajul că putea alege priveliști diferite, cu locuri exotice sau orașe celebre, fiind disponibile mii de variante, sincronizate sau nu cu timpul, în așa fel cum era el măsurat în exterior.

Exista chiar și un parc, cu iarbă și copaci adevărați, plasat în mijlocul edificiului subteran. Aici fuseseră sparte celelalte două planșee ale nivelurilor superioare, pentru a permite plantarea arborilor mai mari. Parcul mai avea un rol foarte important: găzduia un elicopter cu motoarele păstrate permanent calde de un sistem electric.

Colonelul îi arătase o trapă uriașă ce urma să se deschidă prin explozii controlate spre exterior. Pe acolo urma să iasă elicopterul, cu ei la bord, în caz de nevoie. Era doar unul dintre sistemele pe care trebuiau să le folosească în cazul unor urgențe neprevăzute. Cu toate că insistase, nu primise alte detalii. Folder spusese că natura aleatoare a eventualelor urgențe îi este necunoscută până și lui.

În buncăr, Bolden nu avea legături cu nicio persoană. Excepție făceau medicii, cu fețele acoperite întotdeauna de măști albe, care îl consultau doar când era absolut necesar, fără să rămână în preajma lui mai mult de câteva minute.

O altă excepție era chiar colonelul Folder. Petreceau împreună mai mult timp, cu excepția zilelor în care acesta era plecat în misiunile sale tainice. Pierdu legătura cu tot ceea ce însemna afacerile lui însă colonelul îl asigură că mergeau toate foarte bine și că era mai bogat ca oricând.

Elevatorul Spațial căra în fiecare zi sute de tone de deșeuri care, deocamdată, erau parcate pe o orbită geosincronă, până când Catapulta electromagnetică urma să fie funcțională pentru a le trimite să ardă în Soare.

Acest lucru urma să se petreacă mai curând decât fusese prevăzut pentru că cercetătorii de la Green Clean descoperiseră că pot începe lansările chiar și cu numai un sfert din Catapultă montată, atâta doar că deșeurile aveau să călătorească mult mai mult până la Soare. Exista și posibilitatea ca acestea să cadă pe Venus sau pe Mercur, dacă aceste planete s-ar fi aflat prin preajmă, însă asemenea detalii nu interesau pe nimeni câtă vreme Pământul se elibera de povara tot mai grea a deșeurilor periculoase.

Când rămânea singur, se plimba mult prin locu-

inţa sa subterană. Colindă sistematic toate coridoa-
rele şi încăperile, minunându-se de risipa de efort
şi ingeniozitate provocată de spaima oamenilor în
urmă cu şaptezeci de ani.

Cumva ajunsese la concluzia că obsesiile şi te-
merile lor se asemănau foarte mult cu ale lui. Şi ei,
cei din trecut, se pregătiseră ca, în caz că ar fi pornit
războiul nuclear, să păcălească moartea care, afară,
i-ar fi secerat în voie pe ceilalţi semeni cu care îm-
părţiseră lumea. Lumea nu se schimbase prea mult
în jumătate de secol. Îşi imagină, zâmbind, cinismul
celor pentru care se pregătise buncărul: „Adio, veci-
ne. Eu mă duc cu familia la adăpost. Tu vezi cum o să
te descurci. Mi-a făcut plăcere să bem câteva beri şi
să ne uităm la Superbowl. A fost frumos, copiii noş-
tri s-au jucat împreună, nevestele noastre au bârfit.
Acum trebuie să plec. Apropo, o să cadă câteva bom-
be nucleare, o să fie cam cald aici".

Ori ceva asemănător. Sau poate acel american ar
fi plecat fără să spună nimic, evitând să îl priveas-
că pe cel cu care prăjise hamburgeri sâmbătă du-
pă-amiază, pe peluza din spatele casei. Şi-ar fi încăr-
cat în maşină cele câteva obiecte permise, şi-ar fi luat
familia şi ar fi plecat fără să răspundă la salutul vesel
al vecinului care i-ar fi dorit vacanţă plăcută.

Nu era foarte clar dacă toţi cei care veneau în
adăpost puteau să îşi aducă şi familia. Avea bănuieli
serioase că Unchiul Sam era atât de generos. Era pu-
ţin probabil ca poliţiştii, bucatarii sau muncitorii de
la întreţinere să fi fost primiţi împreună cu familiile.
O nevastă casnică nu ar fi fost de niciun folos la con-
struirea viitoarei lumi. La fel, o mamă bătrână ar fi
ocupat degeaba locul în buncăr. Nici copiii nu ar fi

încăput, cel puțin nu în prima fază. Ar fi risipit inutil resurse înainte de vreme.

Asta însemna că unii din cei care ar fi venit la adăpost ar fi trebuit să-i lase afară pe cei apropiați, pe deplin conștienți că nu o să-i mai vadă vreodată. Acceptaseră deja asta, altminteri nu ar fi fost trecuți pe liste.

La urma urmei, și el făcuse la fel, sau chiar mai rău, cu Norton. Constată că gândul la fiul său, de la care Folder luase inima și rinichii, nu îl mai afecta. Își amintea uneori de el cu duioșie, regretând că nu reușiseră să se cunoască mai bine sau imaginându-și cum ar fi fost viața lor dacă s-ar fi căsătorit cu Veronica și l-ar fi crescut împreună. Probabil căsătoria nu ar fi ținut prea mult, Veronica era cu ani buni mai în vârstă decât el. Era un fel de escroacă. Își propusese doar să ia bani de la bătrânul Bolden și nimic altceva.

Cea mai mare parte a buncărului era nefolosită. Destinațiile încăperilor, în lipsa dotărilor, care nu fuseseră instalate, rămâneau necunoscute. Cu toate acestea, după ce sparse încuietorile ruginite ale unor dulapuri, găsise arhiva uitată de armată.

Răsfoi mai multe dintre dosarele celor care urmau să ocupe buncărul și le găsi fascinante. Încercă de mai multe ori să deducă pe ce criterii fuseseră selectați potențialii ocupanți. În mod evident, primii adăpostiți urmau să fie politicienii. Cu toate că aceștia erau corupți și reprezentau o permanentă și gălăgioasă sursă de conflicte, ei dispuneau de fondurile care făcuseră posibil adăpostul, așa că își aranjaseră prioritatea. Pentru ei nu existase limită de vârstă și nici restricții privitoare la membrii familiei care puteau fi aduși pentru a fi salvați.

Urmau specialiştii: medici, ingineri, biologi, savanţi, care ar fi trebuit să asigure supravieţuirea politicienilor şi, mai ales, să le refacă şi să le redea lumea după război, ca să aibă ce conduce. Nici specialiştii nu aveau restricţii stricte privitoare la vârstă, deşi păreau a fi preferaţi cei tineri şi necăsătoriţi. Probabil fuseseră selectaţi pe baza competenţei profesionale, care nu ţine de vârstă. În schimb, li se limitase numărul membrilor de familie pe care puteau să îi aducă în adăpost: doar câte unul. Oare cum ar fi procedat aceştia dacă aveau mai mulţi copiii? Pe cine ar fi lăsat afară, pentru a fi prăjit de radiaţii?

Mai erau şi dosarele muncitorilor, cei ale căror braţe urmau să reconstruiască lumea postnucleară. Pentru ei fuseseră rezervate jumătate din locuri. Aveau diferite meserii: agricultori, metalurgişti, electricieni, brutari, feluriţi tehnicieni. Dosarele lor dovedeau că singurele criterii de care se ţinuse seama, în afara competenţei profesionale, era cele ale sănătăţii şi vârstei care, la data selecţiei, nu putea fi mai mare de douăzeci şi cinci de ani. După ce ar fi împlinit treizeci şi cinci de ani urmau să fie înlocuiţi cu alţi candidaţi. Evident, ei nu puteau aduce pe nimeni din familie.

Dosarele continuau pentru că, deşi proiectul Phoenix fusese abandonat, în următorii douăzeci şi cinci de ani, până la sfârşitul Războiului Rece, listele fuseseră mereu actualizate, cu meticulozitate de furnică, de o comisie căreia nimeni nu-i spusese să se oprească. Bolden se amuză, răsfoind dosarele celor înlocuiţi pe motiv de deces sau pur şi simplu pentru că depăşiseră vârsta, în cazul muncitorilor.

Uneori, pe holurile pustii şi lungi, se întâmpla să mai audă sau chiar să vadă silueta grăbită a cuiva din personalul de întreţinere. De regulă, dacă şi omul îl remarca, încerca să se facă nevăzut cât mai repede. Cine ştie ce anume li se spusese.

Foarte rar, şi numai când era prin preajmă, Folder îi permitea să iasă afară şi să se plimbe pe trasee prestabilite, de la care nu avea voie să se abată, în perimetrul îngrădit cu sârmă ghimpată. Ieşirile erau precedate de scanarea atentă a zonei, făcută pentru detectarea eventualilor intruşi, iar procedurile erau cu mult mai stricte decât cele pe care le parcursese în prima Zonă de Liniştire.

După câteva săptămâni colonelul deveni cu mult mai deschis în conversaţii.

— Când a început toată povestea asta? îl întrebă Bolden într-o zi, când ieşiseră împreună la o astfel de plimbare. Organizaţia Îngerul Păzitor şi toate celelalte. Şi, mai ales, nu am înţeles, din ce mi-ai explicat până acum, cum e posibil să anticipezi evenimente care nu au avut loc. Cum ar fi de pildă moartea cuiva. A mea.

— Experimentul Philadelphia îţi spune ceva?

— Cred că da. Armata s-a jucat cu câmpuri magnetice de mare intensitate în speranţa de a camufla navele militare în al doilea război mondial. Parcă asta e, nu-i aşa? S-a făcut şi un film, mi se pare.

Colonelul aprobă din cap.

— Nu au reuşit să camufleze navele alea. A ieşit, în schimb, altceva. Oricum, acela a fost începutul. A declanşat o adevărată frenezie prin anii '50 ai secolului trecut. Toată lumea voia să călătorească în timp. Apăruseră şi teorii, unele care susţineau că aşa ceva nu e posibil, altele dimpotrivă. Mulţi erau de acord cu nonintervenţionismul.

— Am auzit de asta, spuse Bolden ca un școlar sârguincios. Efectul de fluture. Strivești un fluture în trecut, care ar fi putut da naștere la descendenți, care ar fi hrănit păsări, care, la rândul lor, ar fi servit ca hrană pentru oameni și tot așa. În acest fel modifici istoria. Știu, s-a făcut un film și despre asta.

— În zilele noastre se face câte un film după orice, oftă colonelul. În sfârșit, unul dintre rezultatele acelor experimente a fost Aparatul. Cu el nu te deplasezi în timp, ci poți să prevezi ce se va petrece. La început, armata l-a adoptat cu mare entuziasm. Ce poate fi mai grozav decât să prevezi rezultatul unei bătălii? Dacă afli că iei bătaie, reanalizezi strategia, modifici câte ceva și câștigi. Cel puțin așa și-au închipuit. Nu a ieșit deloc așa. Aparatul putea să prevadă doar dacă unii soldați vor muri sau nu, într-un interval de timp oarecare. Nu neapărat în bătălie. Poate într-o încăierare la popotă. Poate într-un accident auto. Sau mai știu eu cum. Cum valoarea militară s-a dovedit discutabilă, au abandonat proiectul și au încetat într-un final să-l mai finanțeze. Evident, asta nu s-a întâmplat peste noapte. Generalii au încercat să-l facă să funcționeze în folos propriu. Însă pe atunci tehnologiile erau cu mult prea primitive pentru ca Aparatul să dea date corecte sau care să poată fi corect interpretate.

— Și totuși păreți o organizație foarte prosperă, spuse Bolden.

— Da, pentru că suntem o națiune în care libera inițiativă e la mare preț, râse Folder. Inventatorul a păstrat un Aparat pentru sine. Îl construise în paralel cu cele câteva exemplare comandate de armată, pe care militarii le-au dosit cine știe pe unde. În linii mari, el a procedat cam la fel cum am făcut şi noi cu tine. Şi-a ales un bogătaş căruia i-a explicat despre ce este vorba. Apoi i-a salvat viaţa chiar dacă a trebuit să şi-o sacrifice pe a sa. Să ai un Aparat nu înseamnă mare lucru dacă nu e nimeni prin preajmă să te salveze. Individul a avut suficient creier să îl creadă şi să dea bani pentru a supravieţui. El a înfiinţat Îngerul Păzitor.

— Jonathan Atalai, rosti gânditor. A trăit mult? întrebă Bolden.

Folder ocoli răspunsul.

— Suficient cât să îşi dea seama că a meritat.

Capitolul 18

Pierdu repede şirul zilelor petrecute în buncăr. Colonelul aranjase să i se transfere o bibliotecă şi o arhivă cu filme, stocate electronic. Uneori, urmărea câte trei sau patru filme unul după altul, până când ochii i se închideau de oboseală şi adormea în fotoliu.

Alteori încerca să citească vreo carte. De regulă o abandona înainte de a ajunge la jumătate, fără să încerce s-o mai reia, întrucât îi pierdea firul. Nu avea acces la informaţiile din exterior pe niciun canal video, audio sau prin internet, cu toate că i se permisese accesul la computer. Într-una din zile, pe ecranul computerului apăru iar chipul lui Atalai. De această dată se afla pe o plajă, într-un decor exotic.

— Dragă... Ian, mă bucur că ai supravieţuit până acum, începu. Trebuie să ştii că nu ai de-a face cu o inteligenţă artificială, ci cu înregistrări pe care le-am făcut în ultimii ani. Ultimii ani de viaţă, evident, câtă vreme îţi vorbesc din această cutie şi nu stăm faţă în faţă. Pentru cei care au recurs la serviciile Îngerului Păzitor am înregistrat mai multe variante. Ştii, ca în Fundaţia lui Asimov. De acolo mi-a venit ideea să o fac pe Hari Seldon. Sau ceva asemănător, pentru că eu nu am să apar într-o înregistrare, o dată la câteva mii de ani, ca să prevăd o criză, râse chipul de pe ecran. E mai simplu: computerul alege o variantă preînregistrată, funcţie de situaţia în care se află protejatul Îngerului Păzitor, după modelul pe care l-am programat eu. Mai adaugă numele, pentru că, fireşte, nu aveam cum să îl cunosc când am pregătit toate astea.

În următoarele câteva săptămâni, Bolden urmări cu interes apariţiile computerizate ale lui Atalai, cu atât mai mult cu cât descoperi repede că şi acesta fusese preocupat de exact aceleaşi probleme care îl frământau şi pe el. Se dovedi că multe dintre monologurile înregistrate de Atalai erau simple consideraţii personale, de obicei plictisitoare. Uneori filozofa, încercând să ofere răspunsuri.

— Ştii, moartea e cea de care fugim cu toţii. De când ne naştem, chiar din prima clipă. Cu toate astea, e şi cel mai gustat spectacol. Da, aşa e, gândeşte-te! Înmormântările sunt de fapt sărbători pentru supravieţuitori. Se spune că se arată regretul pentru cei dispăruţi. Dar dacă, de fapt, nu sunt altceva decât manifestări ale bucuriei pentru că cei rămaşi sunt în viaţă? La fel, întreaga noastră cultură e plină de moarte. Vitejii ucideau monştrii, împăraţii cucereau şi supuneau popoare cu preţul masacrelor în masă, există o întreagă literatură, filme, piese de teatru, muzică. Toată lumea omoară pe toată lumea. Chiar şi acum, operele artistice cele mai gustate sunt acelea care implică tot mai mulţi morţi. Cu toate acestea, subconştientul colectiv doreşte dintotdeauna ca omul să devină nemuritor. Sunt o mulţime de balade, legende, mituri străvechi sau moderne pe această temă. E ciudat, nu crezi? Nu poţi să vrei nemurirea şi să socoţi drept cea mai mare glorie cu putinţă ca, sub diferite pretexte, să îi ucizi pe alţii. Toate astea sunt de fapt adânc ascunse în făptura umană, în bagajul ei genetic.

Bineînţeles, Bolden nu avea cum să-i răspundă. Alteori, Atalai îşi schimba complet opinia.

— Sunt mulţi cei care se lasă fascinaţi de moarte. Încearcă să şi-o provoace înainte de termenul biolo-

gic pe care îl au la dispoziţie, şi mă refer aici la sinu-
cigaşi. Sau la fanaticii care, în numele unei cauze, îşi
dau viaţa. Pot fi adăugaţi şi soldaţii care îşi riscă viaţa
pentru o soldă. Ştii ce-i culmea? Că şi ei pot fi monito-
rizaţi de Aparat. Ceea ce înseamnă că viaţa lor, aia pe
care şi-o sacrifică, jertfesc sau mai ştiu eu ce termen
pompos se foloseşte, este determinabilă. Aparatul
poate determina şi când cineva se va sinucide. Dacă
va avea succes, în măsura în care se poate spune aşa.

După două luni se plictisi complet de sporovăia-
la lui Atalai. Bănui că cel puţin unele dintre înregis-
trările lăsate de acesta fuseseră falsificate de Îngerul
Păzitor. Folosiseră vocea şi faţa lui Atalai, şabloanele
verbale şi micile gesturi, pentru a genera mai multe
înregistrări. Unele făceau reclamă chiar organizaţiei
pe care acesta o crease.

— Din întreaga populaţie, 99% chiar mor când
le vine vremea, spuse Atalai, gesticulând larg pe
ecran. Nu de bătrâneţe, continuă, iar Bolden tresări,
dându-şi seama că se gândise chiar la asta. Nu, nici
vorbă! Mai întâi vin bolile, accidentele, atentatele.
Bătrâneţea este ultima cauză din care se moare, cu
toate că, după unii, şi bătrâneţea e tot o boală. Există
şi acel procent care supravieţuieşte. Cei care ajung la
nivelul doi. Aici lucrurile sunt mult mai simple. Doar
unul din o mie trece mai departe, spre nivelul trei. Iar
de la acest nivel, pur şi simplu nu mai există supra-
vieţuitori. Fireşte, cu excepţia celor aflaţi sub protec-
ţia Îngerului Păzitor.

Aşa că îl lăsa pe falsul sau poate originalul Atalai
vorbind, dar fără să-l mai audă altfel decât ca pe un
murmur de fundal care, după o vreme, dispărea cu
totul.

Încetă să îi mai pese de fondatorul Îngerului Pă-
zitor. Acesta, chiar şi după ce murise, mima că se află
în viaţă din interiorul unui computer în care, preveă-
zându-şi sfârşitul, lăsase înregistrate tot felul de sfa-
turi pentru succesori. Era la fel de credibil ca un im-
potent care se laudă cu performanţele sale sexuale
sau ca un diabetic care face reclamă la dulciuri.

Reîncepu să cadă în stări abulice în care nu se
gândea la nimeni şi nimic, nu dorea şi nu îi păsa. Era
ca şi cum s-ar fi decuplat de la realitate şi ar fi rămas
suspendat, într-o lume paralelă celei în care se afla,
nici albă, nici neagră, nici caldă, nici rece.

Se simţea prizonier, ca prima dată, când fusese
sechestrat la fermă.

— Ai văzut ce se poate întâmpla, îi spuse colone-
lul când îi reproşase asta. Te ţinem aici pentru pro-
pria ta protecţie. Micşorăm, atât cât putem, proba-
bilitatea de a ţi se întâmpla ceva. Nu interferezi cu
nimeni, nu ştii nimic din ceea ce se petrece, deci nu
poţi păţi nimic. Cel puţin aşa sperăm. Ai ajuns la un
nivel foarte avansat, iar supravieţuirea ta devine o
problemă tot mai complicată. Trebuie să ştii că am
folosit întreaga noastră experienţă pentru a te men-
ţine în viaţă, lucru de care ceilalţi doi care au ajuns
la acest nivel nu au beneficiat. Te afli într-o Zonă de
Liniştire specială. Am alcătuit pentru tine un altfel de
areal de protecţie. Bâjbâim, este prima oară când fa-
cem aşa ceva şi, până acum, pare să funcţioneze. Eşti
în viaţă şi asta e cel mai important. Ai supravieţuit
mai mult ca oricare alt client al nostru.

Îl cuprinse sentimentul că se afla permanent în
aşteptare. Îşi dădu seama că aştepta, de fapt, moar-
tea, cu nerăbdarea condamnaţilor care urmau să fie

executaţi, care, uneori, pur şi simplu renunţau la căile legale de a-şi amâna sentinţa, nemaisuportând aşteptarea. Citise despre cazurile în care aceştia încercaseră să-şi pună singuri capăt zilelor pentru ca, în acest fel, să îşi regăsească minima demnitate de a-şi alege măcar ultimul moment.

Aproape că nu fu surprins când, într-o noapte, colonelul năvăli în camera sa şi îl trezi din somn, zgâlţâindu-l violent.

— Vino imediat, îi strigă. Se petrece ceva neobişnuit.

Îi arătă Aparatul al cărui ecran, cel sincronizat cu indicatorul său personal, ajunsese până spre capătul scalei. Remarcă şi celălalt ecran, care arăta rezultanta probabilistică a celor din jur: sărise de jumătatea scalei.

Îmbrăcă în grabă un tricou şi îşi trase pe el o pereche de pantaloni. Înşfăcă o pereche de pantofi uşori, din pânză, pe care îi încălţă din mers. Ţâşni după colonel, care plecase în fugă spre hornul liftului. Coti în ultima clipă pe coridorul ce ducea spre parc. Chiar înainte de a închide uşa blindată a coridorului, colonelul aruncă o privire spre cadranele Aparatului. Ochii i se fixară pentru o clipă pe cele două cadrane, apoi părură că-i ies din orbite.

— Fugi! ţipă din răsputeri colonelul. Acum!

Sprintă după Folder în timp ce pământul începu să se cutremure. Ajunseră în parc şi urcară în elicopter. O spaimă iraţională puse stăpânire pe amândoi însă Folder reuşi să se controleze cumva. Apăsă comutatoarele care puneau în mişcare elicele în procedură de urgenţă şi trase cu putere de manşă, iar aparatul de zbor, asemenea unei libelule, se înălţă clătinându-se. Colonelul acţionă o telecomandă şi plafonul care îi despărţea de exterior pur şi simplu explodă în mai multe puncte, la o sută de metri în faţă şi deasupra lor, lăsând decupat un contur aproximativ de cerc. Din plafonul spart căzu o avalanşă de beton amestecat cu roci mari, pietriş, pământ şi vegetaţie, dar orificiul apărut în urma exploziei era suficient de mare cât să permită trecerea elicopterului, chiar în timp ce fragmente de mici dimensiuni mai cădeau peste copacii parcului artificial, îngropându-i sub pietre şi pământ.

Elicopterul trecu prin norul uriaş de praf provocat de explozie şi dărâmături, spre lumina Lunii pline, în vuietul cumplit stârnit de cutremur. Sub ei, pământul ondula, ca frământat de o mână uriaşă. Buncărul mai rezistă câteva minute, după care se prăbuşi, planşeele strivindu-se unele de altele, ca un castel din cărţi de joc, antrenând căderea pereţilor grei, de beton armat, pecetluind soarta personalului care se afla înăuntru.

O falie lungă şi lată se căscă neagră chiar în locul unde fusese adăpostul subteran, ale cărui rămăşiţe dispărură în hău împreună cu o bună bucată din rezervaţia naturală. Falia se întindea, atât cât se putea desluşi în noapte, în ambele direcţii.

Folder ridică rapid micul elicopter până la trei sute de metri. Încremeniră de groază: efectele cutremurului care continua să zgâlţâie pământul deveniseră evidente. Toate luminile electrice se stinseseră. Suprafaţa uriaşă pe care se întindea megalopolisul Los Angeles dispăruse. Locurile îşi recăpătaseră aspectul pe care îl avuseseră în urmă cu câteva sute de ani, înainte de venirea coloniştilor din Europa. Cutremurele erau frecvente în zonă. Făceau parte din viaţa locuitorilor. Clădirile fuseseră special proiectate să le facă faţă. Trecuse aproape jumătate de secol de la Marele cutremur din 1989, iar învăţămintele de atunci nu fuseseră uitate.

De această dată se petrecuse ceva cu mult mai cumplit.

Falia se lărgi tot mai mult, transformându-se dintr-un un rânjet negru într-o gură lacomă, care se căsca tot mai mult. Mişcarea era lentă, ţinând seama de proporţiile la care se desfăşura şi nu dădea semne că s-ar opri. Crăpătura întâlni apele învolburate ale oceanului. Coasta se frânse, asemenea unei scânduri putrede, şi se prăbuşi în oceanul ale cărui ape se închiseră grăbite deasupra, acoperind milioane de oameni, cu casele, cu munca, maşinile, oraşul, cu visele lor cu tot.

Milioane de existenţe dispăruseră din şuvoiul vieţii care trecu asemenea unui tren expres care fulgeră pe lângă o haltă nesemnificativă pe lângă sfârşitul lor comun. În urmă nu rămase nici măcar jalonul banal al unei pietre funerare.

Los Angeles dispăru în Pacific, ale cărui ape se retraseră pentru a face loc hălcii de pământ şi a o înghiţi asemenea unei fiare hămesite. După care se năpustiră asupra coastei şi sărirá cu mult peste faleza nou formată.

Martori îngroziţi în minusculul lor elicopter, Bolden şi Folder urmăriră, tremurând de spaimă, licăritul sinistru al stihiilor care aruncau spume argintii în lumina Lunii. Valul uriaş aproape că îi atinse, după care porni vuind mai departe, măturând totul în cale pe o distanţă cu neputinţă de apreciat. Sălbăticia cu care lovise moartea era lipsită de vreun sens pe care mintea omenească l-ar fi putut înțelege. Dimensiunea dezastrului provocat doar pentru a elimina un singur individ trecuse dincolo de limitele înțelegerii.

Așa îi găsiră zorile, după două ore, muți de uimire și de spaimă, zburând pe deasupra întinderii inundate pe care apele oceanului puseseră vremelnic stăpânire, acoperind ca un giulgiu lichid partea megalopolisului pe care nu reușiseră să o înghită. Lumina fumurie a noii zile le dezvălui proporțiile fără precedent ale cataclismului care anihilase în câteva minute unul dintre cele mai mari orașe din lume. În apă pluteau nenumărate trupuri umane, obiecte sau fragmente neidentificabile, împrăștiate atât cât se putea vedea cu ochii. Era tot ceea ce mai rămăsese din Los Angeles: resturi și amintiri.

Un semnal roșu de avertizare urmat de o sonerie îi deturnă de la drama care se consumase câteva sute de metri mai jos. Elicopterul trecuse pe combustibilul de rezervă. Mai aveau posibilitatea să rămână în aer doar cincisprezece minute.

Renunțând să se mai învârtă inutil, căutând locuri care încetaseră să mai existe, colonelul cuplă pilotul automat spre nord-est.

În timp ce se apropiau de uscat, ca și cum ar fi revenit dintr-o transă Folder deschise radioul elicopterului. Scană eterul, în căutarea unui post de știri. Baleie frecvențele, pentru a găsi măcar unul dintre cele peste o sută de posturi de radio însă cifrele digitale ce indicau frecvența se succedau pe scala atât de aglomerată până în urmă cu câteva ore, fără să recepționeze altceva decât paraziți atmosferici.

Până când radioul elicopterului găsi un post. Tresăriră amândoi când în căşti se auzi vocea distorsionată a unui crainic din Santa Clarita. La început nu-l înţeleseră. Transmisiunea avea pauze care rupeau cuvintele şi propoziţiile, dar vorbea de cel puţin zece milioane de morţi şi dispăruţi, înghiţiţi de mişcarea plăcilor tectonice aflate sub vestul Americii. Partea terestră a fracturii oceanice Mendocino, falia San Andreas, împreună cu faliile mai mici, Banning şi Garlock, decupaseră o bucată zdravănă din California, de la San Francisco la Los Angeles, pentru a o scufunda în Pacific.

Pentru Bolden era mai mult decât putea pricepe.

Cu toate acestea, simţi cum, în pofida raţiunii, este cuprins de un sentiment copleşitor, apropiat de fericirea absolută, cum nu mai cunoscuse vreodată, pentru că prăpădul era dedesubt. Moartea îi luase pe alţii, de fapt pe toţi ceilalţi din jur, oameni anonimi pe care nu îi cunoscuse, nici măcar nu îi văzuse, după cum nici ei nu îl cunoscuseră şi nici nu îl văzuseră. Împărţiseră vremelnic un acelaşi areal şi respiraseră din acelaşi aer, cu toate că, în buncăr, aerul era filtrat şi aromat.

El era cel care se afla în elicopter, plutind pe deasupra dezastrului, după ce păcălise încă o dată moartea. De această dată ştiu precis că Folder avea dreptate şi că el, Ian Bolden, în lupta sa pentru supravieţuire, era responsabil pentru milioanele de vieţi pierdute.

Într-un fel ciudat, cu atât mai preţioasă îi devenise viaţa câtă vreme şi-o păstrase cu sacrificiul atâtor semeni.

Capitolul 19

Regăsiră uscatul chiar când motorul elicopterului începuse să dea primele rateuri, iar afară se lumina de ziuă. Coasta proaspăt formată era puternic zimţuită. Pe alocuri se ridica la treizeci de metri de ocean. Peste tot erau vizibile straturile geologice dezgolite de ruptură. Valul uriaş trecuse şi se întorsese, lăsând apele Pacificului să băltească peste tot pe unde găsiseră vreo adâncitură. Oceanul se liniştise şi, cu excepţia milioanelor de resturi pe care curenţii marini începuseră se le aducă la noile maluri, părea că nimic nu se întâmplase.

Cu totul altfel stăteau lucrurile pe uscat. Harta GPS a aparaturii de navigaţie devenise inutilă. Dispăruse totul, de-a lungul coastei, până la Pădurea Naţională protejată prin lege, San Bernardino. Oraşele Santa Ana, Long Beach şi Santa Monica, în fapt suburbii ale megalopolisul Los Angeles, deveniseră, împreună cu puzderia celorlalte localităţi satelit aflate la vest, amintire. În unele locuri pământul se rupsese sub clădiri care, la rândul lor, se prăbuşiseră; unele ziduri se aplecaseră mult peste noua faleză, susţinute încă de armăturile lor. Străzile de lângă noua coastă rămăseseră cu semafoarele bălăngănind printre ruine; sfârşeau direct în Pacific, ca tăiate de un cuţit uriaş. În unele locuri se vedeau găurile şi şinele contorsionate ale tunelelor de metrou sau ţevile mari de la salubritate din care încă se scurgeau dejecţiile oraşului amestecate cu apa oceanului.

Regăsiră urme de viaţă şi civilizaţie abia dincolo de Pasadena, alt oraş doborât de cutremur. Din eli-

copter, clădirile păreau piese uriașe de domino, că-
zute care încotro. Pâlcuri sporadice de supraviețui-
tori se învârteau fără rost printre ruine în căutarea
rudelor și prietenilor, scurmând disperați cu mâinile
prin molozul și fiarele răschirate spre cer. Unii înăl-
țară priviri absente către elicopter; alții își agitară cu
frenezie brațele sau își fluturară hainele, în speranța
că vor primi ajutor.

Folder îi ignoră, cu chipul împietrit, conducând
aparatul de zbor mai departe. Nu puteau oferi aju-
tor, mai ales că în cabină piuiau și clipeau alarmele.
Aveau ei înșiși nevoie de sprijin.

Deși trecuseră ore bune de la Marele Cutremur
– cum avea să fie denumit – ajutorul federal veni cu
întârziere. Instituțiile americane fuseseră copleșite
de amploarea fără precedent a dezastrului produs în
plină noapte, după ora de vest, și chiar înainte de zo-
rii zilei, după ora capitalei, de pe coasta de est. Cum
infrastructura dispăruse, devenise extrem de difi-
cil să se transmită și să se obțină informații. Garda
Națională, mobilizată cu greu, nu se dovedi de mare
folos. Fusese trimisă la întâmplare în zonă, cu efecti-
ve și provizii incomplete. Mai mult de jumătate din
unitățile ei se învârtiseră fără rost în noapte, lipsite
de o conducere centralizată și de un plan concret de
acțiune.

Confuzia ținu până la răsărit, când lumina zilei
dezvălui crud adevărata dimensiune a catastrofei.

Cei doi aflară toate astea de la crainicul postului
de radio KHTW din Santa Clarita, a cărui voce, bru-
iată de paraziți electrostatici, căpătase treptat nuan-
țe grave, în contrast cu tonul alert și neîncrezător în
care își începuse relatarea.

În afara buncărului, Îngerul Păzitor avusese încă o bază în zonă pe care, avertizați chiar în ultima clipă, reușiseră să o evacueze fără pierderi omenești.

— Depășește tot ce ne-am imaginat și tot pentru ce eram pregătiți. Ești primul care ajunge la nivelul șase, îi spuse Folder cu amărăciune, fără să poată totuși ascunde o urmă de admirație în glas. Până acum au încercat să te ucidă oamenii. Dar se pare că ai trecut la o nouă fază, pe care n-o cunoșteam.

— Ce vrei să spui? Ce fază? întrebă Bolden.

Colonelul trase încordat de manșă, rotind aparatul de zbor al cărui motor ardea ultimele picături de carburant deasupra unei tabere improvizate într-o benzinărie stingheră, aflată pe Golden State Highway. Aici se adunaseră puținii supraviețuitori care avuseseră șansa să nu se găsească în zona cutremurului și nici în cea inundată temporar.

— Ai ajuns să provoci dezastre naturale pentru a se restabili echilibrul tulburat de supraviețuirea ta. Nu credeam... nu, nici măcar nu bănuiam că este posibil să se ajungă la asemenea scară.

La benzinărie erau călători care plecaseră sau se întorceau cu mașinile la Los Angeles. Își lăsaseră dormind familiile și porniseră de cu noapte să-și rezolve treburile, urmând să se întoarcă acasă pentru cină. Opriseră cu toții imediat ce simțiseră cutremurul, iar mai apoi, ca atrași de un magnet, trăseseră la restaurantul benzinăriei în speranța că vor întâlni alți oameni, care să le spună că totul este în regulă, cărora să le spună și ei același lucru. Ascultaseră, fără să le vină să creadă, știrile la radio, iar mai apoi priviseră, tot neîncrezători, imaginile culese de sateliți, transmise de canalele de știri, fără să poată recunoaşte locurile familiare lăsate în urmă cu puţin timp. Schimbaseră, îngroziţi, informaţii între ei, de fapt îşi povestiseră neîncrezători ceea ce auziseră la radio, dar şi ce simţiseră sau văzuseră cu ochii lor.

Făcuseră, pe rând, coadă la singurul telefon public aflat în benzinărie, după ce încercaseră inutil să sune acasă de pe celulare. Nici cu telefonul public nu avuseseră mai mult succes însă le dădea sentimentul că fac ceva, că acţionează, ca şi cum semnalul de linie deranjată ar fi putut să alunge coşmarul, iar în casele care încetaseră să mai existe, cineva, o soţie sau un copil, ar fi ridicat somnoros receptorul, dovedind că totul fusese doar o imensă mistificare.

Aterizară cu elicopterul lor minuscul, al cărui motor dădea tot mai multe rateuri din cauza lipsei de carburant, după ce găsiră cu greu un loc liber în parcarea aglomerată a benzinăriei, în care toţi îşi lăsaseră maşinile de-a valma. Oamenii îşi părăsiră locurile de la mese şi năvăliră asupra lor, imediat ce au coborât din elicopter.

— E... adevărat? îndrăzni să întrebe un bărbat solid, cu burta revărsată deasupra curelei pantalonilor, care nici nu băgase în seamă că pălăria sa cu boruri mari îi fusese suflată de pe cap de curentul făcut de palele elicopterului care încă se mai roteau nervoase.

În ochi avea lacrimi, iar barba mare, roşcată, îi tremura când vorbea. Aproape îi imploră, tăcut, să infirme, să spună că nu se întâmplase nimic, că totul era bine şi se petrecuse o mare neînţelegere. Însă colonelul oftă şi aprobă scurt, din cap, spre disperarea lui şi a celorlalţi.

Din partea opusă, de pe autostradă, apăru, cu sirenele şi luminile pornite, o ambulanţă, urmată de maşina şerifului. Bolden simţi cum urcă în el un hohot imens de râs pe care îl opri cu greu, muşcându-şi buzele până îi dădură lacrimile. Disproporţia era ridicolă. Se scufundaseră în ocean sute sau poate mii de mile pătrate de coastă, morţii se numărau cu milioanele, iar un şerif venea să facă ordine, aducând cu el o ambulanţă în ajutor.

Unul dintre cei adunaţi la benzinărie, văzându-l cum lăcrimează, îl bătu consolator pe umăr.

Colonelul vorbi cu şeriful câteva minute. Acesta clătină neîncrezător din cap de mai multe ori. Folder îl învăţă să folosească radioul elicopterului pentru a cere instrucţiuni pe frecvenţa de urgenţă, singura la care mai răspundea cineva. Şeriful rechiziţionă aparatul de zbor pe care cei doi îl abandonară uşuraţi: lipsit de carburant nu le mai era de niciun folos.

Şeriful le ceru tuturor să rămână calmi, deşi nici el nu-şi putea stăpâni emoţiile şi nici nu părea să ştie ce să facă. Medicul din ambulanţă acordă primul ajutor unui bărbat tânăr care leşinase după ce dorise să achite cafeaua pe care o băuse şi dăduse cu ochii de fotografia familiei sale, pe care o păstra în portofel. Femeia blondă, care îi zâmbea alături de două fetiţe cu părul împletit în codiţe la spate, familia lui, pe care o crezuse în siguranţă în apartamentul lor din bulevardul Sepulveda, încetaseră să mai existe.

În zare, spre vest, cât se putea vedea cu ochii, se întindea oceanul. Autostrada se termina după două sau trei sute de metri, ca şi cum ar fi fost retezată.

Folder cumpără fără să se tocmească, cu bani gheaţă, o camionetă Ford hârbuită de la patronul restaurantului. Ceru permisiune şerifului şi vorbi câteva minute la radioemiţător, raportând Îngerului

Păzitor. Ascultă cu atenţie în căşti, luă din elicopter o valijoară şi îi făcu semn lui Bolden să urce în Ford.

Demară într-un moment în care atenţia tuturor se îndreptase către ecranul televizorului din restaurant, unde se transmitea un nou buletin de ştiri. Canalul de televiziune făcuse rost de imaginile în timp real, din satelit, ale zonei afectate şi le suprapusese peste harta de dinainte de dezastru. Cutremurul, care atinsese valoarea record de 9,1 pe scara Richter, luase peste două mii de mile pătrate din California şi le scufundase în Pacific.

Călătorіră în tăcere spre nord-est, singuri pe banda lor de mers, cu radioul deschis. Nu se mai transmitea muzică la niciun post pe care îl puteau recepţiona. Fără a mai aduce noutăţi, crainicii vorbeau doar de Marele Cutremur şi de victime. Avusese loc cel mai mare dezastru natural din istoria Statelor Unite. De fapt, din istoria lumii moderne. Unii crainici aminteau cu voce gravă de Atlantida. De câteva ori au fost siliţi să tragă pe acostament şi să oprească, pentru a face loc unor convoaie ale Gărzii Naţionale care începuse deja să deplaseze trupe, alimente şi medicamente de primă necesitate în zonă. După cum stăteau lucrurile, nu prea mai aveau pe cine să ajute.

***

Mult după ce au ajuns în Nevada, au părăsit Interstate 15, intrând în plin deşert. Au mers vreo oră, fiecare cu gândurile lui, fără să schimbe o vorbă. Folder închise aparatul de radio şi opri camioneta în plin deşert, într-un loc cu nimic diferit de sutele de mile pătrate acoperite cu nisip, identice, din jur.

— Aici o să coborâţi, domnule Bolden.

Acesta scutură din cap, fără să înţeleagă, obosit,

amorțit de drum, căldură și monotonia peisajului. În-
toarse capul spre colonel; brusc, ochii adormiți, cu
pleoapele pe jumătate căzute, i se măriră de spaimă.
În mână, colonelul avea un pistol Glock negru pe care
îl îndreptase amenințător spre el.

— Ce... Ce se întâmplă? Ce-i cu pistolul? bâigui.

Cuvintele îi ieșiră greu din gura uscată, parcă și
mai uscată după ce văzuse arma.

— Se întâmplă că trebuie să coborâți, domnule
Bolden. Acum. Aici.

— Dar nu se poate, protestă fără vlagă. E deșert, e
căldură. Habar n-am unde mă aflu. Aș putea... aș pu-
tea să mor.

— Asta e și ideea, domnule. În cazul în care nu
preferați un glonț, rosti serios, mișcând țeava pisto-
lului. Ați trăit prea mult.

Bolden se încordă pe locul lui, iar colonelul săltă
reflex pistolul.

— Uite ce-i, dacă e vorba de bani...

— Nu, domnule, nu e vorba de bani. Simplul fapt
că trăiți a devenit un pericol pentru prea multă lume.
Ați văzut ce s-a întâmplat. Am ajuns să numărăm
morții cu milioanele. Data viitoare... Dacă va mai fi o
dată viitoare. Așa că păstrați-vă banii, domnule. Dacă
i-aș lua, nu sunt deloc convins că mi-ar rămâne sufi-
ciente zile ca să-i cheltuiesc.

Bolden își trecu palmele peste fața transpirată,
continuându-și mișcarea peste părul dat pe spate. În
cabina camionetei aerul se încinsese foarte tare, în
pofida faptului că geamurile ambelor portiere erau
deschise, iar ventilatorul funcționa la maximum.

— Am scăpat până acum. Am trecut prin atâtea.
Nu se poate să... Ascultă, ar putea fi pur și simplu o

prostie. Toată povestea asta, cu Aparatul şi jocul de-a v-aţi ascunselea cu moartea. E adevărat, mi-ai salvat viaţa de câteva ori şi nu uit asta. Dar cum poţi să crezi că simpla mea prezenţă a declanşat un cutremur? E absurd. Sau tsunami. Ştii bine, nu am avut nici cea mai slabă contribuţie la aceste evenimente. La nici unul!

Folder oftă şi privi prin parbriz cactuşii rari care ieşeau semeţi din nisipul maroniu, amestecat cu pie-triş. Îşi supraveghe pasagerul cu coada ochiului, iar mâna în care ţinea pistolul nu se clinti nici măcar pu-ţin.

— Deşi am tot încercat să vă explic, o voi mai face o dată. Poate vă datorez asta.

— Îmi datorezi ceea ce mi-ai promis. Avem un contract... încercă Bolden.

Colonelul nu păru să îl audă.

— Moartea ajunge la toţi. Întotdeauna. Nu atât dispariţia fizică a individului contează. Mai impor-tant este modul în care acesta interacţionează, din proprie voinţă, cu mediul din jurul său. Este greu de înţeles, e prea filozofic? se interesă Folder amabil, dar Bolden nici nu negă, nici nu aprobă.

— Unii, de fapt cei mai mulţi, mor de moarte bună. Îmbătrânesc şi se duc. Alţii suferă de boli incu-rabile. Se duc şi ei. Mai sunt cei care mor în accidente de tot felul sau ucişi de semenii lor sau chiar de ei înşişi, premeditat sau nu. La urmă de tot, dacă ar fi să facem un clasament, pentru că sunt foarte puţini, se află cei care păcălesc moartea. Ei cred că au avut no-roc. Adică ar fi trebuit să moară şi sunt în viaţă. Scapă cumva. Am constatat că îşi dezvoltă mult instinctul de conservare. Chiar şi aşa, nu supravieţuiesc prea mult. Fentează o dată, cel mult de două ori. Aceşti supravieţuitori introduc distorsiuni. Care afectează grav vieţile celor din jur. Cu cât e mai mare distorsiunea, cu atât mai multă lume e afectată. Cum a fost cutremurul, în cazul dumneavoastră.

Bolden refuză să înţeleagă.

— Poate fi o simplă superstiţie! Căutaţi să găsiţi vinovaţi, iar când aceştia nu apar, îi inventaţi voi. Acum m-ai găsit pe mine. Teoria sacrificiului: în trecut se ofereau jertfe umane ca să fie îmbunaţi balauri, spirite sau mai ştiu eu ce plăsmuiri ale imaginaţiei. Cum poţi să crezi că eu am provocat un cutremur? Mai ales unul de asemenea amploare. E doar o coincidenţă. Trebuie să fie. Chiar tu ai spus că ceea ce faceţi voi nu reprezintă rezultatele unei ştiinţe precise.

Bolden vorbise precipitat şi stropi de salivă îi săriră din gură. Nu părea înfricoşat, cu toate că nu fusese în viaţa lui mai îngrozit. După ce se gândi o clipă, încercă din nou să negocieze. La asta se pricepea.

— De fapt, ce vrei de la mine? Ai spus că mai protejaţi şi pe alţii. Poate e o chestiune de bani. Hai, spune, cât vrei? Azi sunt generos. Am toate motivele. Mi-ai spus că am deja trei milioane de tone de deşeuri urcate în spaţiu. Ceea ce înseamnă că eu am câştigat cel puţin o sută de miliarde de dolari. În curând o să cumpăr Elevatorul cu totul. Sau, asemenea chinezilor, o să-mi construiesc unul. La atâţia bani ai putea fi cel mai bine plătit asasin din istorie. E drept, chiar de către victimă, ca să n-o ucizi, însă asta nu schimbă culoarea şi nici valoarea banilor. Ce-ai zice de un miliard de dolari pentru tine? Sau să înţeleg că, în final, ne omorâţi pe toţi?

Folder zâmbi obosit.

— Nu, domnule, până acum nu am omorât pe nimeni. Şi nu vreau să vă cer bani în plus. Îi protejăm pe cei cu care avem contract până la un anumit punct. Până când mor, dintr-un motiv oarecare, pe care nu îl mai putem preveni. Asta înseamnă că nu îi mai putem proteja, că suntem depăşiţi de acea lege a naturii care încearcă să restabilească echilibrul. Avem limite, domnule. Nici medicii nu pot vindeca ceea ce nu poate fi vindecat. Însă învăţăm. Aşa am reuşit să vă menţinem în viaţă. Mai mult decât ar fi fost de aşteptat. Sunt aproape doi ani. Potenţialul distorsiunii create pentru că dumneavoastră sunteţi încă în viaţă a devenit prea mare. A crescut exponenţial. Data viitoare ar putea să distrugă lumea. Sau mai mult.

— Nu ai de unde să ştii asta. Doar presupui. Aparatul ăla al tău poate, într-adevăr, să prevină moartea mea. Mi-ai dovedit asta şi pot să o cred. Însă nu pot crede că din cauza mea au murit atâţia oameni. Nu am nicio legătură cu cutremurul. E absurd! Sunt, datorită ţie, recunosc, un supravieţuitor. Dacă m-ai fi lăsat în pace, dacă nu ai fi apărut...

— Eraţi mort de mult, domnule, i-o retează Folder. Aşa cum v-am spus, sunt persoane asemenea dumneavoastră care îşi cară, ca un bagaj invizibil, potenţialul distructiv până când acesta poate să se descarce, ucigându-i pe ei, dar şi pe cei din jur. Ca într-un accident de maşină în care şoferul greşeşte şi este ucis. Însă mor şi pasagerii. În orice catastrofă, întotdeauna, există un factor declanşator. Cineva care trebuia să-şi încheie socotelile cu viaţa. Restul sunt victime. Ştim, de pildă, cine au fost persoanele care au generat potenţiale distructive pentru mai multe dintre catastrofele secolului trecut. Am fi mers chiar mai departe în trecut, dar nu există suficiente înregistrări. Vă vom adăuga pe această listă specială şi foarte exclusivistă. De fapt, va începe cu dumneavoastră.

— Vrei să spui că toate astea au în spate pe cineva? Că există predestinare, că fiecare are o durată prestabilită a vieţii? E ridicol! Pot fi morţi din cauze naturale, accidente sau, oricum, toate pot fi explicate. Nu trebuie neapărat să îl amestecăm aici pe Dumnezeu.

— Doar nu v-aţi fi aşteptat ca vreun sfânt să coboare cu sabia de foc în mâini şi să facă dreptate, domnule. Fireşte, toate morţile au cauze explicabile. Trăim într-un sistem cartezian. Admitem că există fenomene naturale ca avalanşele, inundaţiile, uraganele sau cutremurele. Sau acţiuni provocate de oameni, aşa cum sunt terorismul, războaiele, tâlhăria, în general violenţa în toate formele ei. Numai că adevărata explicaţie este alta, domnule Bolden, şi cred că aţi aflat-o. Sau poate că aţi simţit-o. Acum mă văd silit să vă cer să coborâţi, cred că am vorbit destul.

— Dacă mă laşi singur în deşert e ca şi cum m-ai ucide, icni Bolden. Şi parcă hotărâserăm să ne spunem pe nume.

— Aveam un contract când vă tutuiam, domnule, dar tocmai a expirat. Pentru că mi-aţi fost client, vă las aici în loc să vă trag un glonte în cap. Nu sunt un ucigaş şi nu am ucis pe nimeni, niciodată. Asta nu înseamnă că nu o pot face. Coborâţi. Veţi mai trăi o vreme. Aparatul nu arată că veţi muri imediat, nici măcar în intervalul de predicţie. E posibil să o mai duceţi cam trei zile, e maximul speranţei de viaţă ale celor rătăciţi în deşert. Folosiţi-le ca să meditaţi la câte morţi aţi cauzat pentru a supravieţui. Şi mai ales la câţi vor scăpa cu viaţă datorită morţii dumneavoastră. Asta ar putea să vă ajute.

— Folder, nu mă asculţi! răcni Bolden. Nu eu sunt de vină. N-am ucis pe nimeni!

— Aici e pustiu. După ce o să muriţi, nu o să mai provocaţi şi alte victime. Şi aşa încalc ordinele primite de la armată. Ar fi trebuit să vă elimin.

— Armata? Ce armată? întrebă nedumerit Bolden.

— Armata Statelor Unite, domnule. V-am spus că Aparatul provine dintr-un program militar abandonat. Ei bine, nu a fost abandonat chiar de tot. Cum v-aţi închipuit că ne-am descurcat până am ajuns la banii dumneavoastră? Sunt şi lucruri care nu pot fi cumpărate, indiferent cu cât de mulţi bani. Eu am gradul de colonel. Când v-am salvat viaţa prima oară, eraţi copil, eram proaspăt căpitan, cu o carieră promiţătoare în faţă. Am intrat în program, ca ofiţer de legătură între armată şi noua companie civilă, Îngerul Păzitor. Mai târziu, când m-am retras, am primit o ofertă de nerefuzat de la Îngerul Păzitor. Ca să fac acelaşi lucru pe care îl făcusem şi pentru armată: să am grijă de dumneavoastră şi să menţin contactul cu armata. S-a dovedit, domnule Bolden, că dumneavoastră însemnaţi toată cariera mea. O vreme v-am urât pentru asta. Aş fi dorit altceva, cu toate că, până la urmă, v-aţi dovedit un experiment interesant.

— Buncărul, rosti Bolden gânditor.

— Şi buncărul, da, şi el. Şi nu numai. Sistemele de supraveghere prin satelit, cele care v-au filtrat convorbirile telefonice, în general ceea ce ţine de urmărirea de la distanţă, toate provin din stocuri militare.

Multe dintre echipamente sunt strict secrete, iar ca să le obținem nu au mai fost suficienți doar banii. În plus, ei au oameni obișnuiți să lucreze discret, sunt disciplinați și foarte bine pregătiți. Nu am avut de ales.

— Dar de ce? De ce ar fi armata interesată de mine? întrebă moale Bolden cu toate că intuia răspunsul.

— Îngerul Păzitor a devenit program militar atunci când primul dintre subiecții protejați de noi a trecut la nivelul trei, îl lămuri Folder. Armata a deținut primul Aparat, dar s-a dovedit prea puțin folositor în a anticipa soarta unei bătălii. Așa că au ajuns la concluzia că ar putea folosi la crearea unei arme.

— Armă..., șopti reflex Bolden. Armă? Eu?

— Este evident, domnule. Câtă vreme acumulați atât de mult potențial distructiv, dacă dumneavoastră, sau o persoană ca dumneavoastră, ar fi plasată la inamic, ar putea cauza mari distrugeri. De-asta nu v-au lăsat să vizitați Elevatorul. Modul în care acționează legea care restabilește echilibrul nu poate fi anticipat de nimeni. Indiferent cât v-ar fi perchiziționat sau testat, doar simpla dumneavoastră prezență poate atrage o catastrofă. De altfel ați văzut și singur ce puteți provoca. Militarii au insistat să vă păstrăm până la nivelul șase, numai că s-a ajuns mult prea departe. Nici ei nu cred că a meritat.

— Vrei să spui că armata a fost de la bun început în spatele tuturor acestor evenimente?

— Nu, nu vreau să spun așa ceva. După ce ați ajuns la nivelul trei au devenit interesați de efectele distructive în urma cărora supraviețuirea dumneavoastră trecea pe un alt nivel. Sute sau mii de oameni pot fi destul de greu de ucis prin procedee clasice. Mai există și dezavantajul că îți ridici în cap întreaga opinie publică. În schimb, dacă o persoană ca dumneavoastră este trimisă într-un oraș străin care adăpostește elemente ostile ce vor să facă rău Statelor Unite și de care armata ar vrea foarte mult să scape, se rezolvă elegant și definitiv problema. Noi o să fim primii care vom sări în ajutor după ce orașul acela va fi lovit de cine știe ce catastrofă naturală, fără nici cea mai mică legătură cu Armata SUA. Sună cinic, dar așa stau lucrurile.

— Iar eu urma să fiu ucis, conchise neîncrezător Bolden. De armată?

— Unde ați mai auzit ca o armă să scape după ce își duce la capăt menirea distructivă? O bombă, chiar purtată de un terorist sinucigaș, explodează și gata. Importante sunt distrugerile provocate. Nimănui nu-i pasă de ceea ce crede sau ce pățește arma.

— Cum rămâne cu contractul nostru, în care urma să mă protejați? mai încercă disperat Bolden.

Colonelul îi făcu semn cu țeava pistolului. Bolden, fără a-și lua ochii de la armă, trase precipitat de mânerul portierei. O deschise și se lăsă pe spate. Căzu în nisip, dar se ridică imediat și se scutură.

— Asta am și făcut, domnule Bolden, spuse colonelul în timp ce se întindea să închidă portiera. V-am protejat. Componenta militară a programului Îngerul Păzitor nu urma să vă folosească pe dumneavoastră drept armă. Generalii doreau numai să afle până unde se poate ajunge. Dacă chiar vreți să știți, au ajuns la concluzia că, în acest fel, obțin o armă foarte instabilă, care le poate oricând exploda în mână. Și nu le place asta. După cum nu le place nici cât de departe au ajuns lucrurile. Aşa că şi ei, deşi din motive diferite de ale mele, au ajuns la concluzia că arma trebuie să dispară. Adică dumneavoastră.

— Armata Statelor Unite vrea să mă ucidă? întrebă neîncrezător Bolden. De ce, dacă spui că am fost doar un experiment?

— Cred că vă închipuiţi lesne ce s-ar întâmpla dacă s-ar afla că o bună parte din California s-a dus pe fundul Pacificului doar pentru că armata dorea să testeze o nouă armă, strigă Folder prin geamul deschis al portierei. Pur şi simplu nu am putut să nu fim de acord cu ei când au hotărât să vă suprime. Aşa cum v-am mai spus, data viitoare când ar trebui să muriţi, adică atunci când fenomenul natural se va manifesta din nou, ei bine, credem că nu va mai fi şi o dată viitoare pentru noi toţi. Omenirea va pieri împreună cu dumneavoastră. Potenţialul distructiv pe care l-aţi acumulat este enorm. A fost calculat prin extrapolare. Nu a mai existat în istorie aşa ceva. S-au apropiat de asta doar dictatorii, tiranii care au pornit războaie devastatoare. Aţi ajuns prea departe pentru că aţi trăit prea mult. Adio, domnule Bolden, şi mai trebuie să vă spun că nu a fost nicio plăcere să vă cunosc. Nu cred că o să ne mai vedem.

— Dă-mi măcar nişte apă! strigă Bolden. O gură de apă. Măcar atât, şopti învins.

Folder porni camioneta, acoperindu-l cu un nor fin de nisip care ţâşni când roţile din spate se învârtiră de câteva ori în gol, până făcură priză. Pe jumătate orbit, cu nisipul scrâşnindu-i printre dinţi, văzu cum camioneta opreşte la vreo sută de metri de el. Porni în fugă. O clipă, inima îi bubui de speranţa că, poate, colonelul se răzgândise. Portiera se deschise, iar din ea căzu pe nisip un bidon de plastic alb, pe jumătate plin cu apă.

După care vehiculul demară iar, prinse viteză şi se îndepărtă până se transformă într-un punct mic, apoi se mai văzu doar o trâmbă de praf, dar şi aceasta dispăru în câteva minute. Rămase doar nisipul maro murdar, sclipind dureros în lumina puternică a Soarelui şi cactuşii.

Capitolul 20

Bolden îşi închipuise că în deşert este linişte, dar constată cu surprindere că se înşelase. Sunetul dominant era şuieratul vântului. Orice pală, oricât de mică, agita nisipul, iar granulele lui se rostogoleau unele peste altele şi fâşâiau într-un fel anume care îi producea fiori pe spinare. Mai erau şi pietrele care trosneau, încălzite de Soare, mai ales după ce trecea peste ele umbra vreunui cactus, semeţ ca o lumânare. Aproape neauzite treceau şopârlele. Semănau cel mai mult cu vântul: lăsau în urmă tot un fel de fâşâit, dar mult mai fin.

Toate astea le află Ian Bolden pe îndelete, tresărind şi întorcând repede privirea către sursele de zgomot, până înţelese că, de fapt, nu avea ce să vadă. Soarele trecuse de amiază şi el băuse aproape toată apa din bidonul aruncat de colonel.

Merse la întâmplare o vreme, până când paşii i se împleticiră şi se prăbuşi cu faţa în nisipul încins; se arse zdravăn. Se văzu nevoit să risipească puţin din preţioasa apă rămasă ca să-şi calmeze momentan arsura. Îşi făcu însă mai mult rău decât bine: apa din bidon era fierbinte, ca un ceai abia luat de pe foc.

Îşi scoase cămaşa şi improviză din ea un soi de broboadă, ca să îşi apere capul, însă nici asta nu se dovedi o idee prea bună. După jumătate de oră, pielea îi era roşie ca a unui rac fiert, iar după patru ore, când soarele dădea semne că se mai potoleşte, începuse deja să se cojească. Ajunse la adăpostul iluzoriu al unor stânci când ziua se termina, flămând, cu spatele devenit carne vie şi, cel mai important, extrem de însetat. Încă nu o văzuse pe Fata Morgana, și nici heleșteie răcoroase, pline de pești strălucitori. Regretă pentru a mia oară bidonul, lăsat de mult în urmă, după ce îl golise de ultima picătură de apă. Poate, totuși, ar mai fi stors încă o picătură.

Măcar una.

Soarele dispăru și noaptea se lăsă brusc în deșert, aproape fără avertisment. Odată cu ea, temperatura scăzu rapid și se făcu frig de-a binelea. Cumplit de frig. Regretă imediat cuptorul diurn și dârdâi, clănțănind, aproape să-și spargă dinții, din cauza frisoanelor de la insolație sau din cauza frigului deșertului.

Atenția îi fu atrasă de ecranele Aparatului pe care îl păstrase la mână. Folder uitase să i-l ia îndărăt. Sau poate i-l lăsase, ca un fel de compensație, să afle dinainte când urma să moară. Îi spusese odată că Aparatul era făcut din componente biodegradabile, de parcă i-ar fi păsat câtuși de puțin de faptul că acesta urma să polueze planeta. Încercă să râdă însă din gât îi ieși doar un hârâit sec, amestecat cu nisip: ecranele Aparatului nu indicau moartea iminentă, ceea ce, în actualele condiții, era discutabil dacă însemna o veste bună sau rea.

Numai oboseala cumplită îl făcu să ațipească în mai multe rânduri. Se trezea după câteva minute de somn, chinuit de frisoane, de frig, de foame și mai ales de sete. Deveni absolut convins că nu avea să mai vadă zorile după ce își dădu seama că începuse să delireze. Peripețiile din ultimii ani și fanteziile subconștientului i se amestecau în cap, denaturând amintirile, păcălindu-i simțurile. Persoane pe care le cunoscuse reveneau la viață și îi dădeau sfaturi cu toate că, undeva, urma de rațiune care încă îi mai rămăsese îi spunea că vorbeşte cu morţii, ceea ce nu era firesc. Paradoxal, toate astea îi făcură bine, înlocuind chinul cu o aşteptare febrilă: urma să se termine totul, iar tortura avea să ia sfârşit.

Cu toate astea, în adâncul sufletului nu era deloc dispus să renunţe la viaţă. Avusese noroc că Folder era un tip scrupulos şi nu îl împuşcase deşi, după argumentele pe care i le spusese, ar fi trebuit să o facă fără niciun fel de ezitare.

Viaţa merita şi chiar trebuia trăită, cu orice preţ. Citise într-o carte sau văzuse undeva un film de demult, din al doilea Război Mondial, despre evreii care erau adunaţi de germani în lagăre, pentru a fi exterminaţi. Unii dintre ei fuseseră siliţi să accepte cele mai abjecte sarcini, inclusiv aceea de a căra trupurile moarte ale altor evrei pe care îi minţiseră, conducându-i în camerele de gazare spunându-le că sunt doar duşuri. Însă acei evrei care făcuseră astfel de fapte abominabile erau supravieţuitorii şi erau respectaţi. Avuseseră de ales: să trăiască, suportând ceea ce era de neînchipuit pentru orice fiinţă umană, sau să moară; trecuseră peste toate pentru a rămâne în viaţă şi a povesti despre ceea ce erau în stare oamenii să îşi facă.

Ca prin vis – iniţial crezu că visează – văzu o flăcăruie pâlpâind undeva, spre nord. Îi era imposibil să aprecieze distanţa în deşert. Se ridică greoi şi porni păşind împleticit în acea direcţie. Merse mult, orientându-se după luna care străbătuse o bună parte din drumul ei nocturn de pe cer. Nu părea că se apropiase de luminiţa din zare. La un moment dat aceasta pâlpâi şi se stinse, iar el se prăbuşi în genunchi, disperat.

Se gândi iar la evreii supravieţuitori, dar mai ales la toate prin câte trecuse el pentru a rămâne în viaţă.

Găsi încă o dată puterea de a sfida acea lege implacabilă a naturii sau a lui Dumnezeu, conform căreia viața lui trebuia să se termine. Merse în direcţia în care văzuse flăcăruia, târşâindu-şi picioarele, iar când nu mai putu, se târî pe coate şi pe genunchi până când leşină, epuizat şi deshidratat. În cele două ore care urmară până la apariţia zorilor, viaţa din el se scurse aproape complet, rămânând doar un firicel gata să dispară.

***

Cu toate că se trezise, crezu că visează. Faţa îi era, ca prin minune, răcorită. La fel şi spatele, iar cineva îi picura, dintr-un pahar alb de plastic, apă rece pe buze. Dădu să înşface paharul şi să îl soarbă imediat însă nu reuşi altceva decât să îl răstoarne din mâinile celui care îl ţinea; propriile-i palme fuseseră înfăşurate în bandaje albe şi constată surprins că nu îl mai dor.

— E bine, totul e bine, auzi ca de pe altă lume o voce melodioasă, de bărbat. O să poţi să bei pe săturate, dar acum trebuie să îţi dăm apă cu măsură, altminteri îţi poate face rău.

Din nou paharul se apropie de buze sale uscate şi doar cu un imens efort de voinţă nu îl înşfăcă. Înghiţi cu greu o gură de lichid.

— Ai avut mare noroc. Mai petrec uneori câte o noapte în deşert. Te-am găsit la câţiva paşi de focul meu. Te-am uns cu alifie calmantă, iar acum, că te-ai trezit, o să plecăm imediat, îl anunţă vocea cu blândeţe. Am aranjat deja să fim aşteptaţi la dispensar.

Fu ajutat să urce într-o maşină, legat cu centura de siguranţă. Porniră prin deşert, simţind fiecare dâmb sau pietricică, fără însă să-i pese. Adormi aproape imediat, nu înainte de a arunca o privire la Aparatul prins la încheietură; oftă uşurat; ecranele nu se clintiseră.

În dispensarul micului orăşel în care ajunseră după-amiază, nu primi cu mult mai multe îngrijiri decât îi acordase binefăcătorul său.

A fost instalat comod într-unul dintre cele două paturi ale dispensarului. O asistentă îi schimbă bandajele şi îl curăţă cu un burete umed. Bolden evită să dea detalii despre cum ajunsese în mijlocul pustiului, pretinzând că e amnezic. Veni şeriful, însă el se prefăcu că doarme, până ce-l auzi spunându-i asistentei că avea de gând să revină a doua zi, după prânz, când se întorcea de la o fermă mai depărtată, unde dispăruseră câteva animale. Înghiţi un castron plin cu supă de pui şi mai ceru unul. Îşi potoli cât de cât foamea şi adormi epuizat, cu toate că afară abia se înserase.

Se trezi spre dimineaţă, când efectul analgezicelor trecuse, iar durerile provocate de arsuri reveniră. Se ridică din pat pentru a cere ajutor însă dispensarul nu avea personal medical peste noapte. În mod normal, nimeni nu rămânea internat mai mult de câteva ore. Cazurile mai grave erau trimise la spitalul din Pathrump. Probabil asta s-ar fi întâmplat şi cu Bolden dacă l-ar fi văzut medicul care venea de două ori pe săptămână să aibă grijă de sănătatea celor două sute şaisprezece cetăţeni din minusculul Horring.

Îşi căută hainele şi le găsi cu greu, mototolite şi murdare, aruncate lângă un recipient de gunoi. Îşi trase cu greutate pantalonii peste şortul primit împreună cu un tricou de la cei care îl îngrijiseră. Îşi încălţă pantofii scâlciaţi, distruşi de drumul făcut prin nisipul fierbinte.

Cercetă clădirea dispensarului şi găsi uşa care dădea în stradă. O deschise larg şi respiră aerul rece al deşertului. Soarele tocmai răsărea, dar strada principală, singura de altfel, era pustie.

Liniştea dimineţii fu spartă de motorul unui automobil care opri în dreptul unei firme mărunte a lui National Bank, chiar peste drum de dispensar. Din el coborî un bărbat care îi aruncă o privire lungă, curioasă, apoi ridică un oblon metalic, dezactivă alarma şi deschise.

Bolden traversă şchiopătând drumul şi intră în clădirea care se dovedi mai mult un magazin universal decât un sediu de bancă. Era evident că bărbatul aflat la ghişeu ştia cine este.

— Bună ziua, domnule, spuse acesta încurcat. Încă nu e deschis, am venit eu mai devreme, am ceva de lucru. Ştiţi, poate nu ar fi trebuit să părăsiţi dispensarul.

Într-un oraş atât de mic toată lumea aflase imediat noutatea. Un străin fusese găsit în deşert, pe jumătate mort.

— Aţi avut mare noroc, domnule. Că s-a întâmplat să fie Brad pe acolo. Uneori umblă şi câte o săptămână, fără să ştie nimeni pe unde se învârte. Spune că prinde gângănii şi adună plante dar eu cred că de fapt îi place deşertul. Nu doriţi o cafea? întrebă, amabil. Tocmai am făcut-o. Eu sunt Martin, domnule. Ţin banca asta, dar şi magazinul de alături, arătă cu un gest spre restul încăperii, unde se aflau rafturi cu tot felul de mărfuri.

Îi întinse mâna pe care Bolden o strânse reflex. Acceptă o cană de cafea tare, plăcut mirositoare. Se fripse, încercând să soarbă o gură.

— Ascultă, Martin, n-ai un calculator pe aici? Aş avea ceva treabă cu el. O să plătesc, bineînţeles. Aş mai vrea să îmi faci un cont, aici, chiar acum. Se poate?

Bărbatul clipi nedumerit.

— Un cont? Se poate, bineînţeles. Pe ce nume? Oh, îmi pare rău, am înţeles că aveţi amnezie. Calculatorul pentru clienţi este acolo, arătă cu mâna către un cubicul, aflat în partea din spate a spaţiului rezervat ghişeului bancar.

— Alege tu un nume pentru mine, îi strigă Bolden, în timp ce se instala în faţa calculatorului.

După care lucrurile se succedară cu o repeziciune care îl ameţi pe Martin, obişnuit cu ritmul lent al orăşelului său. Mai târziu, către seară, acesta povesti curioşilor adunaţi la cârciumă, pentru a suta oară, ce se întâmplase în cele câteva minute cât avusese de-a face cu enigmaticul necunoscut. Subiectul necunoscutului bogătaş depăşi cu mult ca interes catastrofa petrecută la Los Angeles, loc despre care cei mai mulţi dintre localnici ştiau că există, dar nu îl văzuseră niciodată. În pofida faptului că nimeni nu văzuse vreodată un traficant adevărat, se contura deja părerea unanimă că necunoscutul era traficant de droguri, lăsat să moară în deşert de către partenerii săi pe care, probabil, îi înşelase în afaceri.

Relatările difereau mult între ele, în funcţie de numărul de beri pe care le băuse Martin. Deosebirile erau şi mai multe faţă de varianta iniţială pe care o spusese şerifului, venit după-amiază să-l interogheze. Cum străinul nu comisese nicio infracţiune, acesta rupse din agendă foile pe care îşi luase note, le mototolise şi le aruncase, supărat pe timpul pierdut.

În esenţă, lucrurile stătuseră cam aşa: străinul se

conectase la internet şi lucrase concentrat o vreme, accesând conturi cu parole numai de el ştiute. Se interesase dacă Brad, cel care îl găsise şi adusese din deşert, are un cont, şi-i transferase o sută de mii de dolari. Zâmbise misterios când Martin căscase ochii, uimit de mărimea sumei.

Ceea ce nu avea de unde să ştie era că, pentru Bolden, ceea ce dădea acum era mărunţiş. Evident, nu ar fi însemnat absolut nimic nicio sumă de zece sau o sută de ori mai mare, însă şi aşa atrăsese suficient atenţia.

Îl întrebase pe Martin, care nu-şi mai revenea din uimire, câţi bani lichizi are în casă, iar acesta îi răspunse că avea puţin peste cincizeci de mii de dolari, pe care îi primise pentru că trebuia să achite pensiile celor care preferau banii gheaţă şi nu carduri. Acesta dusese îngrijorat o mână la gură după ce îşi dădu seama că această informaţie nu ar fi trebuit cu niciun chip divulgată; necunoscutul misterios ar fi putut avea şi alte intenţii.

Însă acesta, în loc să scoată un pistol şi să îl jefuiască, ceruse un pix cu care completase un cec de retragere, din noul său cont, pe exact toată suma care se găsea în seiful băncii. Martin luase cecul cu mâinile tremurânde, îl verificase telefonic şi, pentru mai multă siguranţă, îl trimisese prin fax la sediul regional unde se găsea permanent un ofiţer de serviciu. După ce primise confirmarea că totul e în regulă, încă neîncrezător, eliberase cincizeci şi una de mii de dolari şi ceva mărunţiş. Primi de la centru alţi bani după două ore, trimişi special cu o maşină blindată.

Necunoscutul cumpărase o geantă ieftină, din muşama cărămizie, în care îndesase toţi banii. Mai cumpărase şi ceva haine, un pantalon albastru de doc, o cămaşă cadrilată, de genul celor cu care se îmbracă fermierii, şi o pereche de pantofi sport. Se schimbase chiar în cabina de probă, aruncându-şi hainele vechi la coşul de gunoi. Îşi suflecase mânecile cămăşii, mulţumise, îşi luase rămas bun de la Martin, după care părăsise magazinul. Acesta ieşise în uşă, să privească în urma lui, încă nevenindu-i să creadă că fusese martor la o astfel de întâmplare.

Îl urmărise pe necunoscut, care nu întorsese nici măcar o dată capul, cum mersese pe jos pe strada pustie, până la benzinărie.

Aici povestea o continuă puştiul care făcea pe vânzătorul de serviciu. Era pe jumătate adormit când venise străinul, ca de fiecare dată când se afla în schimbul de noapte, absolut inutil după părerea lui, pentru că de-abia după ora zece dimineaţa începeau să apară clienţii.

Necunoscutul îşi alese o maşină din cele lăsate de localnici în nădejdea iluzorie că vor fi vândute. I-o plăti fără să se tocmească, cu banii pe care îi scosese dezinvolt din geantă, ceru să i se facă plinul şi plecă, după ce împrumutase de la casă o hartă pe care uitase să o plătească.

În urma sa rămase legenda unui necunoscut foarte bogat, găsit în deşert. Drept recunoştinţă, îşi îmbogăţise binefăcătorul, pe Brad, care, uluit de norocul ce dăduse peste el, părăsise chiar a doua zi oraşul, pentru a se muta ceva mai la vest, în Las Vegas, de unde nu se mai află nimic de el.

Cel puţin în ceea ce priveşte bogăţia străinului găsit în deşert, chiar şi legenda, în varianta ei cea mai îndrăzneaţă, era cu mult în urmă.

Capitolul 21

Următoarele săptămâni au fost extrem de agitate în America. Întreaga națiune – de fapt întreaga planetă – era oripilată de dimensiunea catastrofei petrecute în California. Știrea fusese exploatată la maximum de presă. Americanii erau experți în a stoarce tot ceea ce se putea dintr-o astfel de noutate. Porniseră un război cu musulmanii – două, după unii – doar pentru a-l transmite în direct la televizor. Sau pentru a face rost de benzină.

De această dată dimensiunea catastrofei depășea orice imaginație. Era cel mai mare dezastru consemnat de istorie. Unii comentatori încercaseră să aducă vorba de scufundarea Atlantidei, dar acel oraș antic era un mit. Un altul tocmai se născuse prin dispariția bucății din California pe care se afla L.A.

Nimeni nu vorbise de terorism sau de premeditare. Autoritățile se întreceau în a da asigurări că nu fusese nicio bombă – nu se inventase sau nu se știa dacă există bombe capabile să provoace asemenea distrugeri. Nu fusese nici măcar înregistrată vreo amenințare, cu toate că nimeni nu ar fi luat în serios așa ceva. Era singurul mesaj pozitiv pe care diferitele organizații guvernamentale îl puteau transmite.

Cifrele referitoare la numărul morților variau foarte mult și se bazau doar pe estimări, fără ca nimeni să creadă că se va putea face vreodată o numărătoare exactă. Erau milioane de morți. Alte milioane erau dați dispăruți, ceea ce, în condițiile date, însemna că puteau fi trecuți tot la victime.

Bolden profită de confuzia generală și se refugie într-un loc pe care-l cumpărase în mare secret, în Colorado, depărtat de mare şi lipsit de activitate seismică. Îşi luă una dintre identităţile false pe care şi le pregătise din vreme pentru orice eventualitate. Ironia sorţii făcea ca păţania de la Paris, în care fusese implicat ca victimă în jaful asupra unei bănci, să îl convingă de necesitatea unui asemenea loc. Învăţase să deschidă conturi bancare secrete şi procurase câteva seturi de documente care să-i permită să trăiască şi să călătorească în mod clandestin.

Speră că, poate, noua identitate îi va conferi şi o nouă existenţă, care să îl ferească de moarte. Dar, la fel cum păsările şi animalele nu ţineau seama de graniţele trasate de oameni pe pământ, nici documentele sale, indiferent cât de bine fuseseră falsificate, nu îl puteau proteja în faţa implacabilului.

Averea îi crescuse exponenţial şi încă avea acces la ea. Nimeni nu îi înregistrase decesul şi nimeni nu solicitase moştenirea. Îngerul Păzitor aştepta să se liniştească lucrurile. Agenţii săi de la bursă făcuseră plasamente foarte inspirate, iar când aceasta se redeschisese, după o pauză de o săptămână în care păstrase doliu pentru California, preţul stocului său de acţiuni pur şi simplu explodă. Prelua el însuşi, prin internet, coordonarea tranzacţiilor şi îşi multiplică şi mai mult averea. Părea că tot ceea ce atinge se transformă instantaneu în aur. În mod dibaci, vându mai multe companii şi începu să achiziţioneze stocuri masive de acţiuni la Elevatorul Spaţial scoase la vânzare de statul american, aflat în mare căutare de lichidităţi cu care să ajute ceea ce mai rămăsese din statul California.

Trecuseră două luni de când scăpase din deşert.

Se pregătea să intre, ca în fiecare dimineață, în mod virtual, prin intermediul computerului, la una dintre ședințele bursei din New York. Însă, în locul meniului devenit familiar al bursei, apăru chipul lui Folder.

— Sunteți un caz cu totul special, domnule Bolden. Ați supraviețuit din nou. Vă felicit. Deși Aparatul nu a indicat că ar fi trebuit să muriți, am crezut că în deșert vă veți găsi un sfârșit decent. Ar fi trebuit să am mai multă încredere în Aparat. Cu toate acestea, sentimentul meu de admirație nu poate fi împărtășit de nimeni din cei care cunosc situația reală. Ne temem, domnule Bolden. Nu pentru dumneavoastră, ci pentru restul lumii.

— Folder, spuse calm, salutându-l din cap. Din nou tu? Ce dorești? Nu o să fii tu mâna destinului. Lasă-mă în pace. Nu mai vreau să fiu salvat de tine și nici de organizația ta. De acum, mă descurc singur. După cum vezi, nu ai reușit să mă omori.

Colonelul zâmbi trist.

— După cum v-am spus, nu sunt un ucigaș. Îngerul păzitor se ocupă cu salvarea vieților...

— Probabil de asta m-ai azvârlit în deșert, pentru că erai convins că o să scap doar cu o insolație, își permise Bolden să fie ironic. Am ajuns la concluzia că pur și simplu tu nu poți să mă omori. Am petrecut mult prea mult timp împreună. Te-ai molipsit. Te-ai molipsit de mine. Ne-am sincronizat existențele. De asta ai fost singurul care a rămas în preajma mea. De asta nu m-ai ucis în deșert. Dacă mor eu, mori și tu. Ceva ce se cheamă conștiință îți dictează să mă omori și totodată să mă lași să trăiesc. Da, te cred, ești sincer. Ai vrea să scapi de mine, dar asta numai pentru că eşti absolut sigur că dispariţia mea ar rezolva o problemă mult mai importantă decât modesta mea existenţă. Nu poţi să o faci pentru că nu eşti sigur că nu se termină şi viaţa ta. Ţi-e frică, Folder. Simţi că moartea mea este ceva foarte important, dar nu te poţi hotărî. Aşa că, de fapt, ce vrei?

Folder păru descumpănit. Îşi apropie mult faţa de camera video, astfel încât i se vedeau amănunţit ochii, presăraţi cu vinişoare roşii, şi gura. Zâmbetul i se şterse de pe chip.

— Ne puneţi în primejdie, domnule. Pe noi toţi. Toată omenirea. Specialiştii noştri au dat primele estimări asupra viitoarei crize. Va ajunge la maximum. Nu a mai fost niciodată aşa ceva. Va muri toată lumea. Este vorba de a alege între viaţa dumneavoastră şi extincţia omenirii. Astea sunt variantele. Singurele. Vă rog să cumpăniţi atent. Nu mai este foarte mult timp.

— Moartea este ceva individual, începu Bolden. Am citit undeva asta. Are aceeaşi importanţă pentru fiecare dintre noi. E ca viteza luminii, care rămâne constantă faţă de orice alt corp din Univers, indiferent de viteza cu care se mişcă acesta. Nu e o cantitate, ca o doză de bere Coors. O doză, două doze, o cutie, mai multe. E individuală. Fiecare cu moartea lui...

Tăcu, înţelegând ce urmărea Folder. Închise violent calculatorul, apoi distruse conexiunea internet. Fusese reperat. Îngerul Păzitor urmărise tranzacţiile conturilor sale cunoscute, care deveniseră active. Porniseră invers, dinspre Bursă către el. Colonelul încerca să îl ţină de vorbă pentru a-l putea localiza.

Alergă până în garaj şi luă o canistră cu benzină. O păstrase pentru generatorul de curent electric care pornea automat la avariile rețelei electrice, devenite frecvente de când cu criza din California. Stropi pe îndelete mobila și casa, aruncă bidonul și, înainte de a ieși, aprinse lichidul inflamabil. Flăcările cuprinse-ră cu mare viteză întreaga construcție, dar el nu mai aşteptă să o vadă prefăcându-se în scrum. Se urcă în-tr-un Buick păstrat special pentru astfel de ocazie și se îndepărtă, înscriindu-se după două sute de metri pe șosea. Se pierdu în șirul de mașini care circulau în ambele sensuri încă înainte ca două elicoptere negre și fără însemne să dea ocol, de la o distanță respec-tabilă, casei transformate în rug, care îi slujise drept adăpost vremelnic.

Aşa începu, pentru Ian Bolden, un complicat joc de-a v-ați ascunselea, al cărui teren se extinse repede de la America de Nord la întreaga lume. Din body-guard, Îngerul Păzitor se transformase în vânător, ca și cum ar fi devenit unealtă a acelei legi imuabile pe care tot ei o exploataseră pentru a amâna contra cost moartea celor care își permiteau să-i plătească. Sau poate își dăduseră mâna cu armata și experimentul ei, scăpat de sub control, care amenința acum plane-ta. Foloseau toate resursele disponibile împotriva lui și nu erau deloc puține.

Bolden își utiliză inteligent uriaşa avere pentru a-și șterge mereu urmele și pentru a lovi Îngerul Pă-zitor, pentru că apărarea cea mai bună este atacul. Le distruse adăposturile cunoscute sau pe cele numai bănuite. Adresându-se direct potențialilor clienți, desfăşură subtil o amplă campanie de discreditare a organizației, cu scopul de a o lăsa fără bani. Reuși, într-o anumită măsură.

Cu toate acestea, organizația părea mai plină de

resurse ca oricând, urmărindu-l şi descoperindu-l de fiecare dată, după cel mult trei luni, indiferent cât de eficient îşi ştergea urmele, printr-o metodă pe care nu reuşi decât mult mai târziu să o înţeleagă. Îşi răspândiseră agenţii şi Aparatele în întreaga lume. Oricât de rudimentare erau acestea, potenţialul distructiv acumulat de el era foarte mare şi deci uşor de detectat.

Metodă de bruiere încă nu se descoperise.

Capitolul 22

Compania Green Clean fusese înființată de Alois Bolden, tatăl lui Ian. Se numise inițial Urbana Clean și câștigase în condiții discutabile licitația de salubrizare organizată de primăria orașului New York. A început prin a aduna noaptea mormanele de gunoaie de pe străzi. Profitând de sprijinul câtorva politicieni ambițioși pe care bătrânul Bolden îi susținuse, câștigase și a alte licitații de acest fel din mari orașe americane. Afacerile familiei înfloriseră până când apăruseră legile antipoluare, care scumpiseră foarte mult eliminarea și procesarea gunoiului din centrele urbane.

Bineînțeles, se știuse din vreme de proiectele acestor legi. Bătrânul Bolden crezuse chiar că aceiași politicieni aveau să amâne la nesfârșit apariția lor, așa cum făcuseră ani de zile. Însă presiunea opiniei publice devenise mult prea mare, iar politicienii îl abandonaseră, ridicând, pe rând, din umeri.

Câteva contracte prost încheiate și refuzul unor municipalități de a renegocia prețurile în noile condiții legislative duseseră la scăderea dramatică a profiturilor și aproape aduseseră compania în pragul falimentului. Gropile de gunoi fuseseră interzise în America, după modelul european și japonez. Gunoaiele trebuiau atent sortate, iar cele care nu mai puteau fi recuperate trebuiau compactate și stocate în condiții speciale, pentru a fi folosite drept combustibil, iarna.

Așa îi lăsase compania tatăl său. Numai că Alois Bolden cumpărase din timp suficiente acțiuni la Elevatorul Spațial cât să-și asigure un loc în consiliul de administrație. Fusese pe vremea când banii curgeau cu nemiluita. Plasamentul într-o investiţie cu grad mare de risc care urma să fie finalizată cel mai devreme peste un deceniu păruse o afacere bună.

Durase de două ori mai mult timp decât se estimase până când Elevatorul se transformase dintr-un proiect futurist într-o maşinărie complexă. Unea, cu un fir din nanotuburi gros cât un trunchi de baobab, insula artificială, special creată pe Ecuator, în Pacific, cu Staţia Finală, care se rotea pe o orbită geosincronă treizeci şi şase de mii de kilometri mai sus. În tot acest timp acţiunile Elevatorului scăzuseră constant, aşa că investiţia lui Alois Bolden, de un miliard de dolari, părea să fi fost sortită eşecului. Odată ce uriaşa construcţie se apropia de finalizare, toată lumea dorea să investească în proiect, iar stocul deţinut de Green Clean îşi înzecise valoarea. Mai important însă rămânea locul deţinut în consiliul de administraţie al Elevatorului.

De acest loc, pe care îl moştenise odată cu compania tatălui său, se folosise pe îndelete Ian pentru a asigura transportul gunoaielor pe orbita Pământului. Nu a oricăror gunoaie. Lăsase afacerea deşeurilor menajere pentru alte companii mărunte care se sfâşiaseră să prindă contractele de salubrizare. El se concentrase pe eliminarea acelor deşeuri cu care nu voia nimeni să aibă de a face: miile de tone de materiale radioactive, provenite în fiecare an de la centralele nucleare, şi milioanele de tone de deşeuri foarte toxice, chimice sau biologice, rezultate din diferitele industrii.

Aceste deşeuri erau considerate mult prea riscante pentru a fi distruse sau depozitate pe Pământ. Deocamdată erau ridicate în spaţiu, în containere

mari, paralelipipedice, şi stocate pe o orbită geosin-
cronă în apropierea Staţiei Finale a Elevatorului Spa-
ţial, în interiorul inelului Catapultei.

După finalizarea Catapultei, containerele urmau
să fie accelerate pe motorul liniar al inelului aces-
teia până la un procent din viteza luminii. Impulsul
era suficient cât să se prăbuşească, după un zbor de
aproape cincisprezece ore, pe Soare, vaporizându-se
cu mult înainte de a atinge fotosfera.

Catapulta era un cerc cu raza de o sută de kilome-
tri, care servea drept suport pentru un motor electric
liniar alimentat cu energia produsă de cinci sute de
kilometri pătraţi de panouri fotovoltaice, aflate pe pe-
rimetrul cercului. Şina tubulară fusese făcută din nan-
ofibre de carbon, aşa cum era şi cablul Elevatorului.

În principiu, containerele urmau să fie puse în
baterii de câte şaizeci şi patru de perechi cu mase cât
mai apropiate, în simetrie, pe sănii care se deplasau
fără frecări pe perna magnetică a motorului liniar.
Ansamblul accelera până ajungea la a suta parte din
viteza luminii. Impulsul primit nu permitea contai-
nerelor să cadă pe Pământ sau pe Lună. Asemenea
viteză se putea obţine după parcurgerea a cinci pe-
rimetre ale cercului când, datorită inerţiei proprii şi
de forţei centrifuge, containerele erau eliberate din
sănii. Lansarea urmărea o traiectorie de impact cu
Soarele. Săniile goale îşi continuau mişcarea pe cerc
unde erau frânate, tot în câmp magnetic, recuperând
astfel din energia consumată cu accelerarea.

Când avea să lucreze la capacitate maximă, Cata-
pulta urma să aibă o medie de lansări de câte patru
seturi de containere pe secundă, lichidând depozitul
de deşeuri.

Catapulta nu putea funcționa permanent deoarece avea o masă prea mare pentru a fi reorientată. Din punctul geosincron în care se afla, lansările se făceau doar când Catapulta era orientată către Soare, adică în cursul zilei terestre. Exista posibilitatea ca interferențele gravitaționale ale planetelor aflate în drumul containerelor să le influențeze traiectoria, cu toate că nimeni nu ar fi protestat dacă unele dintre ele s-ar fi întâmplat să cadă pe Venus sau pe Mercur ori s-ar fi pierdut pur și simplu în Calea Lactee.

Când va fi terminată, Catapulta va deveni proprietatea lui Green Clean. Prețul ei uriaș, estimat inițial la zece miliarde de dolari, era nesemnificativ în comparație cu cel al Elevatorului. Fusese finanțată în mare parte prin emisiuni de acțiuni care se vânduseră ca pâinea caldă pe bursele din întreaga lume. Cu toate acestea, urma să mai dureze cel puțin un an până când capacitățile de producție, care aparțineau tot lui Bolden, aveau să fabrice în masă electromagneții și condensatoarele electrice de impuls. După care trebuiau cărate în spațiu și asamblate pe cercul de peste șase sute de kilometri al Catapultei, etapă estimată optimist la trei luni. Celelalte componente fuseseră aduse deja pe orbită. Cercul fusese pe trei sferturi asamblat, mai mult din rațiuni publicitare. Investitorii erau fermecați de imaginea uriașului inel spațial care se contura tot mai clar. Fusese desfășurată și o mică parte din panourile fotovoltaice, cât să satisfacă nevoile energetice ale șantierului spațial.

Oficial, așa stăteau lucrurile.

La treizeci și șase de mii de kilometri deasupra planetei, chiar în axul cercului descris de șină, plutea cel mai mare și mai toxic depozit de gunoaie produs

de omenire. O masă compactă de containere cilindri-
ce, sigilate, atent ancorate, care creştea în fiecare zi.
Fiecare container fusese prevăzut cu prisme şi cana-
le de prindere care permiteau să fie unit cu alte con-
tainere. Acest puzzle uriaş era completat fără mare
efort, în gravitaţie zero, de roboţi, pe măsură ce Ele-
vatorul Spaţial îşi descărca porţia zilnică de sute de
tone de gunoi terestru.

La sosire, containerele primeau un impuls slab,
care le trimitea către punctul de recepţie al depozi-
tului. Erau sortate automat, în funcţie de datele în-
scrise în etichetele electronice. Întregul ansamblu
era foarte compact, datorită sistemelor de prindere
a containerelor. Depăşise trei milioane de tone şi era
în creştere. Ajunsese de forma unui cartof care se
modifica permanent câte puţin, în funcţie de strate-
giile de stocare utilizate de roboţii care aranjau con-
tainerele.

Deoarece Catapulta mai avea mult până să fie
finalizată, pe structură fuseseră ataşate zeci de mo-
toare reactive cu ajutorul cărora orbita depozitului
de containere era permanent corectată. În lipsa lor,
exista posibilitatea ca depozitul să cadă, conform le-
gii lui Kepler, atras de Pământ. Forţa de atracţie era
infimă pe orbita geosincronă şi căderea ar fi durat
cel puţin o sută de ani.

Cum nimeni nu dorea să îşi asume nici cel mai
mic risc, Green Clean aduse motoare reactive şi com-
bustibilul necesar lor, până avea să fie gata Catapulta.

Capitolul 23

Pe Pământ, lui Bolden nu îi mai rămăsese niciun loc în care să se ascundă. Îngerul Păzitor, ajutat făţiş de Armata SUA, îl vâna peste tot cu echipe dotate cu Aparate. Acumulase un potenţial distructiv uriaş care îl făcea uşor de detectat, ca şi cum ar fi avut aprins un far puternic pe frunte. Nu reuşea să se ascundă pentru mai mult de o lună de zile.

Investi o parte din averea sa cumpărând în stocuri mici, prin diversele sale societăţi de investiţii paravan, acţiuni la Virgin Galactic. Această companie făcuse mare vâlvă anunţând că este pe punctul să dea în exploatare primul hotel spaţial. Ambiţiosul proiect rivaliza cu Staţia Spaţială Internaţională. Manipulă fără niciun fel de scrupule bursa, provocă deprecierea puternică a acţiunilor Virgin, de care profită apoi şi, în câteva săptămâni, deţinea deja o majoritate confortabilă.

Grăbi cât putu construcţia hotelului spaţial. Folosi din plin capacităţile de transport contractate cu Elevatorul Spaţial pentru a transporta materialele necesare la trei sute de kilometri altitudine, orbita pe care era asamblat hotelul. Trebui să plătească penalizări uriaşe pentru deşeurile a căror expediere fusese amânată.

Aceste operaţiuni, făcute în mare grabă, aproape îi golirā conturile.

Deplasarea până la hotelul spaţial se dovedi mai dificilă decât crezuse. Teoretic, turiştii ar fi trebuit să ajungă cu Elevatorul Spaţial. Însă Virgin Galactic nu se îngrijise de transportul viitorilor oaspeţi, iar navete turistice, care să urce pasageri obișnuiți pe Cablu, nu fuseseră construite. Exceptându-le pe cele utilizate de cosmonauți, nu existau vehicule de transfer care să facă legătura între prima stație a Elevatorului, aflată pe orbită joasă, și hotelul spațial.

Din acest motiv, planul de a evada de pe Pământ prinse greu contur, chiar dacă hotelul spațial fusese terminat în secret de echipe diferite care lucraseră în spațiu numai cu roboți.

Nu putea să ceară vreunei agenții spațiale să fie dus pe orbită, indiferent cât ar fi plătit. Devenise cel mai căutat om din lume. Se folosi de criza generală provocată de dispariția megalopolisului Los Angeles, care adâncise recesiunea mondială.

Încheie rapid cu Green Clean un contract de eliminare a zece containere cu deșeuri toxice, provenite din activitatea de cercetare pentru dezvoltarea unei noi arme chimice. În mod obișnuit, firma contractantă ar fi fost temeinic verificată de securitatea Elevatorului. Dar lipsa comenzilor și micșorarea numărului echipelor de supraveghere, din motive de costuri, a făcut ca acest contract să treacă neverificat.

Obținu fără probleme containerele paralelipipedice înalte de doi metri, cu baza de un metru pătrat, în care putea transporta orice în limita a cinci tone fiecare. Erau modelul obișnuit, omologat de Administrația Elevatorului.

În mod normal, procedura ar fi durat luni de zile. Însă recesiunea împuținase comenzile de transport spațial. Și contractele pentru eliminarea deșeurilor erau reziliate în mare număr pentru că legile de protecție a mediului începuseră să fie abrogate, considerate vinovate pentru recesiunea mondială.

Compania prin care Bolden contractă cele zece containere exista de ani buni, se ocupa de producerea de arme chimice şi avea deşeuri de care trebuia să se descotorosească. Rezistă verificărilor făcute de serviciul de securitate al Elevatorului care, chiar cu efective reduse, era apreciat ca fiind cel mai performant din lume. Pentru că tentative mai fuseseră, verificările se concentrau invariabil asupra posibilităţilor de sabotare a Cablului.

Agenţii împuţinaţi ai Elevatorului nu reuşiseră să afle cine era adevăratul proprietar al măruntei companii, ascuns după un paravan impenetrabil de fonduri mutuale şi bănci de investiţii.

Unul dintre cele zece containere paralelipipedice a fost înlocuit de macaraua robot cu unul identic, chiar la depozitul de preluare, în noaptea în care urmau să fie încărcate. Fusese o eroare de software provocată de un virus care aşteptase latent computerul sistemului de încărcare şi sortare, să-i vină vremea.

Ian Bolden îşi amenajase singur containerul cu care voia să urce pe orbită. De fapt, nici nu avusese prea multe de făcut. Modificase eticheta electronică a recipientului, ca să elimine înlocuirea. Îmbrăcase un costum spaţial avansat, inert termic, capabil să recicleze aerul, urina şi transpiraţia. Intrase în container şi aşteptase până când acesta a fost umplut cu azot lichid, aşa cum fusese prevăzut, apoi închis şi sigilat în mod automat.

Containerul fu transportat de un robot şi ajunse la timp lângă celelalte nouă. Virusul informatic care făcuse posibilă modificarea se autodistrusese.

După o verificare exterioară, cele zece containere fură încărcate într-un camion special şi transportate pe autostradă noaptea, în condiţii de trafic redus. Fură lăsate la sud de Mazatlan, într-un un port special amenajat pentru astfel de încărcături.

După o zi, containerele fură încărcate pe o navă de transport şi duse la insula Elevatorului. Încărcătura primise prioritate ridicată. Conţinutul volatil de azot lichid, aflat la -196 grade Celsius, forţa limitele termoizolaţiei containerelor. Transportul costase de patru ori mai mult decât unul obişnuit, bani pe care Bolden îi plimbase dintr-un buzunar în altul, între companiile sale.

Dar banii nu mai aveau importanţă câtă vreme lupta să-şi salveze viaţa.

Nava de transport călători două zile până la insula Elevatorului, timp în care traversă şi o furtună. Bolden suferi amarnic în costumul său şi doar pastilele antivomitive luate înainte de a intra în container îi mai potoliră crampele stomacului său revoltat.

Aţipi de mai multe ori, dar somnul îi fu sfâşiat de coşmaruri în care mii sau poate milioane de oameni îl arătau unul altuia cu degetul, reproşându-i că i-a ucis pentru ca el să trăiască.

Se trezea scuturat de frisoane reci, cu toate că instalaţia de încălzire a costumului funcţiona impecabil. Căuta gurguiul cu apă, sorbea de câteva ori, apoi recădea în starea de somnolenţă şi oboseală sfâşietoare, dată de răul de mare. Tot mai rar, sorbea şi din gurguiul cu pastă nutritivă provenită dintr-un lot de hrană pentru cosmonauţi. Cel mai dificil de suportat era însă lipsa de mişcare. Cu toate că echipamentul său era prevăzut cu stimulatoare electrice pentru muşchi, pentru a-i menţine în formă, simţi acut nevoia de a merge.

Mai era şi întunericul, spart doar de luminile palide ale câtorva afişaje aflate pe vizorul căştii. Datorită acestor instrumente ştia cât timp a trecut de când îşi începuse călătoria, dacă afară era zi sau noapte sau care era starea sistemului de supravieţuire al costumului. Urma să trăiască înconjurat de întuneric tot restul vieţii. Iar acesta urma să-i fie pavăza după care să se ascundă.

Legănatul blând al navei de transport încetă după ce acostă şi începu descărcarea. Prioritatea maximă a grupului său de containere le dădu întâietate la încărcarea în Elevator. Au fost testate de eventuale fisuri ce ar fi putut să apară în timpul călătoriei pe ocean, apoi preluate de macarale şi expediate către Elevator pe deasupra zecilor de şiruri lungi, formate din stive enorme de containere care îşi aşteptau rândul.

În containerul său, Bolden intui unde se afla. Suprafaţa Insulei Elevatorului unduia delicat, convertind forţa valurilor în electricitate. Într-un fel, reuşise să viziteze Insula, aşa cum îşi dorise şi îi ceruse cândva lui Folder.

Ecranele Aparatului său, proiectate pe vizorul căştii, indicau valori probabilistice scăzute, semn că primejdiile mortale erau încă foarte departe.

Cu o mică zguduitură, containerul său fu ataşat de una dintre navetele care urma să urce pe Cablu. Maglevul porni fără avertisment, imediat ce fu complet încărcat.

Procesul era complet automatizat.

Suferi cumplit când acceleră la 5 g, în reprize de câte cincisprezece minute, urmate de alte cincisprezece lipsite de acceleraţie, pentru a nu forţa limita de siguranţă a containerelor. Însă costumul de cosmo-

naut avea protecţia la suprasarcină. Mai multe garo-
uri se strânseră automat peste mâini şi peste picioa-
re, limitându-i circulaţia sanguină periferică.

Nu se putea gândi la absolut nimic. Sângele îi
bubuia în vene, iar trupul îi era torturat de etapele
de acceleraţie cumplită. Calvarul ţinu şase ore, până
când vehiculul atinse viteza de croazieră, de trei mii
de kilometri pe oră.

Petrecu următoarele douăsprezece ore în im-
ponderabilitate, aţipind când şi când, extenuat de
solicitarea la care fusese supus. Coşmarul se repetă
la decelerare, tot pentru şase ore, după care Magle-
vul îşi descărcă violent containerele, iar el se pomeni
împins de un robot, în gravitaţie zero, către fagurele
de deşeuri. În pofida termoizolaţiei, temperatura din
interior cobora lent, tinzând să se alăture celei de câ-
teva grade Kelvin din spaţiul cosmic.

Bolden începu procedura de ieşire înainte ca
azotul să ajungă la punctul de îngheţ de -210 grade
Celsius, la care ar fi rămas captiv ca o gânganie preis-
torică într-o picătură de răşină. Exista şi primejdia ca
recipientul său să fie asamblat în depozitul de con-
tainere, din care nu ar mai fi ieşit decât mort, când
i-ar fi venit rândul să fie ejectat spre Soare.

Făcu o gaură în container, cu o capsă pirotehnică
pe care o montase în dreptul picioarelor sale. Explo-
zia se produse înspre partea cu presiune mai mică,
spre exterior, unde era vidul cosmic. Porni o lampă
chimică cu infraroşii, pe care o montase deasupra ca-
pului. În jurul locului unde se afla lampa, azotul se va-
poriză rapid transformându-se în gaz. Gazul împinse
lichidul de dedesubt prin gaură, imprimând totodată
o mişcare dezordonată containerului, asemănătoare

cu aceea a unui balon care pierde aer. Recipientul se îndepărtă de depozitul de deşeuri lăsând în urmă o coadă de azot care îngheţa imediat ce ieşea.

După câteva minute, Bolden putu să se mişte din nou liber.

Compuse pe tastatura prinsă pe mâneca stângă a costumului codurile care deschideau capacul containerului şi ieşi în spaţiu. Activă motoarele reactive care îi oprirá mişcarea dezordonată, transformând-o într-o traiectorie precisă.

Se orientă cu mare dificultate, susul şi josul fiind noţiuni care dispăruseră odată ce se afla în afara Pământului. Planeta se vedea în dreapta, ca un cerc mare. Mai mare era depozitul de containere care orbita la câţiva kilometri în stânga lui. Zări chiar jetul scurt, de un alb orbitor, scos de unul dintre cele o sută patruzeci şi două de motoare de rachetă de mare capacitate, ataşate în diferite puncte ale depozitului. Motoarele stabilizau orbita afectată infim de vântul solar, de presiunea infimă a fluxurilor cosmice de particule, şi mai ales de atracţia Pământului, Lunii şi Soarelui.

De câteva ori surprinse sclipind în Soare cercul neterminat al Catapultei electromagnetice. În realitate, abandonase construcţia Catapultei de mai multă vreme. Propria lui luptă pentru supravieţuire nu îi mai permisese să se ocupe de ea.

Ajunsese la concluzia că punerea ei în funcţiune nu mai interesa pe nimeni. Beneficiarii lui Green Clean erau mulţumiţi că scăpaseră de deşeuri şi nu le păsa deloc unde ajunseseră. Şi politicienii erau fericiţi cu acest aranjament: planeta devenise mai curată. Catapulta ajunsese un proiect pe care nu dorea să îl finalizeze doar pentru a le fi de folos celor de jos, de pe planetă, care încercau să-l ucidă. Nu toţi, fireşte, ci doar o mână de avizaţi. Era însă convins că, dacă şi restul omenirii ar fi aflat cât de primejdios devenise, s-ar fi alăturat fără niciun fel de ezitare vânătorii.

Folosi propulsoarele reactive ale costumului spaţial şi se înscrise pe o traiectorie de tip Hohmann. Apoi înghiţi un drog special creat, care îi încetini bătăile inimii şi îi induse o stare de amorţire semiconştientă pentru o săptămână, timp în care căzu lent spre Pământ.

Se trezi la timp pentru a se înscrise pe orbita hotelului său spaţial unde andocă fără probleme. Zburase într-o nemişcare aparentă. Săptămâna care trecuse însemnase, datorită drogului, doar o oră de timp relativ.

Meditase la cât de firavă este viaţa şi totodată cât e de preţioasă. Privise de sus planeta pe care se născuse. Păruse că se rostogoleşte ca o bilă de bowling albastră, mărindu-se pe măsură ce se apropia de ea.

Ajuns în hotelul său, care se rotea în spaţiu, la trei sute de kilometri de nivelul mărilor de pe Pământ, se simţi în siguranţă pentru prima oară după multă vreme. Văzut din spaţiu, hotelul semăna cu un titirez. Avea la dispoziţie două mii de metri pătraţi dispuşi pe perimetrul Roţii care se rotea agale în jurul axului, forţa centrifugă simulând gravitaţia terestră. Avea la dispoziţie trei apartamente de lux, grădină şi piscină. Magaziile şi un laborator de observaţii astronomice fuseseră instalate în Ax.

Pentru a fi scutit de eventuale intruziuni, cumpără prin multitudinea de companii pe care le deţinea şi restul acţiunilor de la Virgin Galactic. Aranjă să scape în presă informații despre existența unor probleme tehnice ascunse la hotelul spațial, care îl făceau indisponibil pentru o perioadă nedefinită.

Începuse să îi placă noul și ultimul său refugiu, iar faptul că plecase de pe Pământ îi dădea sentimentul liniștitor că nu mai poate provoca moartea nimănui. Încercă să se detașeze cât mai mult de planeta aflată trei sute de kilometri mai jos, păstrând doar un contact minim, absolut necesar. Își vedea în continuare cu succes de afaceri. Fără veniturile consistente pe care i le aduceau companiile sale, i-ar fi fost imposibil să își păstreze reședința cosmică. Criza mondială prin care treceau țările dezvoltate îi înmulți și mai mult averea. Făcea tranzacții profitabile, valorificând părțile muribunde ale economiilor acestora, hrănindu-se asemenea unei hiene, din cadavre.

Păstra indirect contactul cu centrul de control al hotelului spațial. Dispunea de o navetă automată, pe care o trimitea o dată pe lună la primul nivel al Elevatorului, să ia unul sau două containere. Oficial, containerele aduceau piese de schimb sau roboți. Folosind din plin prerogativele proprietarului companiei, dispunea în ultima clipă înlocuirea încărcăturii inițiale cu proviziile de care avea nevoie.

Învățase să întrețină și să își repare singur locuința. Ajunsese la un înalt grad de autonomie. Sacrificase două din apartamente ca să amenajeze laboratoare suplimentare pentru culturile hidroponice. Își asigura în mare parte hrana, recicla integral apa și aerul. Păstra, cât mai era posibil, canalul de aprovizionare pentru delicatese și bunuri de lux produse pe Pământ.

Nu îi mai păsa de ce se petrecea jos, pe planetă.

Se simţea asemenea căpitanului Nemo, rămas singur, sub ape, în Nautilus. Nu intenţiona să se mai întoarcă vreodată pe Pământ. De altfel se îndoia serios că ar mai fi putut supravieţui în gravitaţia planetei. Surogatul de gravitaţie dat de forţa centrifugă atingea abia a opta parte din valoarea celei terestre. Muşchii i se atrofiaseră pentru că neglijase exerciţiile fizice obligatorii. Folosea totuşi medicamente care împiedicau decalcifierea.

În perioadele lungi când nu făcea afaceri, privea ore în şir Pământul. Spectacolul globului albăstrui care se rotea, în jurul căruia se rotea hotelul său, cu uscatul şi oceanele sale ades acoperite de nori, avea ceva fascinant. Învăţase să recunoască fenomenele meteorologice şi să aprecieze efectele uraganelor care loveau Florida sau pe cele ale taifunelor care devastau coastele asiatice.

De la trei sute de kilometri înălţime, miliardele de oameni nu aveau nici măcar dimensiunea unor furnici, cu toate că îşi lăsaseră adânc urmele pretutindeni pe planetă. Uneori se folosea de telescop. Se întrebă cum se descurcă miliardul de oameni condamnaţi la foamete, alături de celelalte două miliarde care trebuiau să îşi raţionalizeze apa. Se înghesuiau cu toţii pe o planetă pe care nu mai încăpeau, pe care aproape o distruseseră, exploatându-i fără milă resursele şi poluând-o. Era convins că la prea puţini dintre cei de pe Pământ le păsa câtuşi de puţin că prin consumismul excesiv provocau suferinţa şi moartea altor semeni, unii nenăscuţi încă.

Prin ce difereau de el? Prin ce diferea el de ei? Şi ei, şi el încercau să îşi facă loc cu coatele. Chiar cu preţul sacrificării altor vieţi, indiferent câte.

Instrumentul optic era foarte sensibil. Putea vedea numerele maşinilor sau diferite alte detalii minore. Chiar dacă îi plăcea să îi urmărească, asemenea unui zeu nevăzut, nu se simţea mai atras de oameni.

Zăbovea uneori asupra impresionantului Mare Zid Chinezesc. Construcţia aparţinea altor vremuri şi fusese ridicată de oameni care muriseră de mult.

Noaptea recunoştea, după configuraţia iluminatului public, mai multe metropole. Vestul Europei se scălda în lumină, dar cea mai strălucitoare pată alb-gălbuie, triunghiulară, era la Amsterdam. Peste Canalul Mânecii, în Regatul Unit, Londra domina cu luminile sale Liverpool sau Dublin. Asemenea intensitate se mai regăsea abia la Moscova, care părea ca o picătură de cerneală fosforescentă, scăpată peste pământ.

Europa semăna cu o salamandră al cărui cap se afla în peninsula Iberică, iar labele din faţă se întindeau peste Italia şi insulele britanice.

În zona Asiei insulele japoneze, întinse asemenea unui dragon mitic care se pregăteşte să sară erau uniform şi intens iluminate. Înceta să mai admire planeta în noapte când ajungea deasupra Statelor Unite. Pata întunecată apărută unde fusese Los Angeles îi provoca remuşcări.

Noaptea, lumea oferea un spectacol complet diferit de cel diurn.

Chiar şi din spaţiu începuseră să se cunoască efectele crizei globale: tot mai multe oraşe, pentru a face economii, stingeau noaptea parţial sau total luminile.

Pământul rămânea în întuneric pe suprafeţe tot mai întinse.

Cu toate acestea, contururile continentelor încă

se decupau ferm, atunci când nu erau nori. Ilumina-
tul nocturn se afla şi pe coastele Africii, şi în nordul
Asiei, sau estul Australiei, contura timid locurile în
care ajunseseră oamenii şi se hotărâseră să rămână.
El, după ce colindase peste tot pe Pământ, se stabi-
lise deasupra, în spaţiul circumterestru. Era ultimul
refugiu.

Altul nu mai exista.

Se simţea bine. Spre deosebire de staţiile spaţia-
le, în care existenţa diferitelor sunete marca funcţio-
narea corectă a sistemelor de supravieţuire, în hote-
lul său spaţial era linişte.

Linişte absolută.

Capitolul 24

Bolden fu foarte surprins când recepţionă o transmisiune neautorizată. Venise pe canalul său codificat pe care îl folosea rar şi neregulat, ca să comande provizii centrului său de control sau să îşi conducă afacerile. Era o înregistrare. Vocea îi suna cunoscut însă nu putea să-şi amintească unde o mai auzise. Imaginea, sosită pe canalul video, fusese bruiată de dispozitivele electronice ale hotelului spaţial. Cu toate că era curios să vadă cine îl caută, nu opri bruiajul.

— Domnule Bolden, trebuie să vă vorbesc. Este extrem de important. Trebuie să discutăm. Trebuie, domnule...

Mesajul se repeta. Urma un şir de cifre, reprezentând frecvenţe de contact. Vru să ignore mesajul şi chiar reuşi pentru câteva ore. Ajunse la concluzia că putea fi numai Îngerul Păzitor. Hotărî să răspundă, să afle cât sunt de aproape. Opri bruiajul şi compuse pe consola sa de comunicaţii frecvenţa primită. Imediat, ecranul se umplu cu chipul tuciuriu şi plin de cearcăne al lui Yole Jeniko, ghicitorul din Paris.

— Slavă Domnului! Vă căutăm de mult, domnule Bolden. Încă mai puteţi interveni. Încă nu este totul pierdut.

— Ce vrei? Te-a pus Folder să mă cauţi? întrebă dispreţuitor.

Bătrânul se precipită.

— Mi-am închipuit! Nu aţi urmărit ştirile. Nu aţi verificat Aparatul.

— Nu mă mai puteţi face vinovat de toate relele

care se petrec acolo jos, la voi. Aş aprecia foarte mult dacă i-ai spune că măcar aici aş fi vrea să fiu lăsat în pace. Nu vreau să mai aud de Îngerul Păzitor.

— Da, este adevărat, mi-a cerut Folder să vă contactez, spuse Jeniko emoţionat.

În mintea lui Bolden se făcu lumină.

— A fost aranjată, nu-i aşa? Chestia cu ghicitul. Ai ştiut de la bun început. De fapt, eşti împreună cu ei, nu-i aşa?

Jeniko zâmbi trist şi oftă.

— Sunteţi o persoană foarte inteligentă, domnule Bolden. Aşa este, fac şi eu parte din Îngerul Păzitor. Aţi ajuns la mine datorită plicului şi cărţii de vizită, care v-au sugerat că ar putea veni de la un ghicitor. Şi pentru că v-a povestit Danielle de mine, ştiam deja. A mai colaborat şi şoferul taxiului care v-a adus. Dacă nu m-aţi fi căutat s-ar fi aplicat alte proceduri, pregătite pentru contactul preliminar.

Bolden păru să nu audă. Îl ignoră pe bătrânul ghicitor şi strigă, privind spre ecran, undeva peste umărul acestuia.

— Dacă vrei iar să încerci să mă omori, ei bine, n-o să-ţi fie prea uşor. De fapt, nu prea cred că poţi reuşi. Am arme. Unele dintre ele încă nu există, nici măcar pentru armată. Nu mă poţi atinge, Folder. Nu aici.

— Ştim asta, domnule. V-am urmărit în permanenţă. După cum aţi intuit, colonelul mi-a spus să vă contactez. Este absolut convins că îl urâţi şi nu o să discutaţi cu el. Crede că eu aş avea o şansă să vă fac să mă ascultaţi. Dacă aţi fi urmărit ştirile, aţi fi aflat. Pământul trece printr-o criză majoră.

— Nu cred că îmi pasă de crizele voastre, îşi scuipă Bolden cu ură vorbele.

Însă mâinile sale căpătară parcă viață proprie. Tastă frenetic la consolă și derulă știrile din urmă cu o săptămână, care se înregistraseră automat. Apoi cu două săptămâni, și mai mult, cu o lună. Efectele crizei economice se amplificaseră aproape simultan, în mai multe locuri.

Ca și cum ar fi fost aranjată, cum remarcaseră mai mulți comentatori. Fusese o criză a alimentelor. Urmase criza energetică și scumpiri fără precedent. Intervențiile disperate ale guvernelor, în loc să potolească criza, mai mult o amplificaseră. Porniseră deja războaiele pentru resurse, aflate deocamdată la nivelul unor confruntări locale, cu mare potențial de a se extinde. Lumea devenise un butoi cu pulbere. India și Pakistanul trecuseră la o confruntare militară serioasă pe toată lungimea Liniei de Separare. Se amenințau pe față cu arma nucleară. Tot cu arma nucleară amenința Coreea de Nord sudul bogat, dar mai slab înarmat, și doar prezența americanilor împiedicase deocamdată războiul. Rusia își împărțise armata ca să facă față revoltelor izbucnite în țările din Caucaz. Mocnea deja și un conflict cu Ucraina. În Europa, între țările din fosta Iugoslavie începuseră din nou confruntările armate pe motive etnice în care victimele deveneau vânători, apoi din nou victime. Până și în America de Sud, Argentina năvălise în Chile cu intenția de a captura uriașele rezerve de gaz natural pe care le avea această țară.

De departe însă cea mai tensionată situație era conflictul chino-taiwanez. Replicile pe care și le aruncaseră cele două state depășiseră de mult nivelul confruntărilor diplomatice. Chinezii bombardaseră mai multe obiective industriale de pe coasta de est a insulei, iar armata taiwaneză reușise să le scufunde câteva nave, prin atacuri cu rachete Tomahawk primite de la americani. Intervenția marinei americane pentru calmarea spiritelor turnase gaz peste foc, iar conflictul escaladase. Chinezii pregăteau o invazie și detonaseră o bombă nucleară care distrusese un sfert din forța navală a Taiwanului, masată în dreptul coastelor estice pentru a preîntâmpina invazia. În alt loc, la diferență de numai o zi, fusese detonată o altă bombă nucleară: Israelul se apăra de atacul concertat al mai multor țări arabe.

Între țările Uniunii Europene, aflată pe punctul de a se destrăma, izbucniseră conflicte. Imigranții, primii și cei mai afectați, protestau violent; începuse deportarea lor în masă către țările de origine, dar acestea erau incapabile să-i primească.

Părea că toate conflictele care se desfășuraseră pe Pământ în ultima sută de ani reizbucniseră simultan. Nimeni nu mai asculta de nimeni. În America, atentatele cu bombă deveniseră fapte cotidiene.

Peste tot pe Pământ se instalase panica. Aveau loc sinucideri în grup. Unii se ascunseseră în sălbăticie, în peșteri sau buncăre, în speranța că vor supraviețui. Specialiștii se întreceau în prognoze despre efectele crizei, dar părerile difereau foarte mult. Asupra unui singur punct căzuseră cu toții de acord: nu se întrevedea vreo soluție pentru terminarea ei.

Își privi Aparatul, aflat la mână. Ecranele acestuia indicau maximum, ieșiseră din scală, arătând o valoare mai mare decât putea fi măsurată.

— Suntem convinși că dumneavoastră ați declanșat toate astea, spuse bătrânul ghicitor, după ce așteptase răbdător ca Bolden să termine de parcurs înregistrările jurnalelor de ştiri. Ştiţi bine că aşa este. Şi mai ştiţi şi cum se poate termina.

— Ce legătură am eu cu războaiele voastre? mârâi Bolden. Să presupunem că aş crede că o forţă vrea cu orice chip să mă omoare şi, de fiecare dată când încearcă şi nu reuşeşte, mor tot mai mulţi oameni, ca victime colaterale. Cum crezi că m-ar putea omorî pe mine un război pe care îl duceţi între voi, acolo jos?

Jeniko schimbă rapid o privire cu cineva aflat în afara câmpului camerei de luat vederi. Gestul nu îi scăpă lui Bolden.

— Într-un fel vă înţeleg, domnule. Eu sunt ţigan. Printre puţinii rămaşi. Am venit cu patruzeci şi cinci de ani în urmă la Paris, plecând din România, o ţară din estul Europei. Am cerşit pe stradă ca să supravieţuiesc. Ştiu bine ce înseamnă să fii izolat. Să fii privit ca un potenţial pericol. Nu doar din cauza culorii pielii. Cu toate astea, am luptat, am reuşit să studiez la Sorbona şi să îmi iau doctoratul. Am crezut că aşa voi căpăta respectul semenilor mei. După toate astea, credeţi că m-a luat cineva în serios? Tot ţigan am rămas. Poate unul deosebit, plimbat prin şcoli înalte, deci cu atât mai ciudat. Din acest motiv spun, domnule Bolden, că vă înţeleg. Am avut momente când simţeam că vreau să mă răzbun pe toţi, să le fac rău. Însă aşa ceva nu a depăşit niciodată simpla intenţie. Chiar şi aşa, am avut remuşcări. Nu pot să fac rău nimănui, domnule, deşi am primit suficiente palme de la viaţă.

— Înţelegi pe dracu', scrâşni Bolden. Indiferent ce ai fi, ţigan, negru sau galben, nimeni nu te urmărea ca să te ucidă. Nu te-a vânat o chestie, un fenomen care nu a fost înţeles. Nu a venit la tine o organizaţie care a profitat de asta să îți salveze viața contra cost. Și nici nu ai fost vânat tot de ei pentru că ai trăit prea mult și ai devenit pericolul public numărul unu. Nu, nu prea cred că ai cum să mă înțelegi. De altfel nici nu ți-am cerut. Tot ceea ce am cerut este să fiu lăsat în pace. E chiar atât de greu? În definitiv, ce vrei? Să mă convingi că e mai bine să mor, să mă sinucid pentru binele planetei? Eu mor, criza mondială încetează brusc și toată lumea e fericită? E absurd.

— Nu, domnule, nu e deloc mai absurd decât tot ceea ce ați pățit până acum. Nu știu cum v-ar afecta războaiele care sunt pe punctul să înceapă și dacă vă vor ucide sau veți scăpa din nou. Probabil va înceta aprovizionarea habitatului dumneavoastră. Sau altceva. Pur și simplu nu avem idee ce se va petrece. Niciodată nu am știut cum se realizează iar echilibrul decât după ce s-a petrecut un eveniment. Urmează o criză majoră. Cea mai mare înregistrată de când deținem Aparatul. În mod cert veți muri.

— O dată toți murim. Dar, până atunci, eu vreau să trăiesc, mormăi Bolden

Valuri din ce în ce mai mari se năpusteau spre el. Scăpa de unul, dar din urmă venea altul, mai mare, mai sălbatic, mai distrugător.

— Echilibrul a revenit întotdeauna, auzi ca prin vis vocea lui Jeniko. De data asta credem că, înainte ca acest lucru să se întâmple, va muri o bună parte din omenire. Poate toată. Așa că în numele oamenilor, al tuturor oamenilor, vă cer sacrificiul suprem. Nu a existat niciodată ceva mai important, în întreaga istorie. Nimeni nu a atins potențialul distructiv pe care l-ați acumulat dumneavoastră.

— Sacrifică-te tu şi cu Folder. Nu uitaţi să sacrifi-caţi şi Îngerul Păzitor, strigă dezgustat Bolden şi opri legătura. Şi nu mai am nevoie să mă aprovizionaţi, mă descurc singur, mulţumesc, mai strigă către ecra-nul gol.

Capitolul 25

Avertizarea de impact se trezi la viață, semna-lând că traiectoria stației se intersecta cu un alt corp ceresc. Folder și Îngerul Păzitor nu rezistaseră ten-tației de a încerca să-l distrugă. O rachetă antisatelit ieșise din umbra Pământului și, la viteza pe care o avea, în câteva minute urma să lovească hotelul său spațial. Apărarea interveni imediat și anihilă intru-sul, vaporizându-l cu laserul de mare putere al siste-mului de protecție împotriva meteoriților.

Un satelit care trecea la câteva sute de kilometri își deconspiră natura militară și începu să facă ma-nevre, reorientându-și partea dinspre Pământ spre hotelul spațial. Bolden programă computerul care coordona apărarea să îl doboare la următoarea tre-cere. Reprogramă sistemul de apărare pentru anihi-larea tuturor sateliților aflați în raza lui de acțiune.

Chiar și așa, nu putea rezista prea mult. Defen-siva lui, oricât de performantă, avea limite. Armata SUA dispunea din belșug de resurse. Odată ce îl gă-siseră nu avea cum să își mai completeze stocul de arme. Nu putea să le fabrice singur, așa cum reușise cu apa, hrana și aerul.

Aveau să îl atace la nesfârșit, îndârjiți în ideea că trebuie să îl ucidă pentru a-și salva planeta. Ambele tabere erau extrem de motivate. Luptau pentru vie-țile lor. De o parte se aflau miliarde de oameni. De cealaltă, era doar el singur.

Prevăzuse asta.

Rupse lănțișorul pe care îl purta în jurul gâtului

şi desprinse de pe el o cheie. O introduse într-o fantă a pupitrului şi o răsuci. Simultan, se activară două taste care începură să lumineze intermitent.

Protejată de un trăgaci, pentru a evita atingerile accidentale, se afla tasta care comanda motoarele-rachetă ale depozitului de deşeuri. Programase din vreme secvenţa care, în loc să stabilizeze orbita, urma să o îndrepte spre Pământ, chiar în inima Eurasiei. Urma să ajungă în mai puţin de o zi, accelerând pe măsură ce motoarele-rachetă îşi consumau combustibilul, iar atracţia gravitaţională terestră devenea tot mai puternică. Nu că ar fi avut mare importanţă locul impactului însă Îngerul Păzitor şi Folder se aflau în State. Lui Bolden i-ar fi plăcut ca aceştia să moară ultimii, după ce ar fi fost martori la efectele loviturii, care urmau să se facă simţite foarte repede în întreaga lume.

Cele peste trei milioane de tone de deşeuri ale asteroidului artificial urmau să se rotească o jumătate de cerc în jurul propriei axe, ajungând cu motoarele de stabilizare orbitală în partea opusă Pământului. După care, accelerate de motoarele reactive şi de gravitaţia Pământului, până la viteza de cincizeci de kilometri pe secundă, ar fi lovit planeta provocând o catastrofă nimicitore, de felul celei în care au dispărut dinozaurii.

Depozitul de deşeuri devenise cel mai mare corp ceresc artificial aflat aproape de Pământ. Odată pornit, nu mai putea fi oprit în niciun fel. Lovitura dată Pământului deschidea o cutie a Pandorei în care se aflau viruşi primejdioşi, chimicale extrem de toxice, reziduuri radioactive. Rulase de nenumărate ori

simularea: un sfert din containere, aflate în par-
tea exterioară a depozitului, urmau să se dezin-
tegreze la trecerea prin atmosferă. Încărcăturile
ucigaşe urmau să cadă lent, împrăştiate peste tot
de curenţii atmosferici. Containerele aflate în miez
erau protejate. Urmau să lovească Pământul ca un
pumn compact de oţel, iar energia cinetică degaja-
tă de impact însemna extincţia vieţii pe Pământ.

Alături de tasta care urma să-i salveze viaţa se
afla încă una, care se activase simultan când intro-
dusese cheia: autodistrugerea. Nu o privise niciodă-
tă direct, deşi ştia foarte bine că se află acolo. Nici
nu era foarte lămurit de ce lăsase să fie instalată.
Comanda extragerea barelor de grafit din reactorul
nuclear care îi asigura energia. Materialul fisionabil
urma să atingă foarte repede masa critică şi să ex-
plodeze. Vaporiza totul, într-o fracţiune de secundă.
Degetul îi oscilă între cele două butoane. Fruntea i
se umplu de broboane reci, de sudoare. Deschise iar
ecranul consolei de comunicaţii.

Pe ecran se perindau imagini cu dezastrele care
ar fi trebuit să-l ucidă: prăbuşirea Boeingului în care
se aflase şi Danielle, valul tsunami, marele cutremur
californian, în care dispăruse Los Angeles. Distrugeri
şi oameni morţi, dincolo de limita înţelegerii. Vocea
lui Jeniko îl implora din fundal:

— ...tu sau noi toţi, cei care încă suntem aici, pe
Pământ. Alege: tu sau noi? Tu sau noi toţi? Ce este
mai important?...

Se gândi la el, la ultimii ani pe care îi petrecuse
ascunzându-se de moarte, încercând să o păcălească.
El plătise preţul: iubita lui, Danielle, fiul lui, Norton.
Lumea lui, în care trăise şi se simţise în siguranţă, în

care ziua de mâine era aşteptată cu bucurie, dispă-
ruse. Fusese înlocuită cu alta, în care trebuia să se
păzească permanent de moarte, de cel mai puternic
inamic al omului, care îi dădea permanent târcoale.
Altădată i s-ar fi părut absurd ca moartea lui să echi-
valeze cu moartea miliardelor de semeni ai săi, cu
extincţia omenirii.

În ultimii ani, apărat de Îngerul Păzitor, supra-
vieţuise miraculos. Fusese de prea multe ori aproape
de moarte ca să nu fie convins că, într-un fel pe care
nu şi-l putea imagina şi pe care nu îl putuse accepta,
suprimarea lui fizică ar scăpa omenirea de criza prin
care trecea. Şi, mai ales, că dacă s-ar fi lăsat ucis, o
mulţime de oameni ar fi fost încă în viaţă.

— ...tu sau noi toţi? se tângui Jeniko, aducând pe
ecran imagini pe care le socotea impresionante: un
copil ucis, strâns la piept de mama sa, şi ea ucisă, în-
tr-o ultimă şi inutilă încercare de a-l proteja; o bise-
rică prăbuşită peste dreptcredincioşii care căutaseră
refugiu în ea; un cuplu de vârstnici urcaţi pe o plută
improvizată din câteva resturi sfărâmate, scrutând
depărtarea în aşteptarea ajutorului care nu mai ve-
nea; străzile măturate de ape ale unui oraş.

Se gândise mult la acest moment. Ştiuse că o să
vină şi clipa când va fi nevoit să aleagă. Făcuse rost
de mai multe înregistrări ale unor catastrofe petre-
cute pe Pământ când oamenii se aflaseră în situaţia
de a-şi salva viaţa sau de a şi-o sacrifica pentru a-i
salva pe alţii. Cei mai mulţi făceau totul ca să se sal-
veze, fără să le pese câtuşi de puţin de semenii lor,
aflaţi în aceeaşi primejdie. Ei se comportau firesc,
după părerea lui Bolden. Îşi ascultau instinctul de
conservare cu care îi înzestrase natura. Unii, foarte

rar, săreau în ajutor, riscând inconştient, ca şi cum ar fi ascultat de un alt instinct care l-ar fi dominat pe cel de conservare. Aceştia erau cei care îl nedumereau şi era absolut sigur că, atunci când îşi făceau numărul de eroism, nu realizau deloc că îşi pun viaţa în primejdie. O făceau şi gata, fără să se gândească.

Nu putuse desprinde vreo concluzie.

Ultimii ani îi smulsese cu greu din faţa morţii. Preţuiau şi ei ceva. De fapt, fuseseră nepreţuiţi. La fel de nepreţuite fuseseră şi milioanele de existenţe curmate prea devreme, de acea forţă a naturii care încerca să-l ucidă.

Care era oare limita? Cât preţuia viaţa sa? Făcea o viaţă mai mult decât o alta? Cât două? Cât o mie sau un milion?

Viaţa unui bogătaş era mai preţioasă decât a unui cerşetor? îi răspunse, în gând, lui Jeniko. Sau decât a unui geniu, care se naşte o dată la o sută de ani? Preţuia viaţa geniului cât viaţa unui oraş, sau cât toate vieţile unui întreg popor? Cum putea fi stabilit preţul vieţii unui conducător, câtă vreme rămăseseră în istorie cuceritorii, ucigaşii în masă, şi nu înţelepţii care aduseseră pace şi prosperitate? La această întrebare exista un răspuns, acelaşi, dat de mii de ori în mii de ani, de tiranii care călcaseră fără scrupule pe cadavre pentru a-şi satisface ambiţiile. Ei ar fi sacrificat orice şi pe oricine ca să-şi salveze viaţa.

Pe cel sacrificat nu îl întrebase nimeni, nimic, niciodată.

Care era limita, dacă exista vreuna? Nu era deloc simplu şi nici nu se putea măsura cantitativ, la fel ca banii, unde o sută de dolari face de o sută de ori mai mult decât un dolar. Vieţile nu erau asemenea vreascurilor: aduni un vreasc, îl rupi uşor, două, ceva mai greu, iar când sunt suficiente, nu mai pot fi rupte. Nu, moartea frânge vieţile la fel de uşor, indiferent dacă ia doar una sau pe toate.

Istoria menţionează, în războaiele de demult, conducători care se luptau între ei pentru a decide astfel soarta bătăliei şi a cruţa vieţile soldaţilor. Nu făceau asta din bunătate, ci pentru a-şi păstra neafectată forţa militară cu care aveau de gând să jefuiască, să violeze, să distrugă locurile cucerite. Şi pentru a-şi dovedi vitejia.

El nu trebuia să dovedească nimic, nimănui. Nu conducea popoare şi nici nu se mai simţea legat de Pământ.

Regnul animal nu avea astfel de probleme. Urşii, maimuţele, tigrii, lupii, şacalii, toate fiarele şi-ar fi ucis toţi duşmanii lor naturali din lume fără să aibă nici cea mai mică ezitare, indiferente la dezechilibrul ecosistemului sau la extincţia altor specii. Animalele au bine dezvoltat instinctul de conservare. La oameni se atrofiase, sub influenţa atent cultivată de civilizaţie, a cultului eroismului şi sacrificiului de sine.

— ...tu sau noi? Dacă scapi şi acum, data viitoare ce va mai fi distrus ca să îţi salvezi viaţa?

Erau şi nenumărate exemple, pline de eroism, de oameni care şi-au sacrificat în mod premeditat viaţa pentru ca alţi semeni să trăiască. Ei erau victimele manipulării dusă prin filme, cântece, basme şi literatură.

Ce era mai important: propria viaţă sau câteva miliarde de vieţi ale unor străini, cu pasiunile şi existenţele lor mărunte, aflate la trei sute de kilometri dedesubt, pe Pământ? Oameni care ucideau alţi oameni în războaie, prin crime făcute pentru a le fi lor ceva mai bine sau pur şi simplu prin nepăsare. Unui negru din Sahel îi era absolut indiferent dacă îl ucidea asteroidul său artificial, războiul declanşat de crizele economice din cine ştie ce state bogate sau crăpa, în chinuri, de foame, pentru că nu plouase, iar recolta din care trebuia să-şi ducă zilele se uscase. La fel era şi pentru victimele atentatelor teroriste sau ale războaielor, pentru orice fel de victime.

Da, moartea este ceva profund personal, strigă în gând. Răspunsul nu se afla în exemplele altora, consemnate sau nu. Existau şi argumente în favoarea supravieţuirii celor de jos, de pe planetă. Artiştii, savanţii, geniile care duseseră într-un timp extrem de scurt omenirea la stele. Care asiguraseră progresul şi le făcuseră pe toate posibile, inclusiv Aparatul. Care construiseră Elevatorul cu care ridicase gunoaiele pe orbită pentru ca apoi să le arunce în capul celor care le făcuseră. Dacă ar fi fost să se sacrifice pentru supravieţuirea acestora, ar fi făcut-o.

Sau nu.

La urma urmei, poate că Pământul şi locuitorii lui erau cei condamnaţi, şi nu el. Poate că acea forţă exact asta încerca să facă, să cureţe planeta de oameni folosindu-se de el într-un fel de neînţeles. Poate că, chiar de la început, ei, cei mulţi, fuseseră condamnaţi să moară, iar el să le supravieţuiască.

Data viitoare?

Nu va mai exista o dată viitoare, cel puţin nu pentru cei de pe Pământ, dacă hotăra să pornească spre Pământ motoarele depozitului de deşeuri. Aşa îşi salva din nou viaţa. Dar dacă Folder avea dreptate, potenţialul distructiv pe care îl acumula urma să devină enorm în cazul în care supraviețuia. Data viitoare va fi sistemul solar sau galaxia. Sau poate întreg Universul. Big Bang. Momentul simultan al Distrugerii și Creației. O clipă, posibila dimensiune cosmică a valorii propriei vieți îl ameți. Aruncă o privire printr-un hublou și i se păru că stelele se înmulțiseră și începuseră să se adune în jurul locuinței sale spațiale. Inundau cerul. Poate erau emisari ai unor nenumărate civilizații, veniți să asiste la hotărârea sa. Sau poate numai i se păruse.

— ...tu sau noi? Te rog, fie-ți milă de noi toți...

Îi veni o idee. Strigă către ecranul de unde venea vocea ghicitorului:

— Întreabă-l pe Folder dacă are un pistol. Știu că e lângă tine. Fă-o.

Imaginile de pe ecran dispărură, înlocuite cu chipul mirat al lui Jeniko. Acesta privi scurt în dreapta sa, ca și când ar fi așteptat instrucțiuni.

— Cere-i pistolul. Arată-mi-l.

De undeva, de dinafara câmpului prins de camera video, Jeniko primi un pistol, pe care i-l prezentă. Părea o armă grea, pe care acesta o ținea cu dificultate, neobișnuit cu ea.

— Du-l la tâmplă. Împușcă-te. Dacă o faci, poate mă voi gândi mai bine. Poți salva planeta. Prin exemplul tău. Înainte însă, împușcă-l pe Folder. Astea sunt condițiile mele. Ce zici?

Mâna cu pistolul se îndreptă tremurând spre un punct aflat în afara imaginii de pe ecran, dar fără să apese pe trăgaci. Ezită, apoi Jeniko duse arma la tâmplă. Mâna îi deveni ceva mai fermă. Închise ochii, iar fața i se crispă. Degetul i se îndreptă spre trăgaci însă în acel moment o mână a cuiva din spatele camerei interveni şi înşfăcă pistolul. Imaginea dispăru, înlocuită de alte instantanee ale diferitelor catastrofe pe care le determinase.

Zâmbi trist. Nici ghicitorul şi nici Folder nu îndrăzniseră să îşi dea viaţa pentru salvarea celorlalţi.

Sau nu îl luaseră în serios. Ar fi trebuit să se aştepte la asta. Modul în care încercase să îi facă să înţeleagă prin ce trecea sunase ca o glumă macabră. Pe ei nu îi lega nimic de salvarea planetei şi a omenirii, dar nu voiau să satisfacă un capriciu al celui de care depindea asta. Sau poate doreau pur şi simplu să trăiască, la fel ca oricare om.

Nu, nici Jeniko şi nici Folder nu aveau dreptul să îi ceară să moară pentru ca omenirea să supravieţuiască. Nimeni nu avea acest drept. Nimic nu justifica moartea, absolut nimic. Nimeni nu trebuia să se sacrifice pentru geniul care ar fi adus progresul omenirii şi nici pentru conducătorul carismatic, datorită căruia ar fi urmat o pace şi o prosperitate îndelungate. Cel sacrificat nu ar s-ar fi bucurat şi el de progres, de pace, de prosperitate. Ar fi avut parte doar de moarte. Opusul vieţii.

S-ar fi ales cu sacrificiul şi atât, pe care trebuia să şi-l asume liber, în deplină cunoştinţă de cauză, fără să i-o pretindă în mod ultimativ cineva. Dar ar fi trebuit să aibă dreptul în mod cinstit la ambele opţiuni: da sau nu.

Răspunsul se afla chiar în el, aşa cum se găsea în fiecare om, chiar dacă oamenii sunt diferiţi. Unii ar fi acceptat sacrificiul suprem, pentru binele general. Alţii nu. Nimeni nu poate să ştie câţi ar fi făcut-o şi câţi nu, pentru că, în faţa morţii, oamenii se comportă cu totul altfel. Laşii devin eroi şi eroii se transformă în laşi.

În mâna sa se afla sinuciderea sau supravieţuirea omenirii. Propria viaţă sau Apocalipsa, care era numai în puterea lui Dumnezeu.

Devenise oare unealta Lui?

— Tu, tu ce-ai face? strigă către monitorul de unde venea vocea lui Jeniko. Ce-ai face dacă ai avea de ales? mai şopti.

Nu aşteptă răspunsul şi nici nu îşi închipui că va primi unul. Chipul i se destinse şi ştiu că luase decizia corectă. Împăcat cu sine, se lăsă cuprins de o linişte interioară cum nu mai cunoscuse vreodată. Nu mai auzi vocea tânguitoare a bătrânului ţigan şi nu mai văzu ecranul, cu imaginile lui cutremurătoare.

Pentru prima oară în viaţă, Ian Bolden ştiu precis ce are de făcut, ca şi cum ar fi avut o revelaţie.

Degetul i se îndreptă hotărât spre buton.

Îngerul Păzitor / *George Lazăr*
Timișoara: Stylished 2018
ISBN: 978-606-9017-02-9

Editura STYLISHED
Timișoara, Județul Timiș
Calea Martirilor 1989, nr. 51/27
Tel.: (+40)727.07.49.48
www.stylishedbooks.ro

Servicii editoriale: EDITURA VIRTUALĂ
www.edituravirtuala.ro

www.ingramcontent.com/pod-product-compliance
Lightning Source LLC
Chambersburg PA
CBHW060243030726
47493CB00025B/2011